À PROPOS DE L'AUTRICE

Maisey Yates a publié son premier roman en 2009 - à seulement 23 ans ! Aujourd'hui, son quotidien est constitué d'incessants allers-retours entre sa machine à café (à laquelle elle voue un amour éternel) et sa table de travail, où elle donne vie à des héroïnes irrésistibles.

Passion au haras

*

Une mariée en héritage

MAISEY YATES

Passion au haras

Traduction française de
LOUISE LAMBERSON

SAGAS

HARLEQUIN

Collection : SAGAS

Titre original :
THE SPANIARD'S UNTOUCHED BRIDE

Ce roman a déjà été publié en 2019

HARPERCOLLINS FRANCE
83-85, boulevard Vincent-Auriol, 75646 PARIS CEDEX 13
Service Lectrices — Tél. : 01 45 82 47 47 - www.harlequin.fr
ISBN 978-2-2804-9084-9 — ISSN 2426-993X

Composé et édité par HarperCollins France.
Imprimé en avril 2023 par CPI Black Print (Barcelone)
en utilisant 100% d'électricité renouvelable.
Dépôt légal : mai 2023.

FSC www.fsc.org MIXTE Papier issu de sources responsables FSC® C159065

Pour limiter l'empreinte environnementale de ses livres, HarperCollins France s'engage à n'utiliser que du papier fabriqué à partir de bois provenant de forêts gérées durablement et de manière responsable.

Prologue

Il n'embauchait pas de femmes.

Camilla Alvarez se regarda dans le miroir. Elle était une femme, pas de doute. Si elle avait un côté garçon manqué, elle n'en appartenait pas moins à la gent féminine, aux yeux de Matías Navarro.

Une immense tristesse s'abattit sur elle. C'était inconcevable. Perdre son père de façon aussi soudaine d'un infarctus, puis perdre le haras. Et les chevaux…

Autrement dit, son cœur.

Tout serait bientôt vendu pour couvrir les dettes de son père. Vendu à Matías Navarro.

Celui-ci avait été l'un de leurs plus farouches concurrents. Ses chevaux de course étaient les seuls capables de rivaliser avec ceux de Cesar Alvarez.

Le haras croulait sous les dettes, les millions dont parlait Cesar n'ayant été qu'un miroir aux alouettes. Tous les biens avaient été hypothéqués et les mensualités impayées depuis des mois.

Cesar avait été un idéaliste. Il s'était passionné pour son haras, ses chevaux, ses employés, mais avait laissé à la dérive la gestion indispensable à toute entreprise.

Camilla devinait comment les choses avaient pu se dégrader à ce point. Dépassé par la situation de plus en plus catastrophique, son père avait tout bonnement ignoré les problèmes.

Hélas, la réalité les avait rattrapés. Depuis le décès de Cesar Alvarez, les agents de recouvrement la harcelaient. Elle se retrouvait seule. Sa mère, sans grande surprise, était partie en France, rejoindre l'un ou l'autre de ses nombreux amants. Celle-ci n'avait jamais dissimulé ses infidélités à son mari, au contraire. Et maintenant qu'il était mort, elle trouvait sans doute sa conduite justifiée, d'autant qu'elle disposait d'une petite fortune personnelle.

De son côté, Camilla s'était retrouvée sans rien après le décès de son père. Seul lui était resté le haras où elle avait grandi en toute liberté, où elle avait goûté le bonheur de courir pieds nus. De chevaucher jusqu'aux limites de la propriété, puis de s'aventurer au-delà, dans la campagne environnante.

Sa mère, héritière américaine, avait rarement séjourné au haras. En fait, elle ne s'était jamais habituée à la vie rurale, s'étant toujours considérée au-dessus de cette vie-là.

Pour Camilla, au contraire, le haras était son univers. Et aujourd'hui, elle avait tout perdu. Elle avait imploré les hommes de Matías venus chercher les chevaux. Elle les avait suppliés de l'emmener. Tant qu'elle pourrait rester avec ses compagnons de toujours, qu'elle serait avec Fuego, elle survivrait à la catastrophe.

Elle avait insisté, promettant d'accepter n'importe quel job. Mais l'homme au visage de marbre guidant l'étalon noir dans le van s'était contenté de secouer la tête en répondant que Matías Navarro n'embauchait pas de femmes.

Son père était parti. Ses chevaux aussi. Bientôt, Camilla serait expulsée du haras et n'aurait nulle part où aller. Elle ne toucherait aucun héritage. Elle n'avait rien ni personne.

Elle ne savait faire qu'une chose : s'occuper des chevaux. Elle les aimait. Fuego serait un champion, cela ne faisait pas l'ombre d'un doute. Mais elle seule pouvait le dresser. Elle seule pouvait le monter et l'entraîner. Il y avait encore beaucoup de travail à faire avant que l'étalon se laisse approcher par un autre cavalier. Matías Navarro le découvrirait bientôt à ses dépens.

Un étalon ne pouvant être dressé ne valait rien.

Et sans ses chevaux adorés, Camilla avait le sentiment que sa vie ne valait guère davantage.

Avec un soupir, elle scruta ses traits dans le miroir. Sa mère, beauté blonde et fragile, avait toujours déploré les airs de garçonne de sa fille, se lamentant sur son manque de charme et de grâce féminine.

Mais soudain, pour la première fois de son existence, Camilla était ravie de son physique. Parce que, au lieu d'être un handicap, il pourrait maintenant représenter un atout pour elle.

Se dirigeant vers la commode, elle ouvrit un tiroir et en sortit une paire de ciseaux. Puis elle saisit une longue mèche de cheveux noirs lisses et brillants et la coupa résolument au ras de l'oreille.

Elle avait trouvé la solution. Matías Navarro n'embauchait pas de femmes ? Très bien. Mais il aurait peut-être besoin d'un garçon d'écurie supplémentaire – surtout maintenant qu'il avait agrandi son cheptel.

1

Camilla s'essuya le front tout en regardant le paysage désormais familier qui s'étendait devant elle. Embauchée au haras Navarro depuis deux mois, elle s'y sentait presque aussi bien que dans celui où elle avait vécu durant vingt-deux ans. *Presque*. Parce que rien n'était comparable au haras de son père.

Parfois, elle éprouvait le désir poignant de franchir le porche de la demeure familiale, pour y sentir les pavés rouges et inégaux sous ses pieds, et revoir les fissures des murs s'élargissant année après année.

Le haras Alvarez lui manquait cruellement. Comme un vieil ami qui aurait disparu du jour au lendemain. Et pour toujours.

Mais au moins, elle avait les chevaux. Bien que ce ne soit pas facile d'approcher Fuego. Matías Navarro avait en effet interdit à quiconque de pénétrer dans son box, hormis Juan, le responsable des écuries – et par ailleurs le plus doué de ses entraîneurs – et lui-même. Parce que, bien sûr, le dressage du fier étalon s'avérait difficile, comme Camilla l'avait prévu.

Dès le jour de son arrivée, elle avait décidé de garder ses distances vis-à-vis de Matías et de s'arranger pour ne jamais le croiser. Inutile d'attirer l'attention sur elle.

Cependant, il devenait de plus en plus évident que si elle voulait s'occuper un tant soit peu de Fuego elle allait devoir se montrer et s'affirmer.

Tâche délicate, vu qu'elle avait été embauchée en se faisant passer pour un garçon de quatorze ans ne demandant que le gîte et le couvert pour tout salaire.

Par chance, on lui avait posé très peu de questions. De son côté, elle avait vite constaté que Matías ne manquait pas de générosité envers ses employés. Il s'intéressait aux jeunes en difficulté et considérait comme une mission de leur donner du travail.

En dépit de la réputation calamiteuse de sa famille, son patron paraissait être un homme bon. Si l'on oubliait son refus total d'embaucher des femmes. Obstacle que Camilla avait néanmoins réussi à surmonter en s'inventant un profil d'adolescent issu d'un milieu difficile, et qui se serait retrouvé sans domicile fixe si le haras Navarro ne lui avait ouvert ses portes.

À vrai dire, elle n'avait pas complètement menti puisque, sans ce job, elle se serait effectivement retrouvée à la rue.

En ces circonstances, sa décision était la plus raisonnable. Même si le fait de dissimuler son sexe et sa véritable identité n'était pas vraiment *raisonnable*.

Quoi qu'il en soit, avec ses cheveux coupés court, des vêtements amples et informes, elle passait inaperçue. Personne ne lui prêtait grande attention. Matías Navarro encore moins que quiconque. Quant à la belle fiancée angélique venue s'installer chez lui le mois dernier, elle n'avait pas même croisé son regard. La jeune femme, avec ses belles boucles blondes, ses yeux bleu clair et son teint d'albâtre, lui rappelait sa mère. Chaque fois que cette dernière s'aventurait hors de la grande maison, elle s'arrêtait régulièrement à l'ombre et s'enduisait la peau d'écran solaire.

Matías se montrait très attentionné vis-à-vis de la jeune

femme, lui posant la main sur les reins ou lui prenant le bras, comme s'il craignait que, sans son soutien, sa compagne ne tombe.

Lorsqu'elle les observait tous deux à la dérobée, Camilla ne pouvait s'empêcher de se demander ce qu'elle ressentirait si quelqu'un s'occupait ainsi d'elle. Personne ne s'était jamais montré gentil ou prévenant avec elle. Son père l'avait traitée comme le fils qu'il n'avait pas eu, la laissant libre et l'habituant aux durs labeurs. Quant à sa mère, elle l'avait toujours considérée comme un objet d'agacement et d'irritation, lors des rares moments qu'elles passaient ensemble.

Aucun de ses parents ne lui avait donné l'impression d'être précieuse ou fragile.

Haussant les épaules, elle reprit sa pelle à fumier et se remit à l'ouvrage. C'était bien mieux de travailler dehors, au soleil, où cela sentait bon la paille, les chevaux et l'herbe, plutôt que de rester cloîtrée dans cette demeure immense aux allures de manoir. Elle leva les yeux en plissant les paupières. À en juger par la position du soleil, Matías sortirait bientôt faire sa tournée, qu'il achevait immanquablement par l'écurie des étalons. Il tenterait sans doute d'emmener Fuego au manège pour le faire travailler à la longe.

Jusqu'à présent, cela ne s'était pas bien passé.

Chaque fois qu'elle en avait eu l'occasion, Camilla avait observé la scène par une fente de la porte en bois – lorsqu'elle était sûre de ne pas être surprise par le chef d'équipe qui l'aurait accusée de fainéantise. Pas question de se faire renvoyer.

Après s'être assurée que personne ne la voyait, elle rejoignit son poste habituel, rapprocha son œil de la fente, et cessa de respirer.

La longe en main, Matías se trouvait déjà au centre de la piste et parlait doucement à l'étalon. Fuego était superbe, sa robe luisait au soleil de la fin d'après-midi tandis qu'il rejetait la tête en arrière pour manifester son irritation et son impatience.

Camilla tourna les yeux vers Matías et sentit son cœur s'emballer.

Lui aussi était superbe. Et son attitude fière et son port de tête n'étaient pas sans rappeler ceux de l'étalon qu'il tentait de dresser. Les cheveux noirs repoussés du front mettaient en valeur la beauté des traits virils, la peau couleur de bronze. La chemise en coton blanc et déboutonnée jusqu'à mi-poitrine révélait le torse musclé et large, les manches roulées jusqu'aux coudes dévoilant les avant-bras puissants. Le pantalon d'équitation brun clair moulait les hanches étroites, ainsi que… d'autres parties de son anatomie.

Camilla côtoyait des jockeys depuis toujours. En général de petite taille, ceux-ci surveillaient constamment leur poids. Par conséquent, même si Matías possédait toutes les qualités requises pour faire un excellent jockey, il n'aurait jamais pu rivaliser avec ses concurrents à cause de son physique impressionnant.

Après avoir confié la longe à Juan, présent lui aussi, il recula jusqu'au bord de la piste, un fouet à la main, non pour frapper l'animal, mais pour ponctuer les consignes qu'il allait lui donner : changer d'allure, s'arrêter, tourner…

Mais, comme les fois précédentes, Fuego regimba. Puis il se cabra, si violemment qu'il faillit basculer en arrière. Bouillant de rage, Camilla poussa la porte sans plus réfléchir et s'avança vers l'étalon.

Le visage en feu, le cœur battant à tout rompre, elle cria à Matías :

— Vous êtes stupide, ou quoi ? Vous savez bien qu'il n'aime pas ça, pourtant vous insistez ! Il va finir par se blesser !

S'immobilisant soudain, elle se rendit compte de ce qu'elle avait fait. Après avoir réussi à ne pas se faire remarquer pendant deux mois, elle venait de hurler des reproches au maître des lieux… Et de l'insulter.

— Je vois, dit Matías en se dirigeant vers elle. Tu te prends pour un dresseur de génie, c'est cela ?

Ses yeux la transperçaient, la clouant sur place. Au prix d'un effort surhumain, Camilla recula d'un pas en retenant son souffle.

— Non, répliqua-t-elle en veillant à baisser la voix. Mais je connais ce cheval.

— Qu'est-ce que tu entends par là ?

— Quand je suis venue ici…

Il fallait qu'elle trouve une explication… Et vite…

— Je n'ai pas menti en disant que si je n'étais pas embauchée je me retrouverais à la rue.

Sans tourner la tête, elle lança un regard en biais à Juan pour s'assurer qu'il l'entendait. Si nécessaire, il pourrait confirmer ses dires.

— Je travaillais au haras Alvarez. Je connais bien Fuego.

— Et tu nous le dis seulement maintenant ? rétorqua Matías avec un regard entendu à son chef d'écurie.

— Je ne l'avais pas précisé pour ne pas attirer l'attention sur moi. Mais maintenant, je vois bien que Fuego ne s'habitue pas à son nouvel environnement. Ni à ses nouveaux dresseurs. Je pourrais m'occuper de lui, le monter.

Immobile à deux mètres d'elle, Matías la dévisagea un instant en silence. Ou plutôt, dévisagea le gamin qui osait lui tenir tête.

— Tu veux me faire croire que Cesar Alvarez permettait à un freluquet comme toi de monter son plus précieux étalon ? Que cet animal t'obéit ?

— Oui, affirma Camilla en redressant le menton. Je sais comment m'y prendre avec lui.

Elle avait toujours su y faire avec les chevaux difficiles. Comme son père. C'était un don. D'après Cesar Alvarez, ou bien on l'avait, ou bien on ne l'avait pas. Il était fier d'avoir transmis ce talent à sa fille.

— Je ne te laisserai pas approcher cet animal.

— Pourquoi ? demanda-t-elle. Qu'avez-vous à perdre ?

— Il ne s'agit pas de perdre quelque chose mais de prendre le risque de me retrouver face à une situation plus qu'embarrassante. Je préférerais ne pas devoir répondre à un enquêteur qui me demanderait des précisions sur les circonstances d'un accident survenu dans mon haras.

— Ne vous inquiétez pas, je ne vais pas me rompre le cou, affirma Camilla. En revanche, Fuego pourrait se casser une jambe, si vous continuez à le dresser de cette façon. J'ai entendu dire que vous étiez très doué en la matière, *señor* Navarro, mais je n'ai encore rien vu qui honore cette réputation.

— Tu crois que c'est en insultant ton patron que tu seras embauché à long terme ?

— Je croyais que vous appréciez la franchise. Mais peut-être préférez-vous que je flatte votre orgueil ? Vous ne seriez pas le premier.

— Vraiment ? fit Matías en haussant un sourcil.

— Durant l'année où j'ai travaillé pour Cesar Alvarez, j'ai vu défiler pas mal de propriétaires immensément riches, mais incapables de dompter leur monture.

— Je suis un cavalier et un dresseur. Pas seulement un homme riche.

— Vous êtes avant tout un homme d'affaires. Il n'y a rien de honteux à cela.

À ces mots, Matías eut une réaction totalement inattendue. Il éclata de rire.

— Allez, gamin ! Viens nous montrer ce dont tu es capable !

Incrédule, Matías dévisagea l'adolescent qui soutenait

son regard avec aplomb. Aucun adulte n'aurait osé s'adresser à lui sur ce ton. Encore moins un membre du personnel. Quel âge pouvait-il avoir, ce gamin ? Quatorze ans ? Quinze ?

Autrement dit, l'âge ingrat. Celui de toutes les impertinences, de toutes les audaces. L'âge où l'on se croit tout permis.

Adolescent, il avait fait preuve de la même impétuosité. Un tempérament qu'il avait conservé. À trente-trois ans, le milliardaire puissant qu'il était devenu était cependant considéré comme parfaitement sensé.

En dépit des responsabilités qui pesaient sur ses épaules, et à l'inverse des autres mâles de la famille, Matías avait des principes auxquels il ne dérogeait jamais. Il se souciait du haras et du personnel qui y travaillait. Ainsi que du village soutenu par le haras.

Ce n'était pas le cas de son grand-père, lequel traitait tout cela comme un jeu. Matías ne se laisserait pas manipuler pour autant. Le vieil homme les avait montés l'un contre l'autre, lui et son frère, Diego, les soumettant à des exigences bien précises. S'ils les satisfaisaient tous les deux, chacun hériterait de la moitié du patrimoine familial à sa mort.

Mais si un seul y parvenait… il hériterait de tout.

Matías ne doutait pas de l'emporter sur son frère. Le mariage dans un délai imparti représentant la condition principale imposée par son aïeul, il avait organisé le sien deux mois plus tôt. Il connaissait Liliana Hart depuis des années pour l'avoir rencontrée lors de divers événements mondains, accompagnée de son père. Ce dernier ayant clairement laissé entendre qu'il ne serait pas opposé à leur union, Matías y avait vu une opportunité.

Il était ainsi. Décidé. Pas opportuniste comme son grand-père ou son frère. Il faisait ce qu'il fallait, quand il le fallait. Et il récoltait toujours les fruits de ses efforts.

Quant au gamin qu'il s'était attendu à voir battre en retraite et s'excuser platement, il avait fait front, et Matías ne pouvait que l'admirer pour ça.

Obéissant à son ordre, le jeune adolescent s'avança sur la piste, l'air renfrogné. Comment pouvait-il imaginer pouvoir dompter l'animal ? L'étalon possédait un potentiel fantastique. Hélas, il refusait de plier, en dépit de tous les efforts et du temps que lui consacrait Matías.

S'il était téméraire, le gamin n'avait pas tort, le concernant. Certes, Matías était un excellent juge en matière de chevaux et un dresseur expérimenté, mais il était aussi un homme d'affaires. Son travail l'obligeait souvent à s'éloigner du haras et à laisser d'autres que lui s'occuper des chevaux.

Il appartenait à une vieille famille espagnole qui avait produit des champions depuis de nombreuses générations. Mais l'élevage avait cessé depuis longtemps de représenter leur seule source de revenus, aussi Matías était-il impliqué dans diverses multinationales géantes réparties dans le monde entier, le siège de sa société étant basé à Londres.

Son statut lui permettait de travailler où bon lui semblait, ses partenaires en affaires se seraient déplacés sans problème pour aller le rencontrer dans le lieu de son choix, mais il devait néanmoins voyager un tant soit peu.

Le garçon s'approcha de l'étalon, lequel sembla instantanément se calmer. Sans la moindre frayeur, il leva la main et la présenta aux naseaux de Fuego. Le cheval en renifla la paume qui lui était sans doute familière car il s'immobilisa. Le gamin saisit la longe, près de la bride, puis tourna les yeux vers Matías et hocha la tête une fois, l'invitant à lâcher l'autre extrémité.

Matías s'exécuta.

Le gamin rapprocha le visage des naseaux de l'animal en le caressant doucement et en lui parlant d'une voix douce, mais Matías était trop loin pour comprendre ses paroles.

Comme par magie, l'étalon se laissait faire sans regimber.

— Je ne vous avais pas menti, dit le garçon en se tournant vers lui. Fuego me connaît. Il n'est pas encore dompté, il ne m'obéissait pas toujours. Mais je peux le monter et le dresser de façon que quelqu'un d'autre puisse le monter par la suite. C'est indispensable, si vous voulez le faire courir. Je n'en ferai jamais une monture facile, mais je peux adoucir son tempérament. Ensuite, vos jockeys pourront prendre la relève, j'imagine.

— C'est bien la première fois que je laisse un enfant entraîner mes chevaux, dit Matías en se tournant vers Juan.

— Manifestement, Cesar Alvarez ne s'en privait pas répliqua celui-ci.

Matías regarda le gamin.

— Très bien. Quelles que soient les tâches qui t'incombaient jusqu'ici, tu en es déchargé. Fuego est sous ta responsabilité, désormais. Fernando Cortez sera le jockey qui le montera, par conséquent, tu travailleras avec lui le moment venu. Mais tu commences seul.

— Entendu, dit le gamin en redressant la tête.

Soudain, il parut un peu plus âgé que Matías ne l'avait pensé. Mais c'était peut-être à cause de son air bravache.

— Parfait, acquiesça-t-il.

Au moment où il allait se détourner pour s'en aller, le gamin demanda :

— Vous ne voulez pas connaître mon nom ?

— Si je sais comment tu t'appelles, cela fera de toi un meilleur entraîneur ?

— Non.

— Alors, peu importe ton nom.

Cette fois, le jeune adolescent se contenta de battre des cils en silence.

— Et les autres chevaux du haras Alvarez ? Tu es aussi proche d'eux que de Fuego ?

— Oui, je les connais tous, répondit-il sans le regarder.

— Alors tu travailleras avec eux, déclara Matías. Mes entraîneurs tiennent un carnet de bord, Juan te montrera comment faire. De cette façon, je pourrai suivre tes avancées sans avoir à te parler. Je préfère ça.

— Compris.

— C'est parce que je suis un homme d'affaires, pas seulement un dresseur, ajouta Matías, pince-sans-rire.

L'ombre d'un sourire passa sur les lèvres du gamin. Ce fut très fugitif, mais Matías eut le temps de l'apercevoir.

Il s'éloigna en souriant. Tout semblait tourner en sa faveur. Son mariage était assuré – même si, pour l'instant, Liliana se cantonnait à sa suite plutôt que de venir le rejoindre dans la sienne.

La transition avait sans doute été trop rapide pour elle. De partenaire en affaires de son père, il était devenu son fiancé du jour au lendemain. De toute évidence, elle avait besoin de temps pour s'y habituer.

Cela ne le dérangeait pas. Il était patient, en toutes choses. Bientôt, il aurait rempli les conditions imposées par son grand-père et le contrôle du patrimoine familial lui reviendrait. Enfin.

Son aïeul aurait bien dû savoir qu'il ne fallait pas le provoquer. Avec lui, un défi ne demeurait jamais lettre morte.

2

Camilla ferma les robinets, s'essuya rapidement et enfila les vêtements propres qu'elle avait emportés avec elle. Après un bref coup d'œil dans le miroir, elle soupira. Mon Dieu, quelle tête elle avait… Ses cheveux repoussaient et se dressaient dans tous les sens. Il allait déjà falloir les recouper, songea-t-elle en se coiffant avec les doigts.

Prenant ses affaires, elle sortit en catimini des douches collectives avant de refermer la porte sans faire de bruit.

Ne disposant que d'un lavabo dans sa chambre, par ailleurs confortable et pas minuscule, elle devait guetter le moment propice pour faire sa toilette seule. Les quelques collègues résidant comme elle sur place étaient tous des hommes, naturellement. Quant aux autres, qui ne vivaient pas au haras, à cette heure-là, ils étaient tous rentrés chez eux.

Ses affaires sous le bras, Camilla hâta le pas, peu désireuse de croiser quiconque. Au moment où elle tournait à l'angle du bâtiment, elle s'arrêta net en voyant la haute silhouette désormais familière venir à sa rencontre. La démarche, déterminée et souple à la fois, était reconnaissable entre mille.

— Excusez-moi, dit-elle, le cœur battant. Je…

La suite de la phrase resta en suspens tandis qu'elle croisait le regard de Matías.

— J'étais sorti faire un tour et j'ai aperçu de la lumière, répliqua-t-il d'une voix dure. Tout va bien ?

— Oui, je… J'avais besoin de prendre une douche.

— Pas de problème.

Camilla acquiesça d'un hochement de tête et s'avança, mais au moment de passer à côté de Matías, son bras heurta le sien, musclé et ferme, si bien qu'elle trébucha et laissa tomber ses affaires qui se répandirent à ses pieds.

— Hé, du calme… ! s'exclama-t-il en se tournant vers elle.

Horrifiée, elle le vit se pencher pour ramasser ses vêtements, ainsi que la large bande beige dont elle se servait pour se comprimer la poitrine.

Matías se redressa en fronçant les sourcils.

— Tu t'es blessé ?

— Non… Je…, balbutia-t-elle, les joues en feu. J'avais un peu mal au poignet, c'est tout. Fuego refusait d'obéir à mes consignes et j'ai dû tirer sur la longe pour le faire obtempérer.

Mentir n'était pas dans ses habitudes mais, de façon surprenante, ces paroles avaient jailli toutes seules.

— L'articulation était un peu enflée, poursuivit Camilla. Mais tout est rentré dans l'ordre, à présent.

— Très intéressant. Parce que j'ai parcouru tes notes tout à l'heure et je n'ai rien lu concernant l'incident.

— Cela ne valait pas la peine d'être consigné, répliqua-t-elle à la hâte.

— Comprends-moi bien, mon garçon. Ce n'est pas ta santé qui me préoccupe. Si Fuego refuse de…

— Tout va bien. Il est très réactif.

Soudain, elle se sentit gagnée par un trouble incontrôlable. Son corps lui aussi était très réactif… Notamment à la proximité de l'homme superbe qui se tenait là, tout près. Si près qu'elle sentait sa chaleur virile se propager en elle.

— Du moment que tu en es sûr…

— Oui, affirma Camilla.

L'espace d'un instant, elle crut voir une expression dubitative empreindre les traits de Matías. Le cœur lui martelant la poitrine, elle le contempla en silence. Jamais elle n'avait vu d'homme aussi beau. Alors que lui, il ne voyait en elle qu'un adolescent attifé. Ce qui était le but du déguisement.

Même si elle avait été habillée en femme, il n'aurait pas fait attention à elle. Aucun homme ne l'avait jamais remarquée. Sans doute à cause de son manque de féminité.

Au contraire, Liliana était la grâce personnifiée. Un peu comme la mère de Camilla, américaine elle aussi. La fiancée de Matías incarnait douceur, féminité et beauté. En comparaison, elle-même se sentait affreusement gauche et sans attrait.

Par rapport à cette beauté diaphane, elle possédait un seul atout : son bilinguisme, l'espagnol de Liliana étant catastrophique.

Mais cette faiblesse ne semblait nullement déranger Matías. En outre, il conversait souvent avec sa fiancée en anglais, qu'il parlait à la perfection.

— Sois prudent, dit-il avant de se détourner.

Elle le regarda s'éloigner à grands pas vers l'imposante demeure dont les larges fenêtres brillamment éclairées trouaient au loin la quasi-obscurité. Une sensation à la fois délicieuse et torturante l'envahit, qui n'avait plus rien à voir avec la frayeur d'être découverte. Il s'agissait d'un tout autre phénomène. D'une chose impossible et terrifiante, qui devait être ignorée à tout prix.

Fernando Cortez allait faire la connaissance de Fuego et Matías allait bien sûr assister à la rencontre, avec sa fiancée qu'il avait réussi à persuader de l'accompagner.

Une fois assis à côté d'elle sur le banc avec dossier qu'il

avait fait installer à l'ombre, il la contempla à la dérobée. Ses cheveux tombaient en cascades de boucles blondes sur ses fines épaules et son dos, une partie d'entre eux étant relevés sur le dessus de la tête et maintenus par une pince ornée de fleurs, d'un rose délicat semblable à celui de ses joues. Et de ses lèvres. Comme souvent, Liliana ne portait aucun maquillage. Sans doute pour faire ressortir sa beauté naturelle.

Il avait trouvé en elle l'épouse idéale. La femme exquise que de nombreux hommes lui envieraient. Notamment son frère. Car Diego était non seulement tombé en disgrâce, mais il serait bientôt déshérité. En effet, il ne parviendrait jamais à se marier à temps pour remplir les conditions exigées par leur grand-père, si bien que Matías se retrouverait seul à la tête de l'empire familial. Le haras Navarro lui reviendrait, ainsi que tout le cheptel.

En outre, il éliminerait toute possibilité de voir son frère s'immiscer dans ses affaires, éventualité qui ne laissait pas de le préoccuper. Il était hors de question que Diego devienne copropriétaire de son entreprise, même en tant qu'actionnaire minoritaire, au prétexte que pour démarrer sa société, Matías avait puisé dans les caisses familiales – lesquelles reviendraient pour moitié à Diego s'il se trouvait une fiancée appropriée à temps.

Après la mort de sa première épouse, dont la disparition avait été entourée de nombreuses rumeurs, Diego avait quitté le pays et menait une vie de débauché en Europe, se constituant une fortune par le truchement de transactions plus ou moins louches. C'était du moins ce que Matías avait entendu raconter par diverses sources.

Lui et son frère n'avaient jamais été proches, mais après le décès de leur mère, le fossé s'était encore approfondi entre eux. De plus en plus sombre, l'aîné s'était retiré en lui-même. Puis les écarts de conduite s'étaient succédé, il avait détruit des meubles précieux, des œuvres d'art, mis le feu au bâtiment où leur père entreposait sa collection de voitures anciennes. Tandis que de son côté, Matías s'était protégé, s'entourant de murs invisibles.

Chacun avait trouvé sa façon de survivre à une enfance difficile, auprès d'un père violent dont le comportement frisait souvent la folie. Matías avait fait profil bas, suivant la voie qu'il s'était choisie seul, diamétralement opposée à celle de son père. Alors que Diego, à l'inverse, avait de toute évidence préféré prendre modèle sur le chef de famille.

Par conséquent, il était hors de question qu'il obtienne le contrôle du patrimoine familial. Matías ne le permettrait pas. Ces terres avaient déjà suffisamment souffert du vivant de leur père. Et auparavant, sous le joug du grand-père, à l'époque où celui-ci régnait sur l'empire Navarro.

Matías épouserait Liliana et tout serait résolu.

— C'est un beau cheval, dit sa fiancée en s'adossant aux coussins qu'il avait fait apporter pour qu'elle soit bien installée confortablement.

Se tournant vers la petite table en teck, elle souleva le verre de citronnade fraîche qu'un membre du personnel venait de déposer à son intention.

Matías la regarda refermer délicatement les lèvres autour de la paille transparente. Ou bien sa future épouse était totalement innocente en matière de sexe, ou bien elle jouait très bien le rôle de la jeune vierge ignorante des choses de l'amour. Dans un cas comme dans l'autre, il n'y voyait aucun inconvénient. Mais ne sachant à quoi s'en tenir, il préférait garder ses distances avec elle, pour l'instant.

— Oui, Fuego est un animal superbe. Mais par ailleurs un peu trop lunatique. Jusqu'à présent, il ne se laisse approcher que par ce garçon d'écurie.

— Dommage, répliqua Liliana. Car il est trop jeune pour le faire courir, je suppose ?

— En effet. C'est pour cette raison que Fernando Cortez vient faire la connaissance de Fuego aujourd'hui.

Comme pour confirmer ses paroles, le jockey entra au même instant dans le manège et s'avança vers le garçon d'écurie, avant d'échanger quelques mots avec celui-ci. Quand Fernando lui prit la longe, le gamin parut nerveux, presque inquiet.

— J'espère qu'il ne va pas faire l'imbécile.

— Le garçon ou le jockey ? s'enquit Liliana.

— Les deux, répondit-il en scrutant le gamin.

Les bras croisés – et l'air carrément furieux, à présent –, celui-ci regardait Fernando se rapprocher de Fuego.

Avant que Matías ait le temps de réagir, l'adolescent se précipita vers l'étalon qui commençait à paniquer.

Matías bondit en poussant un juron étouffé et se précipita à son tour.

Le cheval se cabra, renversant Fernando, et dans le mouvement, l'un de ses sabots atteignit le gamin sur le côté de la tête. Matías vit le front s'ouvrir, le sang couler, puis le jeune garçon tomber près de Fuego.

De son côté, Fernando s'était déjà relevé et battait prudemment en retraite. *Viré !* fulmina Matías en son for intérieur. Et il veillerait à ce que tous les propriétaires de haras soient au courant de son incompétence. Mais tout d'abord, il devait s'assurer que le plus jeune de ses employés était vivant.

Il se pencha et posa la main sous le nez du gamin. Dieu soit loué, il respirait... Mais il saignait abondamment et avait perdu connaissance. Matías déchira sa manche de chemise et pressa l'étoffe sur le front livide, avant de soulever le corps mince dans ses bras et de traverser rapidement le manège.

— Appelle un médecin ! cria-t-il à Liliana en passant.

Aussitôt, il la vit soulever son sac.

Certain qu'elle ferait ce qu'il fallait, il se dirigea à grands pas vers le 4x4 garé à la sortie du manège.

3

Camilla se sentait confuse, mais lorsqu'elle reprit ses esprits, elle fut traversée par une flambée de colère, puis par une douleur lancinante qui lui arracha un gémissement.

— Qu'est-ce que j'ai ? demanda-t-elle en se posant la main sur le côté de la tête.

— Tu as reçu un coup de sabot. Le choc a été violent, mais ça va aller. Reste tranquille, surtout.

Quand elle souleva les paupières, la lumière lui fit mal aux yeux et elle les referma aussitôt, non sans avoir eu le temps de constater qu'elle se trouvait à l'arrière du 4x4 de Matías et que celui-ci conduisait.

— Oui, ça aurait pu être pire s'il m'avait frappée de plein fouet.

— Comment t'appelles-tu ?

À en juger par le ton impérieux nuancé d'une pointe d'inquiétude, elle avait intérêt à répondre. Et vite.

— Cam.

C'était le prénom qu'elle avait indiqué à tous ceux avec qui elle travaillait.

— Eh bien, fais tout ton possible pour rester éveillé, Cam. Il ne faudrait pas que tu t'endormes et que tu ne te réveilles pas, hein ?

— Non..., murmura-t-elle en se forçant à rouvrir les yeux.

Ensuite, Camilla fit de son mieux pour les garder ouverts durant tout le trajet à travers l'immense propriété. Matías roulant très vite, il s'arrêta bientôt devant chez lui, sortit rapidement du véhicule et vint ouvrir la porte arrière. Puis il se pencha pour la soulever dans ses bras puissants.

Tout à coup, Camilla se sentit plus faible, mais cette faiblesse ne venait ni du coup de sabot ni de sa blessure à la tête. Il s'agissait d'une délicieuse langueur provoquée par la sensation des bras de Matías l'enveloppant, du corps chaud et viril. Ainsi blottie contre lui, elle avait le sentiment d'être précieuse. Spéciale.

Quelle idiote ! Il la portait comme le gamin blessé qu'elle était censée être, point final.

— Le médecin va arriver, dit-il en l'allongeant sur un sofa, dans un vaste salon.

Elle se concentra sur le mobilier de la pièce, la décoration. Histoire de rester éveillée. Et de ne pas songer à la chaleur et aux étranges frémissements qui la parcouraient de la tête aux pieds.

Cet état bizarre était dû au choc. Forcément.

— Cela aurait pris trop de temps de t'amener aux urgences, poursuivit Matías. S'il faut t'hospitaliser, je te conduirai en ville, naturellement. Mais je préfère que quelqu'un t'examine dès maintenant.

À ces mots, Camilla se sentit *complètement* réveillée. Parce que si un médecin l'examinait, elle allait avoir un sérieux problème. Et si on l'emmenait à l'hôpital…

Mais elle ne pouvait en parler à Matías. Ni se lever et partir en courant pour aller se réfugier dans sa chambre. Elle n'en aurait pas la force, de toute façon.

Étendue sur le dos, elle contempla les moulures du plafond, l'imposant lustre ancien en cristal…

— Ce n'est pas moi qui ai choisi la décoration. Mon

appartement de Londres et celui de Barcelone sont d'un tout autre style.

— Je… Je la trouve pas mal…

— Naturellement. Dis-moi, depuis combien de temps étais-tu sans abri ?

— Je ne… Jusqu'à la mort de Cesar Alvarez, j'étais logée et nourrie. Mais après, je me serais retrouvée à la rue si vous ne m'aviez pas embauchée.

— Et avant de travailler pour Cesar Alvarez ?

Camilla se mordit la langue. Elle allait devoir s'inventer un passé. Subitement, elle repensa au gamin qui avait travaillé au haras pendant quelque temps, avant que son père l'envoie dans une bonne école en assumant tous les frais de scolarité. Les parents étaient morts, et, le jeune n'ayant pas été signalé aux services sociaux, il s'était retrouvé tout seul. C'étaient des voisins, qui travaillaient par ailleurs au haras Alvarez, qui avaient parlé de lui à leur patron.

— Je n'ai jamais connu mon père, commença-t-elle.

Mon Dieu, si Cesar l'entendait…

— Et j'avais à peine neuf ans quand ma mère est morte. Je me suis débrouillée toute… tout seul durant un moment, puis je suis allée trouver Cesar Alvarez. Il m'a donné du travail. Il m'a envoyée à l'école. Mais ce que j'aime le plus, c'est m'occuper des chevaux. Alors, je suis retournée travailler au haras Alvarez.

— Moi aussi, je les aime, répliqua Matías. J'ai cet amour dans le sang. Ce haras appartient à ma famille depuis plusieurs générations et il représente beaucoup pour moi.

— Si vous êtes chez vous ici, pourquoi ne faites-vous pas refaire la déco de la maison ?

Matías s'installa dans le fauteuil faisant face au sofa et se pencha pour prendre la bouteille de xérès posée devant lui sur la table basse.

— Cette maison ne m'appartient pas, dit-il en versant le liquide doré dans un verre.

Il porta celui-ci à ses lèvres, but une gorgée, puis le reposa sur la table.

— Enfin, pas encore, reprit-il. Dans l'immédiat, mon grand-père est très malade et il nous a imposé des conditions, à moi et à mon frère, à remplir avant sa mort. Si nous y parvenons tous les deux, ses biens seront partagés entre Diego et moi. Si un seul y parvient, il héritera de tout.

— Quelles sont ces conditions ? demanda Camilla en battant des cils.

— C'est bien que mon histoire te maintienne éveillé, mais je t'en ai assez dit, Cam. J'ajouterai seulement que je ne m'attends pas à voir mon frère remplir les conditions en question. Diego n'est pas quelqu'un de bien.

— On raconte…

Il inclina la tête sur le côté, l'air subitement très intéressé.

— Qu'est-ce qu'on raconte ?

Jamais elle n'aurait dû s'aventurer sur ce terrain.

— Qu'il est responsable de la mort de sa femme.

— Oui, j'ai entendu parler de ces rumeurs.

— Et vous, vous le croyez ?

— Quand il s'agit de Diego, j'ai tendance à croire le pire. Mais…

Il s'interrompit en fronçant les sourcils.

— Je ne crois pas qu'il ait tué Karina. Je ne dis pas qu'il n'a pas sa part de responsabilité dans sa mort. Il n'a pas essayé de se disculper, c'est tout à fait lui. Mais pourquoi l'aurait-il tuée ? Difficile de lui trouver un mobile.

— Les gens parlent aussi de vous, dit Camilla sans réfléchir.

— Ah ?

— Ils disent que vous ne… Que vous n'embauchez pas de femmes.

Elle jouait à un jeu dangereux. Mais Matías ne la regardait jamais vraiment. Pas plus que les autres membres du personnel. Sans être désagréable ou méprisant avec eux pour autant. Il débordait d'énergie et ne s'attardait jamais bien longtemps sur quiconque ou quoi que ce soit.

— C'est vrai, dit-il en hochant la tête.

— Pour… Pourquoi ? Vous pensez qu'elles ne savent pas y faire avec les chevaux ?

— Bien sûr que non ! s'exclama-t-il avec un geste de la main. Tu n'y es pas du tout ! Le problème, c'est qu'elles tombent toutes amoureuses de moi.

Cette explication mit Camilla mal à l'aise. Parce qu'elle-même n'était pas insensible à son charme. Sans pour autant être amoureuse de lui, bien sûr.

— Tu comprendras peut-être un jour de quoi je parle. Quand tu seras un peu plus âgé.

— Je le comprends déjà, répliqua-t-elle, agacée par le ton paternaliste de Matías.

— Mais oui, bien sûr…, fit-il en riant.

— Vous n'êtes pas très ouvert d'esprit, en fin de compte.

Manifestement surpris, il la regarda en haussant un sourcil interrogateur.

— Des hommes pourraient aussi tomber amoureux de vous.

À ces mots, il éclata franchement de rire.

— C'est possible, je suppose, vu mon charme irrésistible ! Mais je n'ai encore jamais trouvé d'employé homme m'attendant dans ma chambre, complètement nu.

— Oh…, murmura Camilla, suffoquée.

— Eh oui…

Un vertige lui monta à la tête. La pièce commença à tourner autour d'elle, dans un mélange de bleu, blanc et doré.

— Hé, reste avec moi, Cam.

Rester avec lui ?

— Ne t'endors pas.

Évidemment. Il ne lui demandait pas de rester avec lui, là, dans sa maison…

Sa confusion redoubla. Elle préférait l'époque où Matías n'était pour elle qu'un homme impitoyable prêt à tout pour mettre la main sur les chevaux de son père. Un individu bassement intéressé profitant de l'état calamiteux du haras Alvarez et des dettes de Cesar.

C'était plus simple, à ce moment-là. Mais à présent, Camilla ne le voyait plus comme un redoutable prédateur. Il pouvait se montrer gentil, voire doux, et semblait se soucier sincèrement du sort d'un simple petit employé. Même s'il avait dit clairement qu'il ne désirait pas se retrouver impliqué dans une enquête.

Soudain, la porte du salon s'ouvrit sur un homme d'un certain âge portant une sacoche de cuir noir – le médecin, de toute évidence – suivi de Juan. Ensuite, elle fut soumise à une auscultation en bonne et due forme. Mais, Dieu merci, le médecin déclara rapidement qu'il n'était pas nécessaire de l'hospitaliser.

Puis il la regarda dans les yeux et pria Juan et Matías de sortir.

— Comment t'appelles-tu ? demanda-t-il dès que la porte se fut refermée sur les deux hommes.

— Cam.

— Quel âge as-tu ?

— Quatorze ans, répondit Camilla en détournant les yeux.

— Tu as des parents ?

— Non.

Le médecin lui prit le menton pour la forcer à le regarder.

— Tu vas te décider à me dire la vérité ?

Son regard fouillait le sien, bien trop perspicace.

La bouche affreusement sèche, elle secoua la tête, avant de laisser échapper un petit gémissement de douleur.

— Je ne peux pas vous en dire davantage, docteur.

— Écoute-moi bien, *Cam*. J'aime beaucoup Matías. Je l'ai connu tout gamin. Quand son père le malmenait et qu'il se retrouvait avec un œil au beurre noir, c'était moi qu'un membre du personnel appelait à l'aide. Il compte toujours énormément pour moi. Alors, je ne permettrai pas que quelqu'un profite de lui, tu m'entends ?

— Je ne cherche pas à profiter de lui

— Je te crois. Même si je ne sais pas trop pourquoi. Peut-être parce que je passe presque tout mon temps avec les gens, à les soigner, les écouter, les regarder. Si ta petite ruse a fonctionné avec Matías jusqu'à présent, c'est pour une seule raison : les gars comme lui apprennent très tôt à ne jamais regarder quelqu'un de trop près. Tandis que moi…

Il s'interrompit, l'air songeur.

— Je n'ai rien de grave, docteur ?

— Non. Mais tu vas te reposer un peu et tu ne travailleras pas pendant quelques jours. Je vais en parler à Matías.

Quand le médecin eut quitté la pièce, Camilla fut envahie par une crainte atroce. Était-il en train de révéler son secret à Matías ? Son instinct lui disait qu'elle pouvait faire confiance à cet homme simple et humain.

Et puis, s'il avait eu l'intention de dévoiler la supercherie, il n'aurait pas fait sortir les deux autres après avoir compris qu'il avait affaire à une femme.

Néanmoins, cela ne l'empêcha pas d'attendre le retour de Matías avec appréhension.

Il revint cinq minutes plus tard, la mine sombre et l'air mécontent.

— Le médecin vient de me demander de faire préparer une chambre pour toi ici, chez moi. Pour que tu sois plus confortablement installé et que tu puisses appeler quelqu'un la nuit en cas de besoin. C'est l'affaire de quelques jours, a-t-il dit.

— Merci, murmura Camilla.

— Pas de problème. La gouvernante va venir te chercher et te conduire à ta chambre.

L'instant d'après, il avait disparu, la laissant seule avec ses pensées confuses.

À présent, elle se sentait coupable. Matías lui offrait l'hospitalité alors qu'elle lui avait menti. Cependant, elle n'avait pas agi avec de mauvaises intentions. Elle agissait dans l'intérêt de Fuego.

Et d'elle-même. Après avoir perdu son père et le haras, elle n'avait pu supporter la perspective de perdre aussi les chevaux.

Quelques instants plus tard, Camilla découvrit qu'en fait une bonne partie du personnel de la maison était constituée de femmes.

— Je croyais que Matías Navarro n'embauchait pas de femmes, dit-elle à Maria, la gouvernante.

— Il n'embauche pas de *jeunes* femmes, rectifia celle-ci, âgée d'une bonne cinquantaine d'années. En particulier pour travailler avec les chevaux. Quand il est au haras, le patron est rarement à la maison, mais il passe presque tout son temps aux écuries. Alors, c'est ceux qui travaillent là-bas qu'il côtoie le plus.

Elle secoua la tête en soupirant.

— Il y a quelques années, il a eu affaire à des femmes qui se sont conduites d'une drôle de façon avec lui, croyez-moi…

Après avoir tiré les rideaux de la large fenêtre, la gouvernante lui conseilla de se mettre au lit et retourna vaquer à ses occupations, la laissant de nouveau seule.

Un peu soulagée par ces éclaircissements, Camilla enfila l'un de ses sweat-shirts qui avait été apporté pour elle. Apparemment, elle n'avait pas recouru à la ruse pour rien, c'était déjà ça. Parce que sinon…

Elle soupira. Il fallait qu'elle cesse de s'inquiéter, maintenant. Et qu'elle se repose, le médecin avait raison. À présent, elle en ressentait vraiment le besoin.

Après avoir ôté son jean, elle se glissa sous la couette recouverte d'une housse d'une douceur inouïe. Cela faisait si longtemps qu'elle n'avait joui d'un tel confort... Une éternité...

Elle essaya de rester éveillée, juste pour savourer le plus longtemps possible la merveilleuse sensation de bien-être qui l'enveloppait. Mais garder les yeux ouverts s'avéra vite impossible, si bien qu'elle finit par renoncer à lutter et se laissa sombrer dans le sommeil.

4

Réveillé par un hurlement, Matías crut d'abord qu'il rêvait. Ce jour enfoui au plus profond de sa mémoire le hantait encore la nuit, ses rêves se peuplant alors de chevaux et de femmes poussant des cris effroyables.

Cependant, il réalisa vite que quelqu'un avait bel et bien crié.

Liliana. En proie à un affreux mélange d'émotions, de souvenirs se mêlant au présent, il se précipita vers la suite de sa fiancée. Jamais il n'aurait dû faire venir une femme dans cette maison. Surtout pas une créature aussi délicate.

Il aurait bien dû savoir que la malédiction des Navarro referait surface.

Ridicule. Elle faisait un cauchemar. Ou avait vu une araignée, se dit Matías en poursuivant son chemin. Mais à cet instant, il entendit les cris de Maria et cette fois, il fut traversé par une véritable frayeur.

Le cœur lui martelant les côtes, la sueur perlant à son front, il courut vers la chambre de Liliana dont la porte était grande ouverte, ainsi que la fenêtre, les rideaux de dentelle ondulant doucement sous la brise.

La suite se trouvait au troisième étage.

Elle ne s'était tout de même pas…

Glacé, il se précipita vers la fenêtre, s'attendant presque à la voir gisant dans l'herbe, sa chemise de nuit étalée autour d'elle. Mais, Dieu soit loué, il n'y avait personne.

Parcourant du regard la vaste pelouse, il aperçut la mince silhouette vêtue de blanc, ses cheveux blonds soulevés par le vent. Mais Liliana n'était pas seule. Une ombre noire semblait l'envelopper, la tenant serrée contre son flanc.

Diego.

Matías en fut certain. Il le comprit dans sa chair.

Son frère lui avait volé sa fiancée.

Déjà, tous deux avaient disparu.

Se retournant, il donna des ordres brefs à Maria et aux quelques membres du personnel qui attendaient dans le couloir. Soudain, il vit le gamin, pétrifié à deux mètres de lui.

— Retourne te coucher, ordonna-t-il.

— Que s'est-il passé ?

— Liliana a été enlevée.

Le gamin poussa un juron étouffé.

— Par qui ?

— Par mon frère.

Camilla n'ayant toujours pas l'autorisation de retourner travailler, elle se retrouvait cloîtrée à la maison. Elle errait dans les couloirs, les halls, bien trop exposée à son goût.

Heureusement, personne ne faisait plus attention à elle, comme cela avait été le cas après son stupide accident. Tout le monde était maintenant concentré sur la recherche de Liliana Hart. Diego s'était introduit dans la chambre de celle-ci en passant par la fenêtre, équipé d'une corde d'alpiniste, avait-elle appris peu après l'épisode rocambolesque.

Elle, de son côté, se retrouvait seule avec ses interrogations. Quel genre d'homme était vraiment le frère aîné de Matías pour lui voler ainsi sa fiancée ? Par ailleurs, elle ne pouvait s'empêcher de repenser aux paroles du médecin.

Comment un père pouvait-il maltraiter ainsi son fils ? À en croire le médecin de la famille, il s'agissait là d'une habitude.

Quelle horreur… Il lui suffisait d'y songer pour frémir d'indignation.

Camilla ne se souvenait pas avoir déjà entendu parler du père de Matías et Diego. Les rumeurs tournaient toutes autour de l'aîné des deux frères. On parlait beaucoup de la mort de sa femme enceinte et des circonstances ayant entouré le décès.

S'il existait toutes sortes de ragots au sujet de Diego, on chantait les louanges de la famille. Quelle hypocrisie !

Entendant un bruit de pas, elle alla se réfugier au fond de la bibliothèque où elle était entrée pour passer le temps, et s'assit dans un fauteuil, à côté de la cheminée. Seules les flammes dansant dans le foyer et une petite lampe posée sur un guéridon éclairaient la pièce.

— Aucune trace ? demanda soudain la voix de Matías derrière la porte.

— Non, aucune. Nous avons fouillé la propriété et les alentours, mais ils avaient disparu lorsque nous sommes arrivés à l'endroit où la voiture avait été abandonnée.

Matías laissa échapper un rire bref et sardonique.

— Connaissant mon frère, j'imagine qu'un hélicoptère les attendait un peu plus loin.

— Êtes-vous certain qu'il s'agissait de votre frère ? demanda la voix inconnue.

— Oh oui. Je le sais capable de tout.

— Je suis vraiment désolé. Mais s'ils ont quitté l'Espagne, nous ne pouvons plus faire grand-chose. Nous n'avons aucune piste.

— Et Diego n'a pas encore refait surface dans un autre pays européen. Mes hommes surveillent ses différents repaires, or pour l'instant, il semble se terrer dans un lieu connu de lui seul.

— Nous allons tout mettre en œuvre pour le retrouver. Il ne pourra pas revenir dans le pays à notre insu, soyez-en sûr.

Nouveau bruit de pas, puis Camilla entendit Matías prendre congé de l'agent de police. Sa voix était tendue. De toute évidence, il n'avait pas grande confiance dans leur capacité à résoudre l'enquête.

Comme la porte de la bibliothèque s'ouvrait, Camilla se renfonça dans le fauteuil. Elle ne souhaitait pas être seule avec Matías. Cela avait déjà été assez éprouvant de se retrouver étendue sur le sofa avec lui installé en face.

En outre, dès qu'il se tenait à proximité d'elle, elle se sentait toute petite. Matías était si imposant, si charismatique. Une sensation étrange se déployait dans sa poitrine, puis des endroits de son corps dont elle n'avait jamais eu conscience jusqu'alors se mettaient à frémir de façon incontrôlable.

Près de Matías, elle prenait conscience de sa féminité, pour la première fois de sa vie.

— Cam, dit-il en s'avançant dans la pièce. Je ne m'attendais pas à te trouver ici.

— Excusez-moi, répliqua-t-elle en se levant. Je vais aller m'installer ailleurs.

Il l'arrêta d'un geste.

— Pas de problème, tu peux rester.

— Je suis désolée, pour Liliana.

En fait, elle l'était… en partie seulement. D'un côté, elle s'inquiétait pour la jeune femme, mais de l'autre, elle ne regrettait pas sa disparition, à sa grande honte.

— Moi aussi. Je dois la retrouver. Je n'ai pas le choix.

— Vous allez la retrouver, c'est certain.

— J'aurais bien dû me douter que si Diego ne comptait pas céder aux exigences de notre grand-père il ferait tout pour m'empêcher d'y parvenir de mon côté.

— Votre grand-père doit forcément…

— Mon grand-père n'est pas quelqu'un de bien. Dans ma

famille, les hommes sont prêts à tout pour arriver à leurs fins. Je fais partie d'une lignée d'individus dénués de toute morale, de tout principe, Cam.

Il rit, mais d'un rire sans joie, féroce.

— Peu importe que j'aie tout fait pour me distinguer d'eux. Mon grand-père ne s'encombre pas de scrupules. Je ne pense pas qu'il soit impressionné par ce qui m'est arrivé. Je soupçonne même qu'il prendra le parti de Diego. À ses yeux, un homme digne de ce nom doit *prendre* ce qu'il convoite, par la force s'il le faut. Par conséquent, je suppose qu'il louera l'ingéniosité de mon frère.

— Je n'arrive pas à l'imaginer…

— Parce que tu ne connais pas ma famille. J'aurais dû m'y attendre : les femmes qui épousent un Navarro ne s'en sortent jamais bien.

— Vous faites allusion à votre belle-sœur ?

Il la regarda quelques instants en silence, comme s'il hésitait à se confier davantage. Puis, à la grande surprise de Camilla, il s'assit dans le fauteuil installé de l'autre côté de la cheminée et posa les avant-bras sur les accoudoirs. Elle contempla ses mains, fascinée par leur force, leur masculinité. Depuis toujours, elle avait été entourée d'hommes, et pourtant, Matías était… à part. Singulier.

— Oui, je pense à elle, répondit-il. Mais aussi à ma mère.

Il écarta les jambes, prenant une pose décontractée, presque paresseuse, en contraste avec la tension qui exsudait de tout son être. Il aurait pu bondir à tout instant, pressentit Camilla.

— Mon grand-père est surtout… un excentrique, poursuivit-il. Mais mon père… Il avait l'âme noire, depuis toujours. C'était un homme violent. Parfois, il traversait de longues périodes de rage frisant la folie. Il était impossible à contenter et reportait sa fureur sur Diego et moi. Et sur notre mère. Elle, si délicate et si jolie, a énormément souffert durant toutes ces années. Jusqu'à sa mort. Le jour où elle est tombée de cheval et s'est rompu le cou.

Il se tut, le regard fixe et vide. Sans doute revivait-il ces moments tragiques. Et il ne s'adressait pas à elle, comprit Camilla. Il parlait pour lui-même, devant celui qu'il prenait pour un gamin insignifiant.

Le bruit d'un vibreur de téléphone résonnant soudain, il enfonça la main dans sa poche et en sortit un appareil dont il fixa l'écran en plissant le front.

— Allô !

— Matías ? répliqua une voix de femme.

D'aussi près, Camilla l'entendait parfaitement et reconnut d'emblée l'accent américain.

— Je suis si contente d'avoir réussi à te joindre.

— Liliana ? Où es-tu ? Où t'a-t-il emmenée ?

— Je n'en sais rien.

— Comment cela ? Tu ne sais pas où tu es ? Tu es blessée ?

— Non non, je vais bien. En fait, je t'appelle pour te demander de cesser les recherches.

La voix résonnait de façon étrange, un peu mécanique, triste.

— Je n'avais pas l'intention de te tromper, ni de te faire du mal. Mais je ne pouvais pas t'épouser, parce que c'est Diego que je veux. Je suis partie avec lui de mon plein gré. Si j'ai crié, c'est uniquement parce qu'il m'a fait peur. Je te tenais délibérément à distance, Matías. J'ai toujours voulu te compliquer la tâche, t'empêcher d'atteindre ton but, pour pouvoir épouser ton frère. Je n'ai pas été enlevée. Ne cherche pas à me retrouver.

— Liliana…

— Ne dis rien, Matías. S'il te plaît. Je regrette de m'être comportée ainsi avec toi, mais il n'y a plus rien à faire. Nous sommes déjà mariés, Diego et moi. Ce qui signifie que… Tu sais ce que cela signifie. Tout lui reviendra. Si tu ne te maries pas de ton côté, tout sera à lui. Il est trop tard. Nous sommes mariés, légalement. Il est trop tard.

— Liliana…

L'air abasourdi, il contempla de nouveau l'écran de l'appareil, puis le foudroya du regard.

— Il ne faut pas la croire, dit Camilla. J'ai eu l'impression qu'elle était en détresse.

— Elle l'a épousé, je n'y peux rien. Mon frère est un scélérat mais pas un monstre. Il n'aurait jamais forcé une femme à s'unir à lui contre son gré.

Quand il se pencha légèrement en avant et laissa tomber son smartphone sur la table basse, la lumière projetée par les flammes fit ressortir les reliefs de son beau visage viril.

— J'ai été stupide de croire que Diego se complairait dans sa vie dissolue sans réagir à la provocation de notre grand-père. Je voyais la situation de mon point de vue et j'allais m'engager dans un vrai mariage, tandis que lui ne pensait qu'à se marier par intérêt. Dès qu'il aura obtenu ce qu'il convoite, il se séparera sans doute de Liliana.

— Mais vous aussi, vous vouliez l'épouser pour répondre aux conditions imposées par votre grand-père, non ?

Pourquoi lui poser cette question ? Manifestement, son ex-fiancée comptait vraiment pour Matías. Sinon, il n'aurait pas été aussi ébranlé. La pensée qu'il puisse aimer Liliana était insupportable à Camilla. Si elle se trouvait mesquine de réagir ainsi, elle ne pouvait s'en empêcher.

— Oui, mais je voulais que notre mariage fonctionne. Je ne suis pas porté sur l'amour, comprends-moi bien. Enfin, tu es sans doute trop jeune… L'amour n'a jamais fait partie du projet. Cependant, je ne voyais pas d'objection à me marier, à avoir une femme, des enfants.

Il secoua la tête.

— C'était trop simple, j'aurais dû m'en rendre compte.

— Combien de temps vous reste-t-il ?

— Plus que deux semaines. Diego est intelligent, il avait bien prévu son coup.

— Et si c'était du bluff ? Ils ne sont peut-être pas mariés…

— Non, la coupa-t-il d'un ton incisif. Il n'aurait aucune raison de mentir, d'autant qu'il sait que cela ne ferait que me pousser à l'action. S'il n'avait pas épousé Liliana, il se tiendrait tranquille.

Cédant à une impulsion, Camilla tendit la main et lui effleura le dos de la main, avant de reposer aussitôt la sienne sur ses genoux.

Puis elle se leva et resta immobile devant l'âtre pour dissimuler le trouble qui l'avait envahie.

— Ça alors ! s'exclama Matías d'une voix dure.

Elle se tourna vers lui. Il la fixait, les traits figés par la colère, les yeux étincelant à la lueur du feu. Puis, se levant à son tour, il la prit par les bras et la tint devant lui.

— Quel rôle avez-vous joué dans cette histoire ? Répondez ! Avez-vous participé à ce complot d'une manière ou d'une autre ?

5

Quel crétin !

Le soi-disant gamin était en réalité une femme ! Comment avait-il pu se laisser berner ainsi alors qu'à la regarder de près, éclairée par le feu crépitant dans la cheminée, la réalité crevait les yeux ?

Il avait embauché une femme, dans ses écuries. Et pas n'importe laquelle. Une vulgaire menteuse doublée d'une aventurière sans scrupule.

— Répondez-moi ! ordonna Matías en resserrant son étreinte.

C'était si évident, à présent. Elle n'avait ni l'ossature ni la musculature d'un jeune adolescent. Comment avait-il pu ne pas s'en rendre compte, quand il l'avait portée dans ses bras après l'accident ?

Elle était costaud, certes. Sans doute pour avoir travaillé avec les chevaux. Mais elle ne possédait pas la robustesse d'un jeune ayant vécu à la dure à la campagne.

En dépit de sa force physique, il y avait de la douceur en elle. Matías regarda son visage. Elle avait les pommettes trop délicates, pour un garçon. Plus d'un top model lui aurait probablement envié ce visage mince aux traits aussi singuliers que bien dessinés. Cette beauté à la fois étrange et, oui, singulière. Une fois maquillée, elle deviendrait même spectaculaire.

À vrai dire, il ne savait plus que penser de la métamorphose qui venait de s'opérer sous ses yeux. Il ressentait de la colère. Parce qu'il ne pouvait supporter d'avoir été dupé de façon aussi grossière. Et par deux personnes coup sur coup, de surcroît. Trois, même, en comptant Diego, lequel n'avait même pas eu le cran de l'appeler lui-même.

— Avez-vous aidé Diego à pénétrer dans la propriété ? Travaillez-vous pour lui ?

Les différents morceaux du puzzle se mettaient en place. Les questions posées par le prétendu gamin sur son refus d'embaucher des femmes, sur son besoin de se marier. Elle avait jaugé la situation. Évidemment !

Mais si elle croyait s'en tirer impunément, elle allait vite déchanter.

— Non, répondit l'inconnue, les yeux brillants.

Sa voix avait un accent différent, plus féminin. Elle ne cherchait plus à la modifier, à présent.

— Je n'ai jamais aidé votre frère ou Liliana. Je n'ai rien à voir dans cette histoire.

— Pourquoi vous être fait embaucher ici, dans ce cas ?

— À cause des chevaux.

Les yeux bruns, presque noirs, ne brillaient plus, voilés de larmes.

— Je suis la fille de Cesar Alvarez. Ces chevaux m'appartenaient et j'aurais fait n'importe quoi pour rester avec eux. Vous devez comprendre cela, non ? Je ne suis pas venue chez vous pour profiter de vous. Je l'ai fait pour eux, et pour moi.

Devait-il la croire ? Avait-elle vraiment été motivée par son amour des chevaux ? Il savait que Cesar Alvarez croulait sous les dettes. Par conséquent, sa fille se retrouvant sans le sou après sa mort, elle aurait très bien pu se laisser soudoyer par un salopard comme Diego.

— Je vous jure que je n'étais pas en relation avec Liliana ou Diego, reprit-elle, l'air désespéré. Je ne connais pas votre frère, je ne l'ai jamais rencontré. Comme je vous l'ai dit, je suis venue ici pour les chevaux, pour être sûre que Fuego soit traité à sa juste valeur. C'est tout ce qu'il me reste, les chevaux. Ma mère est partie s'installer à Paris, vous pouvez le vérifier facilement. Vous pouvez aussi faire examiner mon téléphone portable et vous aurez la preuve que je n'ai jamais été en contact avec votre frère. Je n'ai appelé personne depuis mon arrivée, et personne ne sait que je suis ici.

Une pointe d'amertume avait coloré ses dernières paroles. Comme si elle regrettait de devoir admettre qu'elle était seule au monde, que personne ne se souciait de son sort.

— Quel âge avez-vous ? demanda Matías.

— Vingt-deux ans.

Elle tremblait, à présent. De la tête aux pieds.

— Vous êtes une femme, donc. Pas une adolescente.

Hochement de tête silencieux.

— Et vous voulez être avec les chevaux, les faire travailler.

— J'ai *besoin* d'eux, et ils ont besoin de moi. Sans moi, vous ne pouvez pas dresser Fuego, vous le savez. Vous l'avez constaté par vous-même et vous avez vu ce qui arrive quand d'autres tentent de travailler avec lui. Vous n'allez tout de même pas le faire monter par cet imbécile de Fernando ?

— Bien sûr que non. Je l'ai renvoyé aussitôt après l'accident.

— Pour l'instant, je suis la seule à pouvoir travailler avec lui, insista-t-elle.

— C'est si important pour vous ? Parce que si je ne

réussis pas à contrer mon frère, il obtiendra tout, y compris vos précieux chevaux. Vous ne voulez pas que cela arrive, n'est-ce pas ?

— Non.

— Vous m'avez trompé, dit-il en l'attirant vers lui.

Il savoura son petit mouvement de recul, apprécia sa tentative de lui résister.

— Je suis désolée, reprit-elle d'une voix mal assurée. Cela n'avait vraiment rien à voir avec vous. Enfin, si. Parce que si vous ne refusiez pas d'embaucher des femmes…

— Je n'ai de place à offrir à une femme que pour un seul rôle, actuellement. Et maintenant, je me demande si vous et moi avons suffisamment d'intérêts communs pour que vous puissiez remplir ce rôle.

L'air confus, elle tenta à nouveau de se dégager.

— Je ne comprends pas.

— Oh si, je pense que vous me comprenez très bien.

Après lui avoir lâché les bras, il recula d'un pas.

— En tant que garçon d'écurie, vous m'avez été utile, mais seulement par rapport à Fuego. En tant que femme, vous pouvez l'être de bien d'autres façons. Comment vous appelez-vous ?

Matías sourit malgré lui.

— Et cette fois, je veux connaître votre *vrai* prénom.

— Camilla. Camilla Alvarez.

Bien sûr. Il avait entendu parler d'elle, mais sans jamais la rencontrer. Une brillante cavalière réputée pour son don exceptionnel avec les chevaux, comme son père, Cesar.

La femme idéale pour lui, au fond. Et à plus d'un titre. À présent, il n'avait plus l'intention de s'engager à vie, naturellement. Mais il n'en avait pas moins besoin d'une épouse. Et rapidement.

Or Camilla avait elle aussi besoin de quelque chose.

Par conséquent…

Il avait trouvé la solution. Elle était là, devant ses yeux.

— Vous désirez rester avec vos chevaux et vous occuper de Fuego, n'est-ce pas, Camilla ? Eh bien, j'exaucerai votre souhait, mais à une condition : vous deviendrez ma femme.

6

Camilla eut l'impression qu'un gouffre s'ouvrait sous ses pieds. Tout avait basculé lorsque sa supercherie avait été découverte. Et maintenant, non seulement Matías savait qui elle était, mais il venait de lui demander de l'épouser.

Quelle folie ! Jamais elle n'avait embrassé un homme. Jamais elle ne s'était approchée aussi près d'un membre du sexe opposé. Or voilà que Matías la maintenait contre lui, les yeux étincelants – de rage, pas de passion.

— Je… Je ne comprends pas…, dit-elle à nouveau. Vous…

— J'ai besoin d'une épouse, l'interrompit-il de la même voix dure. Mon frère s'en est trouvé une, et si je ne veux pas tout perdre, il me faut une femme. Vous avez vous aussi un intérêt dans cette histoire, parce que si Diego devient propriétaire de ce haras les chevaux seront à lui, et vous ne voulez pas que cela arrive. N'imaginez pas qu'il vous gardera ou qu'il se souciera du bien-être de vos précieux chevaux. Diego n'a rien d'un tendre, croyez-moi.

— Pas pour toujours… Je veux dire : je ne serai pas votre femme *pour toujours*.

Il la gratifia d'un haussement d'épaules.

— Nous nous contenterons d'un mariage factice. Mais tout sera légal. Mon grand-père ne vivra pas éternellement, et une fois que sa succession sera réglée, vous pourrez recouvrer votre liberté.

— Le mariage sera annulé, n'est-ce pas ?

— Non, dit-il fermement. Rien ne doit mettre en doute la légitimité de notre union. Je ne prendrai pas le risque que Diego aille se plaindre devant un juge. Comme je vous l'ai déjà dit, je le crois capable de tout, ou presque. Il m'a volé ma fiancée, après tout.

Camilla se sentait de plus en plus confuse, et vulnérable. Un véritable chaos régnait dans son esprit, tandis que des sensations malvenues embrasaient ses sens.

— Comment s'y est-il pris, à votre avis ?

— Il a séduit Liliana, je suppose. Elle répugnait à partager mon lit et maintenant, je comprends pourquoi !

Ces paroles s'emmêlèrent dans son esprit déjà embrouillé.

— Liliana ne…

— Je ne couchais pas avec elle. C'est important pour vous ?

— Non. Mais comme vous vouliez que votre mariage fonctionne, de façon durable, je pensais que…

— Liliana se présentait comme une jeune femme… innocente, la coupa-t-il de nouveau avec un mépris manifeste. Elle disait ne pas me connaître suffisamment.

— Ah…

— À présent, je soupçonne que son refus ne venait pas de son innocence. Elle s'était déjà donnée à mon frère.

— À moins qu'elle n'ait été vraiment enlevée contre son gré, répliqua doucement Camilla. Et que Diego l'ait forcée à vous parler comme elle l'a fait au téléphone.

— C'est une possibilité. Quoi qu'il en soit, je n'ai pas le temps de me perdre en suppositions. Il me reste deux semaines pour me marier. Je n'aurais aucun mal à trouver une remplaçante à Liliana, mais je ne veux pas éveiller les soupçons de mon grand-père.

— Vous pensez qu'il appréciera que votre frère se soit abaissé jusqu'à enlever votre fiancée pour vous doubler ?

— Oui, parce que c'est tout à fait dans le style de Diego ! répliqua Matías avec un petit rire dur et méprisant. Mon frère est un joueur. La brebis galeuse. Moi je suis… le bon, le gentil, et mon grand-père serait probablement ravi de me voir lui faciliter la tâche en restant fidèle à mon code de l'honneur. Il trouverait amusant que j'échoue à remplir ses conditions. C'est pour cette raison que je veux le persuader que notre relation est bien réelle et que je n'ai pas pris la première venue pour remplacer Liliana.

— Si je comprends bien, du moment que personne ne connaît la vérité, cela ne vous dérange pas de déroger à vos principes ?

— Est-ce que je vous force la main, Camilla ? demanda-t-il avec hauteur. Au lieu de recourir à la force, je vous propose un arrangement qui nous sera profitable à tous les deux. Vous voulez vos chevaux, vous désirez rester ici afin de pouvoir les entraîner et je vous le permettrai, à condition que vous m'aidiez. Parce que je dois garder le contrôle du haras pour que cela soit possible. Et de ma société. Si Diego héritait de tout le patrimoine familial, il pourrait finir par obtenir une part de l'entreprise que j'ai créée tout seul. Je ne le tolérerai pas.

Il s'interrompit un bref instant en plissant les yeux.

— Tandis que si nous héritons chacun de la moitié des biens, je serai en mesure de lui proposer un arrangement qui le tiendra à l'écart de mes affaires. J'ai la conviction que Diego veut avant tout gagner, plus qu'il ne désire contrôler le haras et ce qui s'y passe. De mon côté, cet endroit représente beaucoup pour moi. Je vis ici depuis des années, pas lui. J'ai entretenu une relation avec les chevaux, la terre. Vous devez comprendre de quoi je parle, non ?

En effet, Camilla comprenait la passion de Matías, son

désir de rester au haras, parce qu'elle les partageait. Elle avait ressenti la même chose pour les lieux où elle avait grandi. Le haras Alvarez, les terres, la maison, tout cela lui manquait terriblement.

— J'accepte, dit-elle. À une condition.

— Laquelle ? demanda-t-il, impassible.

— Quand nous divorcerons, je récupérerai le haras de mon père.

Silence. Il se contenta de la regarder, les traits indéchiffrables.

— Ce n'est pas rien, répliqua-t-il enfin.

Elle croisa les bras et redressa le menton.

— Vous épouser non plus.

— Vous pensez valoir des millions ?

— Oui, répondit-elle sans ciller. Ou du moins, j'estime que votre demande en mariage les vaut.

— Vous espérez n'être que mon épouse de convenance et ressortir de ce mariage avec un haras ?

— Et mes chevaux. Pas Fuego. Je comprends très bien que vous ne vouliez pas renoncer à lui. Mais les autres, ceux qui ne seront jamais des champions, je les veux.

— Et vous voudriez aussi continuer à voir Fuego – je me trompe ?

— Bien sûr. Connaissez-vous quelqu'un d'autre qui puisse l'entraîner ? Et passer le relais au jockey qui le montera ? Non, je ne crois pas.

— Vos exigences sont excessives. Vous ne m'offrez pas suffisamment en échange.

— Je vous propose de rester votre femme aussi longtemps que vous aurez besoin de moi.

Reculant d'un pas, il la considéra lentement de la tête aux pieds. Son regard passa sur elle comme une caresse brûlante, la faisant frissonner tout entière.

— Si vous m'offriez votre corps, le marché serait plus équitable et je serais plus enclin à l'accepter.

Camilla se crispa. Pas de dégoût, mais de crainte. Matías avait deviné l'attirance qu'elle ressentait pour lui. Et il se moquait d'elle, parce que, après avoir été fiancé à une beauté aussi délicate et féminine que Liliana, il ne pouvait pas la trouver séduisante. Surtout accoutrée comme elle l'était et avec ses cheveux coupés n'importe comment.

— Non, vous avez besoin de vous marier, c'est tout. Si vous voulez une prostituée, vous avez les moyens de vous en offrir une.

Elle redressa le menton d'un cran supplémentaire pour ajouter du crédit à ses paroles, à sa prétendue assurance. Cependant, elle savait que les options de Matías étaient limitées, sinon, il ne lui aurait jamais proposé de l'épouser.

Mais s'il était choqué par sa réplique, il n'en laissa rien paraître.

— Fascinant, dit-il. Vous ne manquez décidément pas d'audace. Lorsque je vous prenais pour un garçon, j'attribuais cela à votre jeune âge. À quatorze ans, un jeune se croit capable de tout. À tort. Mais c'est rare de voir cela chez une femme.

— Je ne sais pas si c'est un compliment ou une insulte.

— Ni l'un ni l'autre. Ce n'était qu'une simple remarque, prenez-la comme vous voudrez. La plupart des gens seraient intimidés par moi, mais pas vous, visiblement. Cela me dérange. Mais si vous acceptez de m'épouser, je céderai à vos exigences : vous aurez tout ce que vous avez demandé.

Le cœur battant à tout rompre, elle tendit la main à Matías.

— J'accepte. Je serai votre femme.

Il baissa les yeux sur sa main tendue.

— Vous espérez conclure ce marché avec une poignée de main ?

— Oui. Parce que, pour moi, il s'agit d'une transaction

d'affaires, rien de plus. Vous avez raison : je suis quelqu'un d'audacieux et j'ai confiance en mes capacités.

Elle devrait pourtant se montrer prudente… Parce que, hormis sa personne, elle ne possédait rien qui puisse intéresser Matías. Après avoir représenté un obstacle, le fait qu'elle soit une femme se transformait en atout. Aussi n'hésiterait-elle pas à s'en servir pour récupérer le haras Alvarez, ce qu'elle n'aurait jamais cru possible. Il suffisait d'épouser Matías. Ensuite, elle serait libre. Libre de chevaucher à travers les oliveraies comme autrefois, de courir pieds nus sur les pavés chauffés par le soleil.

— OK, marché conclu, dit-il en prenant sa main.

Quand il la serra dans la sienne, Camilla sentit un tremblement naître au plus profond de son être. Mais elle l'ignora.

— Parfait, enchaîna Matías. Demain, j'appellerai mon grand-père pour lui expliquer que j'ai changé de fiancée. Ensuite… Nous tâcherons de vous rendre présentable.

Le lendemain matin, lorsque Matías prit son téléphone pour appeler son grand-père, il bouillait encore de colère.

Liliana avait été parfaite. Et maintenant, il allait devoir transformer une jeune femme aux allures de garçon manqué en fiancée élégante et sophistiquée. Ce qui représentait une véritable gageure. Surtout en un délai aussi court.

Camilla devrait posséder un pouvoir d'attraction susceptible de rivaliser avec celui de Liliana. Le fait que celle-ci soit devenue la compagne de Diego arrangeait Matías, finalement. Cela lui éviterait de passer pour le goujat de l'histoire.

— Bonjour, Matías, dit son grand-père de sa voix à la fois rocailleuse et racée.

En dépit de la maladie qui l'affaiblissait de jour en jour, il conservait son ton autoritaire. C'était cet homme dur et impitoyable qui avait engendré son père, après tout. Lequel avait conçu à son tour Diego, entretenant ainsi une lignée de mâles ignorant la différence entre le bien et le mal. Et dépourvus de toute notion d'humanité.

Or Matías ne voulait pas perpétuer cette tradition abominable. Il ne ressemblait en rien à son frère et à son père. Ni à son grand-père.

— Bonjour. Je suppose que Diego t'a annoncé qu'il s'était trouvé une fiancée.

Le vieil homme pouffa.

— En effet. Bien que, d'après ce que j'ai compris, il ait littéralement *pris* une fiancée. La tienne.

— Oui, c'est le terme adéquat, acquiesça Matías. Mais en fait, il m'a rendu service. Au moins, je n'aurai pas à briser le cœur de Liliana.

— Vraiment… ? fit son grand-père d'un ton franchement dubitatif et quelque peu ironique.

— J'ai rencontré quelqu'un d'autre, poursuivit Matías d'une voix ferme. Jusqu'ici, j'étais coincé par mon engagement envers Liliana.

En prononçant de telles paroles, il ne faisait qu'entretenir le jugement de son grand-père sur ses petits-fils : Diego le méchant, et lui le noble, le bon. La manière dont il gérait la situation sans déroger à ses principes ne manquerait pas d'amuser son aïeul.

— Par conséquent, sa disparition t'arrange, c'est bien ce que tu es en train de m'expliquer ?

— Oui, en quelque sorte. Mais comme les choses se passent rarement bien dans la vie, je suis très content de la tournure que prend la situation. J'avais embauché une jeune femme pour travailler aux écuries et j'avoue que j'ai vite été fasciné par ses capacités. Elle possède un véritable don avec les chevaux. Je suis tombé amoureux d'elle avant même de m'en rendre compte, je crois. Cependant, je n'ai jamais violé mon engagement envers Liliana car je suis un homme de parole, comme tu le sais. Maintenant, tout a changé et Camilla Alvarez va devenir ma femme. Tu as dû entendre parler de sa famille, de son père, Cesar Alvarez, du temps où tu t'occupais de chevaux et que tu travaillais au haras. Tu as même dû avoir l'occasion de le rencontrer.

Son grand-père pouffa de nouveau.

— Oui. Cesar. Il n'est pas mort récemment ?

— Si, en effet. Et j'ai récupéré les chevaux de son haras. C'est comme cela que j'ai rencontré Camilla.

— Quelle histoire passionnante. Mais j'avoue que j'ai un peu de mal à y croire.

— Je ne te demande pas d'y croire. Je voulais simplement t'annoncer que je vais épouser Camilla dans le délai imparti. Elle sera parfaite pour moi. Elle dirigera brillamment le haras à mes côtés. Elle aime les chevaux et…

— Et toi ? le coupa son grand-père. Elle t'aime ?

— Peut-être pas autant qu'elle les aime.

À ces mots, son aïeul éclata de rire.

— J'apprécie ta franchise, Matías, et ton respect de mes conditions – que tu sembles bien être le seul à considérer sérieusement. Je trouve tout cela très amusant !

— Je suis toujours ravi de pouvoir apporter un peu de divertissement et de légèreté dans ta vie, grand-père.

— Tu vas présenter ta nouvelle fiancée au gratin de la haute société, la semaine prochaine ? Lors du bal de charité de Barcelone ?

— Probablement, répondit Matías d'un ton détaché.

— Parfait. Tu sais que mon état de santé m'empêche de m'y rendre, mais je regarderai les photos dans le journal.

— Je n'en attends pas moins de toi, grand-père.

— À bientôt, Matías. Je serai invité au mariage, n'est-ce pas ?

Matías reposa son portable et sourit. Il triompherait de

tous les obstacles, quitte à devoir céder à des exigences qu'il trouvait inacceptables. Puisque c'était le prix à payer, il y consentait. Parce qu'il ne laisserait jamais Diego l'emporter.

En attendant, il avait du pain sur la planche : embaucher styliste, coiffeuse, maquilleuse, acheter une bague… Aussi ne perdrait-il pas son temps à songer aux mauvais côtés de la situation.

Il ferait ce qu'il fallait, comme d'habitude. En veillant à ce que tout soit accompli en bonne et due forme.

7

Le lendemain, Camilla se trouva transportée dans un univers presque… surréaliste.

Elle venait à peine de se lever que Maria vint la chercher pour la conduire dans une suite somptueuse, dont la chambre était bien plus grande et agréable que celle où elle avait dormi depuis son accident – et que celle qu'on lui avait attribuée en tant que Cam, simple garçon d'écurie. En outre, sa nouvelle chambre était plus féminine que celle d'autrefois, au haras Alvarez.

Il ne lui fallut pas longtemps pour comprendre qu'il s'agissait de l'ancienne suite de Liliana et se remémorer qu'elle ne serait jamais que la remplaçante de cette dernière.

Si la gouvernante fut surprise par son changement de statut, elle n'en montra rien. Lorsque deux employés apportèrent un portant auquel était suspendue une garde-robe complète, elle ne manifesta pas plus d'étonnement. Ni quand ils revinrent avec une immense corbeille contenant tout un éventail de produits de toilette des plus raffinés et sans aucun doute hors de prix.

— Vous allez prendre un bain, dit-elle d'un ton neutre. Ensuite, vous avez rendez-vous avec une styliste.

— Je… Très bien, acquiesça Camilla, désarçonnée.

— Vous vous demandez sans doute pourquoi je ne suis

pas surprise, reprit Maria. Eh bien, c'est parce que je l'ai su dès le premier instant où je vous ai vue, que vous n'étiez pas un garçon.

— Pourtant, Matías…

— Il ne s'était rendu compte de rien parce qu'il prend le temps de regarder autour de lui uniquement quand il juge que c'est important.

— Je vois.

— Je n'en suis pas sûre. Mais ça viendra.

Dès que la gouvernante eut disparu, Camilla se rendit dans la salle de bains et contempla les flacons de savon liquide, de sels aux couleurs pastel, les exfoliants, gels, laits corporels… Dévissant les bouchons, elle huma quelques-uns des produits avant de choisir des sels parfumés à la lavande.

Ensuite, elle se déshabilla et se réjouit à la perspective de ne plus avoir à se comprimer les seins. Ni après le bain, ni jamais plus.

La baignoire bleu ciel lui plaisait beaucoup. De forme sabot mais spacieuse, celle-ci reposait sur des pieds en bronze figurant des pattes de lion. Camilla ouvrit les robinets, en bronze eux aussi, et versa des sels de bain dans l'eau. Aussitôt, un délicieux parfum de lavande se répandit dans l'atmosphère.

Dès que la baignoire fut remplie, elle s'installa dans l'eau brûlante et ferma les yeux en soupirant de bien-être.

Les mois de chagrin, de stress, s'envolèrent comme par enchantement. Les soucis qui lui pesaient sur les épaules depuis la mort de son père. Les difficultés auxquelles elle s'était retrouvée confrontée du jour au lendemain.

Quand elle émergerait de sa bulle de confort, il lui faudrait accepter que Cesar fût bel et bien parti, pour toujours. Mais son propre avenir était désormais assuré. Elle allait pouvoir respirer. Enfin.

Vingt minutes plus tard, Camilla se résolut à sortir du

bain et s'enveloppa dans la serviette la plus moelleuse qu'elle ait jamais eu l'occasion d'utiliser, puis regagna la chambre où elle trouva des sous-vêtements de soie blanc ivoire posés sur le lit, ainsi qu'une robe d'été toute simple.

Une sensation d'étrangeté l'envahit lorsqu'elle les enfila tour à tour. Et ce fut encore plus étrange de découvrir son reflet dans le haut miroir.

L'étoffe douce couleur corail épousait ses courbes féminines, sans les mouler pour autant. Mais après avoir porté des vêtements trop larges et informes pendant des semaines, elle se sentit terriblement exposée. Même là, dans cette chambre où personne ne pouvait la voir. Par ailleurs, elle avait beau porter une robe ravissante, celle-ci ne la rendait pas irrésistible pour autant.

Si Matías s'imaginait qu'elle allait se transformer en déesse d'un coup de baguette magique, il serait déçu. Jamais elle ne posséderait la beauté de Liliana, ni son charme ou sa grâce.

Et puis, il y avait ses cheveux coupés trop court. Et son visage aux traits… ingrats, aurait dit sa mère…

L'arrivée du petit déjeuner l'empêcha de ruminer plus longtemps ses sombres pensées. Café à l'arôme puissant, confiture faite maison, pain tout chaud à la croûte croustillante à souhait, œufs frais, bacon grillé… Un véritable festin !

Dès qu'elle eut avalé sa dernière goutte de café, trois femmes apparurent et se mirent à parler toutes en même temps – la discussion tournant principalement autour de ses cheveux, des teintes allant le mieux avec son teint, et quantité d'autres choses du même genre.

L'une des nouvelles venues sortit une paire de ciseaux d'une mallette à nombreux compartiments puis s'approcha de Camilla, qui tressaillit.

— Vous n'allez tout de même pas *encore* les couper ! protesta-t-elle. Il ne va plus rien rester !

— Faites-moi confiance, répliqua la coiffeuse en souriant.

Une fois que j'aurai terminé, vous aurez au contraire l'impression d'en avoir davantage.

Sur ces paroles, elle prit les mèches – ou du moins, les semblants de mèches – une par une et donna des petits coups de ciseaux à une rapidité stupéfiante. En fait, elle se contenta d'égaliser les cheveux sur le dessus de la tête et de raccourcir sur les côtés et à l'arrière. Le résultat fut surprenant, et pas déplaisant du tout. La coupe donnait effectivement une impression de volume, constata Camilla avec surprise.

L'une de ses deux collègues sortit alors de sa propre mallette divers petits pots et tubes, choisissant un éventail de teintes qui rappelèrent à Camilla l'été, ses couchers de soleil, la couleur de la terre, et aussi celle du sucre brun.

Des tons chauds allant du doré à l'orangé furent appliqués sur ses paupières, ses pommettes, et à d'autres endroits de son visage qui prit peu à peu des reliefs nouveaux. Lorsque la maquilleuse eut ajouté un trait d'eye-liner et du mascara, Camilla songea qu'à présent même sa mère aurait eu du mal à parler de son *visage ingrat*…

Elle n'avait pas été métamorphosée en beauté délicate et ultra-féminine comme Liliana, bien sûr, mais elle trouva que la femme la dévisageant dans le miroir était… belle.

— Les cheveux courts, ça vous va très bien, dit la coiffeuse.

Tout en continuant à contempler son reflet, Camilla hocha la tête.

— Merci, c'est grâce à vous, répliqua-t-elle en souriant.

— Le truc, c'est de trouver ce qui vous met en valeur.

— On m'a toujours répété que je n'étais pas belle. Pas féminine. Pas gracieuse. Que mon visage…

— Vous avez le teint naturellement mat, il faut en profiter, l'interrompit la maquilleuse. Vous pouvez porter sans problème des tons dorés qui, chez une femme au teint plus clair, lui donneraient un aspect cireux. Vous possédez une beauté puissante et singulière, Camilla. Tout le monde ne sera pas forcément sensible à votre charme, mais ceux qui l'apprécieront ne trouveront jamais de femme plus attirante que vous.

Celle qui s'était présentée comme la styliste se rapprocha et l'invita à se lever.

— Quant à votre silhouette, dit-elle en l'examinant de la tête aux pieds, beaucoup de femmes vous l'envieraient. Il ne nous reste plus qu'à trouver la robe de soirée qui…

— Une robe de soirée ? l'interrompit Camilla avec inquiétude. Pour quoi faire ?

— Pour aller au bal, répondit la styliste en souriant.

Assis à la table de la salle à manger, Matías était d'une humeur massacrante. Il n'avait pas vu Camilla de la journée, ce qui ne le dérangeait pas du tout, au contraire, mais ils devaient dîner ensemble et elle était en retard. Or il détestait l'inexactitude.

Il se mit à pianoter sur la nappe blanche en repensant à tous les changements qui s'étaient opérés dans sa vie au cours des dernières vingt-quatre heures. De garçon d'écurie, Cam était devenu Camilla, avant de passer du statut de simple employé à celui de fiancée…

En vérité, elle n'avait pas vraiment eu le choix. Mais peu importait. L'essentiel, c'était que cet arrangement les satisfasse tous les deux, d'une façon ou d'une autre.

La porte de la salle à manger s'ouvrant soudain, il leva les yeux et fut littéralement époustouflé par la vision qui s'offrait à lui.

La femme qui s'avançait dans la pièce portait une robe sans manches d'un bel orangé tirant sur le vermillon, la teinte ébène de ses cheveux, maintenant coupés avec style, mise en valeur par un bandeau doré, les pieds chaussés de ballerines en cuir naturel.

Camilla Alvarez était à cent pour cent femme, il n'y avait aucun doute. Elle possédait un corps athlétique, certes, mais agrémenté de courbes d'une douceur toute féminine – des petits seins haut perchés, une taille fine, des hanches solides… Le qualificatif était peut-être un peu étrange, mais ce fut néanmoins celui qui vint à l'esprit de Matías en contemplant la nouvelle Camilla.

Elle ressemblait à une déesse de la guerre, à laquelle tout homme aurait brûlé de s'affronter en un corps à corps torride, et de préférence dans l'intimité d'une chambre.

Agacé par le tour que prenaient ses pensées, il serra les poings et reprit ses esprits. Camilla Alvarez représentait un moyen lui permettant de contrarier son grand-père et de déjouer les manigances de Diego. S'il voulait une partenaire sexuelle, il savait où en trouver. Il suffisait d'user de discrétion. Il n'était pas homme à ne pas honorer ses engagements, mais du moment que Camilla était au courant et leurs positions respectives bien claires, il serait libre de fréquenter qui il voulait. Il s'agissait d'une transaction d'affaires, sa nouvelle fiancée l'avait dit elle-même. Un marché, scellé par une poignée de main.

— Bonsoir, dit-elle, les épaules légèrement crispées et les traits indéchiffrables.

— Ainsi, voici ce à quoi vous ressemblez vraiment ?

— Non, répondit-elle en contournant la table.

Ce faisant, elle effleura la nappe du bout des doigts. S'il avait regardé ses mains, ne serait-ce qu'une fois, il aurait su immédiatement qu'il avait affaire à une femme.

— Vous avez devant vous une version très policée de ma personne. Mais c'est celle que vous verrez durant le temps que durera cette comédie, je suppose. À condition que je puisse avoir recours à ma petite équipe dès que j'en aurai besoin, car je serais bien incapable de réaliser ce miracle toute seule.

— Vous m'étonnez… N'êtes-vous pas la fille d'une grande mondaine réputée pour sa beauté ?

— Ma mère s'intéressait peu à sa fille, qu'il s'agisse d'éducation ou de maquillage. J'ai été élevée par mon père.

Elle s'assit en face de lui et le regarda droit dans les yeux.

— J'ai passé ma vie avec les chevaux. Mon père m'a laissée libre d'agir à ma guise. Sans doute parce qu'il avait mauvaise conscience par rapport au manque total d'intérêt de ma mère envers moi. Ou peut-être parce qu'il se sentait seul, vu qu'elle s'intéressait aussi peu à lui qu'à moi. En tout cas, j'ai bénéficié d'une éducation pas du tout conventionnelle.

— Il a dû vous transmettre une part de son audace.

— Assurément. Quand on dirige un haras comme si l'on disposait de millions alors qu'en réalité on est endetté jusqu'au cou, il faut avoir un minimum de cran…

— Vous mentait-il souvent à propos de sujets importants ?

Elle haussa une épaule nue, attirant le regard de Matías sur la peau lisse et dorée. La métamorphose était vraiment stupéfiante. En un rien de temps, le petit moineau insignifiant s'était mué en phénix resplendissant d'or et de feu.

Liliana était superbe, elle dégageait un charme fou, fait de raffinement et de sophistication rehaussant sa beauté naturelle, mais il n'avait rien perdu au change avec Camilla.

— Pas que je sache. Mais étant donné que j'ignorais complètement l'état de ses finances, c'est tout à fait possible. Je me demande parfois si je l'ai vraiment connu… Une chose est sûre : il m'aimait. Et il aimait ses chevaux. C'est pour cette raison que je désirais tant m'assurer qu'ils étaient bien traités.

— Vous avez également agi par intérêt personnel, fit remarquer Matías.

— Oui, je le reconnais. Je n'aimerais pas me retrouver

à la rue. Et le haras où j'ai grandi me manque. C'est lui qui m'a élevée en partie, ainsi que les gens qui y travaillaient. Cela fait partie de moi, de ce que je suis. Je ferais… presque n'importe quoi pour le remettre sur pied.

— Je peux le comprendre. J'aime cet endroit, dit-il en embrassant la pièce du regard. En dépit de sa décoration un peu vieillotte…, ajouta-t-il avec humour.

— Vous avez été heureux ici, enfant ?

Elle avait détourné les yeux en posant la question. Comme si elle en connaissait déjà la réponse. Ce qui n'aurait pas été étonnant : les rumeurs concernant la famille Navarro ne devaient pas manquer, dans la région.

— Non. Ma mère est morte ici. Mon père était un véritable tyran. Mon grand-père ne vaut guère mieux. Ce que j'aime, dans cette propriété, c'est sans doute le fait qu'elle ait résisté à tout et continue d'exister. Elle conserve sa beauté en dépit de la laideur qui a ensanglanté ses terres. L'être humain est capable du pire comme du meilleur, et je pense que vous serez d'accord avec moi pour dire que les chevaux ont quelque chose… d'éternel. Ils ne sont pas toujours commodes, mais ils ne vous déçoivent jamais. Je souhaite faire de ce haras ce qu'il aurait dû être depuis toujours : un endroit préservé qui ne soit pas au service de l'ego de ceux qui le dirigent.

— Et si c'est Diego qui en hérite…

— Ce sera la même chose qu'avec mon père ou mon grand-père. L'amour lui est étranger.

— Mais pas à vous ? demanda-t-elle avec une curiosité qui paraissait sincère.

— Je suis capable d'aimer certaines choses. Ou à défaut, de les respecter. Je ne cherche pas à faire des bénéfices à tout prix ou pour moi seul. Je préfère investir dans ce qui m'entoure. Ne vous méprenez pas, je suis difficile, comme vous avez déjà pu le constater. Mais je me considère comme un homme d'honneur. Parce que j'ai vu ce qui se produit lorsqu'on méprise tout principe, toute règle, pour ne rendre des comptes qu'à soi-même. Je ne suis pas de cette engeance.

— Vous comptez fonder une famille ? Élever vos enfants ici ?

Matías embrassa de nouveau la pièce du regard et sentit une tension étrange lui oppresser la poitrine.

— Je l'avais envisagé. À présent, je me demande si c'était une bonne idée.

— Vous ne désirez plus avoir d'enfants ?

La simple pensée de devenir responsable d'un être aussi petit, aussi vulnérable, l'emplit soudain d'une sorte de malaise.

— Si j'avais un enfant, je crois qu'il passerait la majeure partie de son temps ici avec sa mère et que, par conséquent, je ne serais pas assez présent pour lui. Je me trouve au haras en ce moment parce que les circonstances m'y obligent, mais mes affaires me retiennent souvent à Londres ou ailleurs.

— Je comprends.

— Mais vous ne m'approuvez pas.

— Je sais ce que c'est que d'avoir un parent qui ne s'intéresse pas du tout à votre existence, dit-elle en détournant le regard.

— Parfois, ce manque d'intérêt peut s'avérer un bienfait. Comment viviez-vous les moments passés auprès de votre mère ?

— Ce n'était pas facile, répondit-elle en fixant son assiette. Elle ne… n'avait aucune patience avec moi. Et elle déplorait mon manque de féminité, de grâce.

— Par conséquent, vous devriez vous estimer heureuse qu'elle ne se soit pas intéressée à vous, non ?

À ces mots, elle éclata de rire.

— Vous avez sans doute raison ! Je ne m'étais jamais autorisée à le penser, mais j'ai eu de la chance, au fond.

Elle est vraiment… épouvantable. Elle est partie vivre avec l'un de ses amants, à Paris, et j'espère bien qu'elle y restera.

— Autrement dit, elle vous a abandonnée. Qu'auriez-vous fait, si vous n'aviez pas été embauchée ici ?

— Je me serais retrouvée sans abri. Je n'ai pas menti à Juan, enfin, pas à ce propos. Je n'avais pas un centime quand je me suis présentée ici, et ne savais où aller. Mon père n'avait pris aucune disposition pour moi, car il ne s'attendait pas à mourir aussi jeune. Sans doute pensait-il pouvoir tout arranger, avec le temps. En fait, je crois qu'il ne voulait pas que je découvre l'étendue du désastre et qu'il cherchait à me protéger.

— Malheureusement, sa façon de vous protéger vous a rendue vulnérable.

— Oui.

Comme une jeune employée apparaissait avec un immense plat de paella, ils interrompirent leur conversation. Puis ils mangèrent en silence, jusqu'à ce que Camilla relève la tête et demande :

— À quel bal allons-nous, la semaine prochaine ?

— Il s'agit d'un gala de charité, répondit Matías. Ce sera l'occasion pour moi de vous présenter comme ma fiancée. Il y aura beaucoup de monde, plus qu'à notre mariage.

— Ce ne doit pas être facile d'organiser un grand mariage en aussi peu de temps, j'imagine.

— Le site est déjà choisi et les invités ont reçu leurs invitations. La mariée a changé, c'est tout.

Elle tressaillit. Ce fut imperceptible, mais il le perçut.

— La mariée m'importe peu, Camilla. Seul le mariage compte.

— Dans ce cas, Liliana a bien fait de s'enfuir, répliqua-t-elle en haussant un sourcil.

— Liliana ne m'aimait pas non plus. Elle n'aurait pas eu le cœur brisé, si j'avais dû lui dire que je l'avais remplacée.

— Peut-être pas… Mais je la trouvais… adorable.

Matías retint un rire sardonique.

— Pas si adorable que cela, en fin de compte.

— Elle vous a fait souffrir ?

— Non, répondit-il sans hésitation.

Il n'avait pas apprécié de voir ses plans chamboulés, mais il n'en avait pas souffert. Pour cela, il aurait d'abord fallu qu'il éprouve des sentiments envers Liliana.

— Je me sentais le devoir de la protéger, poursuivit-il. Elle paraissait si fragile, si vulnérable.

— Je ne suis ni fragile ni vulnérable, dit Camilla en carrant les épaules.

Matías la dévisagea quelques instants en silence.

— Je ne l'ai jamais pensé.

Quand elle baissa la tête et se concentra sur son assiette, il en profita pour admirer le cou gracieux, le haut front dégagé, les longs cils noirs, les lèvres au dessin précis et sensuel.

Sa nouvelle fiancée était vraiment très belle.

— Savez-vous danser ? demanda-t-il à brûle-pourpoint.

— Un peu… Nous organisions des fêtes, au haras. Tout le personnel y participait. Mon père était généreux et partisan de l'égalité.

— Le gala ne ressemblera en rien à ces fêtes. Il s'agit d'un événement mondain des plus officiel et des plus ennuyeux. Et toutes les femmes présentes seront avides de vous critiquer, voire de vous démolir. Surtout quand elles apprendront que vous êtes ma fiancée. Il vaudrait mieux que vous soyez préparée.

Une lueur de défi éclaira ses yeux bruns.

— J'ai été élevée à la dure. Mon père m'a appris à prendre des risques et à saisir ma chance, ainsi qu'à tirer parti de mes échecs. Et il me laissait travailler avec les chevaux. J'ai ça dans le sang.

— Je vous crois, je vous ai vue à l'œuvre. Mais cela ne

vous aidera pas, lorsqu'il s'agira de vous défendre contre des attaques d'une tout autre nature. Les femmes peuvent se montrer de redoutables adversaires, vous savez…

— Pourquoi voudraient-elles s'en prendre à moi ?

— Par jalousie.

— Vous semblez persuadé que toutes les femmes sont amoureuses de vous ! C'est une véritable obsession…

— Cela n'a rien à voir avec moi. La seule chose qui les attire, c'est mon argent, l'aura qui entoure la famille Navarro. Ou plutôt, les mâles Navarro.

— J'avais pourtant l'impression qu'ils avaient mauvaise réputation.

— Les femmes sont attirées par les hommes jouissant à la fois d'un physique avantageux et d'une mauvaise réputation. Quand ils sont de surcroît en quête de rédemption, leur prestige s'en trouve décuplé.

— Eh bien, je n'ai pas grand-chose de commun avec ces femmes…

— Et pourtant, vous allez m'épouser par pur intérêt.

Elle soutint son regard sans ciller.

— Oui, mais je ne suis pas amoureuse de vous. Et je me fiche de votre argent. Vous représentez pour moi le moyen le plus simple de récupérer les biens de ma famille. Vous m'intéressez uniquement pour cette raison, pas parce que vous êtes un milliardaire au physique avantageux, pour reprendre votre expression.

— Faites attention, dit Matías en plissant les paupières. Parce que si vous continuez comme ça je pourrais tomber amoureux de vous…

— Vous résisterez très bien à mon charme. Je n'ai aucune inquiétude à ce sujet.

Sans réfléchir davantage, il se leva, la rejoignit et lui prit les mains pour l'attirer vers lui. Elle était forte, mais il l'avait surprise. Les grands yeux bruns s'agrandirent encore, les belles lèvres roses s'entrouvrirent.

Le besoin de la serrer contre lui le submergea, viscéral, d'une intensité formidable.

— Vous avez peut-être tort, murmura-t-il en lui soulevant le menton.

Le pouls battait comme un fou à la base du cou gracieux. Ses yeux s'étaient encore assombris. Il brûlait de vérifier si sa bouche était aussi suave, aussi douce qu'il le pressentait. De goûter à ces lèvres sensuelles.

Mais il s'en abstiendrait. Car il s'agissait du patrimoine familial et non d'appétit sexuel. Il ne profitait pas des femmes. Jamais. Et il ne profiterait pas de Camilla.

Matías lui passa le bras autour de la taille.

— Voyons un peu ce que ça donne, côté danse…

8

Dès l'instant où Matías lui avait enlacé la taille, Camilla s'était embrasée, de la tête aux pieds. Ensuite, quand il l'avait emmenée dans une immense salle de réception, elle avait été gagnée par un mélange d'excitation insensée et de panique. Notamment à la pensée de ce qui l'attendrait la semaine suivante, à Barcelone.

À présent, ils se tenaient face à face au milieu de la vaste pièce au parquet satiné sur lequel se déversait la lumière dorée provenant des lustres en cristal.

Dans les miroirs recouvrant en partie les murs, Camilla aperçut une étrangère qui la dévisageait en silence. Quant à Matías, il la contemplait, un léger sourire aux lèvres.

Un sourire moqueur, évidemment. Il ne risquait pas de tomber amoureux d'elle. En fait, Camilla ignorait complètement ce qu'il pensait d'elle. Mais une chose était certaine : aux yeux de Matías, femmes et fiancées étaient interchangeables. Par conséquent, pourquoi se soucierait-il que, de son côté, elle n'ait pas la moindre expérience en matière de relations amoureuses ? Aucun homme ne l'avait jamais prise dans ses bras ni embrassée…

— Vous êtes prête ? demanda-t-il en lui tendant la main.

Sous ses dehors d'homme d'affaires élégant, il possédait une force impressionnante, elle le savait pour l'avoir vu à l'œuvre. Et des mains de travailleur, car il ne rechignait pas à participer aux tâches quotidiennes, y compris les plus ingrates.

Comme Cesar, songea Camilla avec un regain de tristesse.

— Il n'y a pas de musique, fit-elle remarquer.

— Nous n'en avons pas besoin. C'est moi que vous allez suivre, pas une mélodie.

— Quand nous organisions une fête au haras Alvarez, l'un ou l'autre jouait de la guitare, du tambourin. Et nous… Nous nous laissions aller au rythme de la musique. C'était fabuleux…

— Oui, j'imagine : danser était pour vous une manifestation de joie. Lors d'un bal comme celui de Barcelone, il s'agit de tout autre chose. La danse permet de jauger les interrelations existant entre les invités. C'est l'occasion d'évaluer les nouveaux venus – leur pedigree, leur éducation, leur rang social. Tout le monde épie tout le monde et, la semaine prochaine, l'on se demandera pourquoi vos mains se sont, ou ne se sont pas, attardées sur mon épaule après s'y être posées. Pourquoi je ne vous ai pas embrassée lorsque le rythme de la musique a ralenti, m'en offrant la possibilité. Pourquoi j'ai gardé la main immobile au milieu de votre dos au lieu de la laisser glisser sur vos reins.

Une chaleur infernale se répandit dans tout le corps de Camilla.

— Je ne pense pas que quiconque nous observe avec autant d'attention, dit-elle, les joues en feu.

— Tout à l'heure, vous m'avez dit que je croyais toutes les femmes amoureuses de moi, que c'était une obsession. Mais je suis un homme convoité à cause de son statut, et qui vient en outre d'être abandonné par sa fiancée. Mon frère s'arrangera pour que la nouvelle de son mariage fasse les gros titres de la presse dès demain matin, j'en suis certain. Ce qui veut dire que d'ici au gala de Barcelone les rumeurs seront allées bon train. Par conséquent, tous nous observeront pour savoir si notre relation est authentique ou si vous n'êtes qu'une remplaçante. Une sorte de baume destiné à panser mes blessures d'amour-propre.

— C'est bien ce que je suis, non ? répliqua Camilla en détournant les yeux.

— Il est hors de question que vous vous affichiez comme telle. Je ne laisserai pas Diego tirer toutes les ficelles, ni ne permettrai à mon grand-père de nous manipuler à sa guise.

— Il a pourtant réussi à vous contraindre à vous marier…

Le reste de sa phrase s'éteignit sur ses lèvres. Matías l'avait de nouveau enlacée et la serrait contre lui. Les seins pressés contre le torse musclé, Camilla avait du mal à respirer. Elle tenta désespérément de reprendre ses esprits, de résister aux sensations délicieuses qui déferlaient en elle, mais en vain.

Le souffle court, elle leva les yeux vers les siens avant de le regretter aussitôt. Il lisait en elle. Il percevait son trouble, alors qu'elle cherchait désespérément à le dissimuler. À adopter une attitude sophistiquée.

Son éducation non conventionnelle ne l'avait pas incitée à prendre soin d'elle-même ou à se soucier de son apparence. Par ailleurs, elle n'avait jamais eu à postuler pour un job, aussi ignorait-elle tout de la mode ou des habitudes des autres femmes. Ayant eu sa mère pour seul modèle, Camilla avait délibérément refusé de suivre son exemple, sachant de toute façon qu'elle ne pourrait jamais lui ressembler.

Mais à présent, elle regrettait d'avoir grandi à part, protégée du monde extérieur. Elle aurait aimé savoir contrôler son corps, sa féminité. Au lieu de se sentir ainsi à la merci de cet homme superbe et de l'effet qu'il produisait sur elle.

Soudain, Matías l'entraîna sur le parquet ciré. Comme il l'avait annoncé, il la guidait et elle le suivait. Bientôt, elle eut l'impression de voler, de flotter, avec l'assurance que les bras puissants l'empêcheraient de perdre l'équilibre ou de tomber.

La sensation était magique. Presque aussi enivrante que celle ressentie lorsqu'elle chevauchait à bride abattue dans la campagne.

Dans les bras de Matías, elle se sentait libre, réalisa tout à coup Camilla. C'était paradoxal, mais cela correspondait néanmoins au sentiment qu'elle éprouvait.

Le cœur battant la chamade, elle songea que, dans très peu de temps, cet homme viril deviendrait son mari.

Mais au moment où leurs regards se croisèrent à nouveau, elle constata que Matías n'éprouvait aucun trouble. Il dansait avec une femme parmi d'autres. Elle ne représentait rien pour lui. Si elle le quittait cette nuit, il lui trouverait aussitôt une remplaçante, de même qu'il l'avait choisie pour remplacer Liliana.

Tandis que, de son côté, elle vivait des instants uniques. Être dans les bras d'un homme. Expérimenter son propre désir. Embrasser ce mâle superbe…

Cette pensée l'éblouit. Désirait-elle vraiment *embrasser* Matías ?

Camilla contempla la belle bouche aux lèvres sensuelles et imagina leur texture, leur goût. Elle eut envie d'en suivre le contour du bout de la langue. D'en tester la vigueur.

En proie à un vertige, elle manqua un pas. Aussitôt, il resserra son étreinte. L'avait-elle fait exprès ? Son instinct féminin n'avait-il fait que sommeiller durant toutes ces années, avant d'être réveillé par sa rencontre avec Matías ?

Si elle avait provoqué ce rapprochement, ça avait été de manière inconsciente. Elle n'aurait jamais osé le faire délibérément, elle avait trop peur de ce qui se passait en elle. Si elle ne manquait pas d'audace dans quantité de situations, elle était terriblement timide, aussi…

Et puis, la crainte d'être rejetée l'aurait retenue. Elle ne supporterait pas de s'entendre dire qu'elle n'était pas assez belle, pas assez féminine. Ni de voir Matías éclater de rire avant de lui demander comment elle avait bien pu s'imaginer pouvoir l'attirer…

Mais au lieu d'être inhibée par de telles perspectives, Camilla restait étroitement soudée à lui, le suivant sans difficulté, comme s'ils avaient toujours dansé ainsi. Autour d'eux, le monde semblait avoir cessé d'exister. Il n'y avait plus qu'eux deux.

Jusqu'à ce que Matías s'arrête soudain et lève la main pour lui caresser la joue. Un doigt lui effleura les lèvres ; Camilla eut du mal à ne pas fermer les yeux pour mieux savourer la caresse.

Un éclat farouche, presque dur, brillait dans ceux de son fiancé. Elle attendit. Attendit qu'il prenne sa bouche. Mais il n'en fit rien. Au contraire, il laissa retomber son bras et la lâcha, puis recula d'un pas avant de se détourner.

— J'ai quelque chose pour vous, dit-il en traversant la pièce de sa démarche souple et résolue.

Il s'arrêta devant une petite table d'appoint en acajou dont il ouvrit le tiroir, puis il revint vers Camilla.

— Avez-vous réussi à convaincre Diego de vous retourner la bague de fiançailles offerte à Liliana ? demanda-t-elle en fixant le petit écrin de velours pourpre qu'il tenait à la main.

Sans le vouloir, elle avait pris un ton sec, mais elle ne tenta pas de se reprendre. Il fallait qu'elle se protège. Elle se sentait trop vulnérable, et si elle n'y prenait garde, Matías comprendrait qu'elle avait espéré un baiser et était déçue.

— La bague de Liliana ne vous aurait pas convenu. Elle était trop classique. Trop délicate.

Évidemment. Camilla ne l'était pas, délicate. Elle ne possédait pas le charme et la grâce de son ex-fiancée. La vraie.

— Pour vous, continua-t-il, je voulais quelque chose de plus fort.

Camilla se sentit submergée par une honte épouvantable. Un embarras sans nom. *Quelque chose de plus fort.* Elle avait l'impression qu'il allait lui offrir une bague en téflon.

Mais quand il souleva le couvercle du petit écrin, elle contempla la bague en retenant son souffle. Serti sur un anneau d'or, un diamant jaune rayonnait comme un soleil au milieu d'autres plus petits et… blancs. Non seulement elle n'en avait jamais vu de tels, mais elle ne savait même pas que cela existait !

— Vous n'êtes pas une femme traditionnelle, enchaîna Matías. Vous êtes singulière, unique. Et vous possédez un tempérament de feu. Alors j'ai pensé que vous méritiez une bague qui reflète la richesse de votre personnalité.

Camilla serra les dents, s'efforçant de dissimuler son émotion.

— Vous croyez me connaître ?

— Vous avez eu suffisamment de cran pour vous faire embaucher chez moi incognito, en vous déguisant en adolescent. Vous avez tout risqué pour vous rapprocher de vos chevaux.

— C'est facile de tout risquer quand on n'a rien, fit-elle remarquer.

— Peut-être. Mais à votre place, beaucoup de gens auraient baissé les bras et se seraient contentés de pleurer sur leur sort. Vous ne vous attendiez pas à tout perdre. Votre père, le haras Alvarez, les chevaux, Fuego. Et pourtant, vous vous en êtes sortie de façon admirable. Le procédé n'était pas très orthodoxe, mais je ne vous en respecte que davantage. Je devrais être furieux, mais je n'éprouve que du respect et de l'admiration devant votre courage.

Elle prit l'écrin qu'il lui tendait.

— Je ne l'ai même pas essayée.

— Mais vous allez le faire, répliqua-t-il avec assurance.

— Peut-être, fit Camilla en refermant le couvercle.

Pour le contrarier. Car elle pressentait qu'il s'attendait à la voir s'extasier devant la beauté de la bague choisie pour elle, avant de la glisser aussitôt à son doigt pour vérifier qu'elle était à sa taille.

En vérité, elle brûlait de le faire, mais elle ne donnerait pas cette satisfaction à Matías. Elle avait attendu un baiser et ne l'avait pas reçu. Eh bien, lui non plus n'obtiendrait pas ce qu'il attendait d'elle.

— Vous pensez que mon niveau suffira, pour la danse ? demanda-t-elle d'un ton détaché.

— Oui. Du moment que vous ne me marchez pas sur les pieds.

— Si vous dirigez convenablement, cela n'arrivera pas.

Un lent sourire se dessina sur les lèvres de Matías, éclaira tout son visage.

— Dans ce cas, je ferai de mon mieux, dit-il en riant doucement.

9

Les jours suivants, Matías évita Camilla tout en se persuadant du contraire. Il n'était pas un lâche, surtout avec les femmes. Dans ce domaine, il savait toujours où il en était, ne voyant aucune raison de se priver de leur compagnie dès qu'il ressentait le besoin de satisfaire ses appétits virils.

Cependant, il jugeait préférable de ne pas s'impliquer physiquement avec Camilla Alvarez. Leurs intérêts étaient trop liés. Leurs vies trop intriquées. Pour l'instant, du moins.

Mais cela n'empêchait en rien le désir de le tenailler.

Ce soir, ils réussiraient le test. Ils se présenteraient au monde comme des fiancés follement épris l'un de l'autre. Ensuite, Matías se trouverait une partenaire susceptible de le combler sur le plan charnel.

Comme il l'avait prévu, son frère avait fait en sorte que son mariage avec Liliana fasse les gros titres et crée le buzz sur les réseaux sociaux.

Par conséquent, il devait le supplanter, ce soir. Et pour ce faire, il lui faudrait garder le contrôle de la situation – et de lui-même –, tout en exploitant l'attirance qui vibrait entre lui et Camilla.

Il repensa à la façon dont elle s'était abandonnée dans ses bras quelques jours plus tôt, lors de la leçon de danse. Elle avait levé les yeux vers lui en battant des paupières, lui offrant ses lèvres. À vrai dire, Matías ne parvenait pas à la cerner, ni à savoir si elle était l'innocence même ou au contraire une séductrice expérimentée.

Le fait qu'elle se soit fait embaucher grâce à une ruse ne l'aidait pas à y voir clair. Après cet épisode, comment lui faire confiance ? Ils s'étaient alliés par nécessité, mais Camilla lui cachait peut-être ses véritables motivations.

Cela n'était pas un problème, tant qu'il se montrait prudent.

Tout avait été organisé pour leur voyage à Barcelone. L'appartement était prêt à les accueillir et il y avait fait transporter les effets personnels dont Camilla pourrait avoir besoin.

À présent, il l'attendait dans le grand hall et, une fois de plus, elle était en retard.

Après avoir consulté sa montre, Matías leva les yeux vers l'escalier avec impatience. Ce n'était quand même pas difficile de respecter un horaire, bon sang ! Liliana n'avait jamais eu aucun problème avec la ponctualité.

Mais son ex-fiancée était une mondaine accomplie. Pas Camilla.

Entendant un bruit de pas, il leva de nouveau les yeux et fut choqué par l'intensité de la sensation qui le submergea aussitôt.

Les épaules nues, elle descendait les marches, vêtue d'une robe bustier moulant ses seins haut perchés, l'étoffe s'épanouissant à partir des hanches en ondulations dorées. Lui ceignant la tête, un bandeau tressé, doré lui aussi, mettait en valeur la coupe et la teinte de ses cheveux.

La comparaison avec une déesse en fut renforcée. Et soudain, il se ficha qu'elle soit en retard.

Sa fiancée s'avança tranquillement vers lui dans un bruissement de soie, mais quand elle s'arrêta devant lui, Matías discerna une lueur inquiète couvant au fond des grands yeux bruns.

— Elle vous plaît ?

Dans le ton neutre de sa voix, il perçut une vulnérabilité qui l'étonna.

— La robe.

— Oui. Elle vous va à merveille.

La voyant baisser les yeux, il lui prit le bras et savoura la douceur de sa peau. Il contempla son profil, le nez fin et droit, la courbe sensuelle des lèvres pleines.

— Allons-y, dit-il en l'entraînant vers la double porte grande ouverte.

Ils se dirigèrent vers la limousine qui les attendait. Le chauffeur leur ouvrit les portières et ils s'installèrent sur la banquette en cuir.

Le véhicule roulait déjà depuis quelques minutes lorsque Camilla tourna la tête vers lui.

— Votre grand-père semble être un homme insensible et méchant, dit-elle doucement. Et votre père ? Comment était-il ? Cruel ?

La question déstabilisa un instant Matías. Puis, peut-être aidé par la pénombre, il décida de lui parler. Tout en se demandant s'il avait raison de se laisser aller à de telles confidences.

— Oui, il était cruel avec moi. Comme il l'était avec tous ceux qui croisaient son chemin. Mais ce n'est pas cela le pire. Mon père a tué ma mère, Camilla.

Une douleur atroce jaillit d'un endroit verrouillé depuis des années, lui labourant la poitrine.

— Sa mort n'a pas été accidentelle comme on l'a raconté.

Camilla fut traversée par un frisson glacé. Le père de Matías et Diego avait tué sa femme ? Leur mère ? Ce n'était pas possible. La belle bouche virile n'avait pu prononcer ces mots horribles. Matías ressemblait à un vrai prince charmant, ce soir. Pourtant, elle n'avait succombé à aucun charme en descendant les marches un peu plus tôt.

Elle avait plutôt ressenti de la peur, celle de ne pas être à la hauteur. Même dans les plus beaux atours, elle ne pourrait jamais rivaliser avec les beautés blondes que les hommes comme lui préféraient. Mais à présent, elle ne songeait plus à cela, horrifiée par ce qui ressemblait fort à une confession. Cet homme sublime, en smoking noir et chemise de soie blanche, pouvait-il vraiment vivre avec un tel secret ? Porter un fardeau aussi lourd ?

— Comment le savez-vous ? demanda-t-elle, presque à voix basse.

— J'étais là, répondit-il d'un ton affreusement neutre. Je l'ai vu de mes propres yeux. Vous me demandiez comment je pouvais être aussi certain que Diego n'avait pas tué sa femme. Eh bien, c'est parce que j'ai grandi auprès d'un meurtrier. Et que, même si mon frère est un être amoral et dénué de tout scrupule, je sais qu'il n'est pas un assassin. Après le prétendu accident qui a causé la mort de ma mère, mon père a soudoyé les autorités locales qui ont rapidement classé l'affaire.

— Et Diego, il était… ?

— Non, la coupa-t-il vivement. Je suis le seul témoin du meurtre. Mon père n'en a jamais rien su. J'étais paralysé par l'horreur, perché dans un arbre. Je devais avoir… dans les huit ans.

En réalité, il se souvenait très bien des moindres détails de la tragédie, devina Camilla. Son âge, sa position exacte dans l'arbre. Mais il préférait que tout demeure dans le flou, pour ne pas raviver la blessure. Pour se protéger.

— Je jouais dans l'oliveraie quand j'ai entendu deux chevaux s'approcher, un peu comme si des cavaliers s'amusaient à faire la course. Mais quand j'ai vu qu'il s'agissait de mon père et ma mère, j'ai tout de suite su qu'il ne s'agissait pas d'un jeu. Mon père n'avait rien d'un joueur. Sauf quand il se livrait à des petits jeux cruels dont il était certain de ressortir gagnant.

— Matías…

— Soudain, il a tiré.

Un long silence s'ensuivit. Horrifiée, Camilla attendit la suite. Elle aurait aimé le prendre dans ses bras, le réconforter, mais elle savait que son geste aurait été mal accueilli. En outre, ils n'étaient pas de vrais fiancés. Même pas des amis.

— Elle est tombée de cheval, poursuivit-il enfin. Ou c'est le cheval qui est tombé. J'ai entendu des cris. Dans le rapport officiel, il est dit que c'est la chute qui l'a tuée. C'est probablement vrai, même si on a cherché à couvrir le rôle que mon père a tenu dans cette tragédie. Le cheval s'est effondré aussitôt après le coup de feu.

Il continuait à s'exprimer de ce même ton dur et neutre.

— Et moi, je ne pouvais pas bouger. J'étais terrifié et me disais que s'il me voyait il me tuerait aussi. J'ai parlé à la police, plus tard, mais le commissaire m'a interdit de répéter cette histoire à quiconque. Il a affirmé que c'était un accident de cheval, que c'était horrible, mais que l'on n'y pouvait rien, invoquant la fatalité. Pour un cavalier, cela faisait partie des risques du métier, en quelque sorte.

— Je suis tellement désolée, dit Camilla, le plus doucement possible.

— Je ne vous raconte pas cette histoire pour que vous me plaigniez. C'est le passé. La vérité ne sera jamais rétablie. Les preuves ont disparu depuis trop longtemps. Tous les policiers impliqués dans l'enquête ont été mutés ailleurs ou ont pris leur retraite. Et mon père est mort, par conséquent, il ne peut pas être arrêté. J'espère seulement qu'il brûle en enfer. En fait, il a quitté ce monde d'une manière bien trop douce, emporté par un infarctus, alors qu'il se trouvait avec *trois* prostituées, rien que ça.

Tout prenait sens. Matías désirait redonner vie au haras. Une autre vie. Le purifier des ombres funestes du passé, des fantômes et des démons qui le hantaient.

— Et Diego…

— Mon frère est un égoïste, un vaniteux. Je suis persuadé qu'il ne ferait jamais de mal physiquement à personne, mais il ne se soucie pas de ce que peuvent ressentir ceux qu'il côtoie. Toute sa vie tourne autour de la seule satisfaction de ses désirs.

Le reste du trajet se déroula en silence, et quand la limousine s'arrêta devant le palace brillamment éclairé, Camilla cessa de penser aux révélations de Matías. Sa nervosité refit surface, plus vivace encore.

Toute la soirée serait suivie par les médias, en direct et dans le monde entier. Si Camilla Alvarez était encore inconnue du public, la fiancée de Matías Navarro attirerait bientôt tous les regards.

Il descendit de voiture tandis qu'elle restait immobile sur la banquette, les yeux fixés sur les portes du palace, que franchissaient des femmes vêtues de toilettes somptueuses et des hommes en smoking.

Pour la première fois depuis un bon moment, Camilla regretta ses cheveux longs et se demanda si Matías la trouverait plus jolie, si elle ne les avait pas coupés.

Qu'est-ce que son avis pouvait bien lui faire ? se reprocha-t-elle aussitôt. Il ne s'agissait pas d'une union basée sur un amour réciproque, mais d'une transaction d'affaires !

La portière s'ouvrit de son côté et Matías apparut, grand, sombre et magnifique.

Elle le dévisagea, le souffle court. Déjà, des sensations délicieuses naissaient au creux de ses reins, se déployant dans tout son corps. Elle n'y pouvait rien. Sa proximité l'affectait… physiquement. Sexuellement. Après s'être moquée des femmes incapables de résister à l'aura de cet homme, Camilla avait honte de réagir de la sorte. Si elle ne se ressaisissait pas, elle risquait de tomber elle aussi à ses pieds.

Par conséquent, elle devait refouler l'attirance inexorable qu'elle éprouvait pour Matías. Elle se le répéta en prenant la main qu'il lui tendait, redressa le menton et soutint son regard, comme si elle possédait l'assurance d'une femme du monde.

Heureusement, elle portait des escarpins à talons plats, à bout pointu et très raffinés, de la même teinte or que sa robe. Avec un peu de chance, elle ne trébucherait pas…

À chaque pas, elle n'en sentit pas moins sa tension redoubler, tandis qu'ils se rapprochaient de la salle de réception.

Pour se donner du courage, Camilla songea au haras Alvarez. À ses talents de cavalière, son don avec les chevaux. Les ravissantes invitées arborant toilettes et bijoux somptueux étaient sans doute pour la plupart les héritières de fortunes colossales, mais ne savaient probablement pas faire grand-chose de leurs dix doigts.

Bientôt, elle retrouverait les lieux où elle avait grandi, couru en liberté. Et ses chers chevaux. Sa vie reprendrait son cours normal et elle travaillerait dur afin de redonner au haras sa prospérité d'autrefois.

Pour récupérer la propriété familiale, elle était prête à tout supporter. Même cette soirée de gala qui équivalait pour elle à une véritable épreuve d'endurance.

Matías posa une main au creux de ses reins pour l'entraîner dans l'immense salle. Des myriades d'étincelles pétillèrent aussitôt dans tout son corps. Le cœur battant la chamade, Camilla tourna les yeux vers lui. Aucun homme n'avait encore eu le pouvoir de la bouleverser. Quelques instants auparavant, elle en avait éprouvé de la honte. Elle avait eu l'impression de se comporter comme toutes celles qui se jetaient aux pieds de Matías, tout en ne possédant ni leur grâce, ni leur beauté ou leur sophistication.

Mais aucune de ces femmes n'aurait été capable de vivre par ses propres moyens. Aucune n'était libre ou indépendante.

Un frisson la parcourut alors qu'une nouvelle assurance prenait possession d'elle. Certains hommes appréciaient peut-être les femmes autonomes et fortes.

Tout en étant mince, elle était musclée. Et au lit, avec un amant, cela pourrait constituer un atout…

La chaleur lui monta aux joues, tandis que des images torrides défilaient dans son esprit.

Cette bouffée d'assurance lui ouvrait un territoire inconnu. Peut-être la main chaude posée sur ses reins était-elle la cause de ces pensées audacieuses. À moins que celles-ci ne soient la conséquence de tous les changements qui s'étaient opérés dans sa vie depuis la mort subite de son père.

Après s'être déguisée en garçon, redevenir une femme avait quelque chose de grisant. Ses sensations étaient exacerbées. Sa proximité forcée avec un homme aussi beau, aussi viril et sensuel que Matías, renforçait encore son trouble.

Peut-être était-ce à cause de tout cela qu'elle s'était laissée aller à cette vision d'amants s'ébattant dans une chambre.

À présent, mieux valait se concentrer sur le présent, si elle voulait survivre à cette soirée de torture.

Ensuite, il lui faudrait se préparer au mariage. Puis vivre au jour le jour cette comédie. Et quand tout serait terminé, elle obtiendrait la seule chose qu'elle désirait vraiment. Or ce n'était pas Matías qu'elle voulait, mais le haras familial. Et les chevaux.

Tant qu'elle garderait cet objectif en tête, tout irait bien.

Camilla regarda autour d'elle, émerveillée par le luxe qui se déployait alentour. Les colonnes de marbre, le lustre gigantesque au centre du plafond. Les invités évoluant dans le vaste espace. Les femmes étaient superbes, leurs compagnons, très élégants. Pourtant, comparés à Matías, ces derniers avaient l'air… apprivoisé.

Vêtu d'un smoking sur mesure, Matías était d'une beauté rare, ténébreuse. Il évoluait à sa guise dans cet univers, même si ce n'était pas le sien.

Sur ce plan, ils se ressemblaient, tous les deux. Bien que son aisance à elle ne soit qu'apparente.

Lorsque Matías l'abandonna un bref instant pour prendre deux coupes de champagne, elle le regarda faire en repensant au lourd secret qu'il lui avait confié. C'était un véritable traumatisme qu'il avait subi enfant. Après cette tragédie, il avait choisi de prendre la voie opposée à celle de son père.

Elle seule était au courant de la vérité. Il ne l'avait révélée qu'à elle. À cause de cette confidence, Camilla se sentait intimement liée à lui. À cet homme si différent d'elle, en dépit de leur amour commun des chevaux et de la terre.

Prenant de la main gauche la coupe qu'il lui tendait, elle vit la bague étinceler à son doigt. Et de toute évidence, elle n'était pas la seule à avoir eu le regard attiré par son éclat.

Se sentant soudain le point de mire, Camilla éprouva une sensation de malaise qui éclipsa les émotions ressenties quelques instants plus tôt.

Un couple se dirigea vers eux, une petite femme blonde et sans doute son époux, nettement plus âgé qu'elle.

— Après avoir appris la rupture de vos fiançailles, nous ne nous attendions pas à vous voir ici ce soir, Matías, dit la femme en battant des cils. Mais vous êtes venu, et accompagné.

Elle se tourna vers Camilla, baissa les yeux sur la bague, puis regarda à nouveau Matías, l'air franchement interrogateur, voire inquisiteur.

— Oui, répliqua celui-ci d'une voix suave. Je vous

présente Camilla Alvarez, ma fiancée. Vous avez probablement entendu parler de son père, le célèbre entraîneur Cesar Alvarez, qui nous a hélas quittés récemment. J'ai rencontré Camilla au moment de la succession et nous avons été irrésistiblement attirés l'un par l'autre.

— Pourtant, vous étiez fiancé à Liliana Hart…

— En effet. Et je dirai seulement que Liliana et moi n'étions pas faits pour vivre ensemble, et qu'elle a eu le courage de rompre avant que notre union soit scellée. Je lui suis reconnaissant d'avoir écouté son cœur, ce qui m'a permis d'écouter le mien.

Sur ces paroles, il sourit à Camilla avant de la débarrasser de la coupe vide pour la poser sur le plateau d'un serveur qui passait à proximité.

— Je crois que c'est le moment de partager notre première danse en public, lui chuchota-t-il à l'oreille.

Son souffle lui caressa la peau, tandis que des frissons brûlants la parcouraient tout entière.

— D'accord, murmura-t-elle.

— Connaissant la *señora* Gomez, je suis sûr que mes paroles vont se répandre comme une traînée de poudre et paraîtront en une de la presse à sensation dès demain. J'ai pensé que ce serait idéal, comme légende pour accompagner les photos…

Un sourire dévastateur aux lèvres, il la prit dans ses bras, et comme pour confirmer ses paroles, un flash éblouit aussitôt Camilla, suivi de deux autres.

Cette fois, quand il l'entraîna sur la piste de danse, il y avait de la musique. Mais ce qui grisait Camilla, ce n'était pas l'air célèbre interprété à sa façon par un quartet réputé. C'était Matías. La proximité sensuelle et si troublante de son corps musclé. Sa chaleur virile, qu'il lui communiquait.

Tout à coup, elle souhaita que leur romance soit réelle,

ne serait-ce que le temps d'une nuit. Elle aurait tant aimé que les paroles adressées à cette femme soient sincères.

Certes, elle ne voulait pas se lier à lui pour toujours, ni à aucun autre homme, d'ailleurs. Mais durant quelques heures, quelques jours, ce serait si bon d'être désirée, de s'entendre dire qu'elle était belle…

Grâce à Matías, elle sentait une nouvelle assurance et de nouveaux désirs éclore en elle. L'envie de découvrir sa propre sensualité et de partager l'intimité d'un homme. De vivre sa féminité.

Camilla sourit. C'était presque comique, au fond. Après s'être déguisée en garçon, elle se retrouvait métamorphosée en créature glamour, et femme de la tête aux pieds.

— Vous êtes bien silencieuse, dit Matías d'une voix étonnamment douce.

— Nous dansons. Pourquoi devrais-je parler ?

— Comment trouvez-vous ce bal, belle Cendrillon ?

— Très agréable. Et un peu étrange.

Elle remonta la main sur l'épaule robuste. Que ressentirait-elle si leurs corps n'étaient pas séparés par leurs vêtements ? Cette pensée ne la choqua même pas. Sans doute parce qu'elle savourait la magie de l'instant.

— Étrange ?

— Oui, je sens que tout le monde m'observe et je n'ai pas l'habitude d'être l'objet d'autant d'attention. Mon père m'aimait, profondément, mais je faisais partie de son équipe. Pour lui, j'étais un membre du personnel. Je pense que dans bien des domaines j'étais davantage le fils qu'il n'avait pas eu que sa fille.

— Et votre mère ne s'occupait pas de vous.

Un soupir échappa à Camilla.

— Au fond, elle n'est probablement capable d'aimer qu'une seule personne : elle-même. Elle a beau changer régulièrement d'amant, les croire différents, au fond, elle est réfractaire à tout véritable engagement. Aucun de ces hommes n'a jamais réussi à la garder ou à lui donner envie d'être fidèle.

— À mon avis, cela démontre au contraire qu'elle ne s'aime pas beaucoup. Et qu'elle est incapable de se laisser aimer par quiconque.

Elle le regarda en battant des paupières.

— Je n'avais jamais considéré les choses de cette façon. C'était plus facile de la voir comme un être égoïste et insensible que comme une femme… blessée.

— Ce n'était pas votre rôle de la voir sous ce jour. Ni de la comprendre ou de l'aider. Votre mère aurait dû mieux s'occuper de vous.

— Oui. Mais je crois que vous avez raison.

— Souvent, les pires tyrans sont aussi nuisibles à eux-mêmes qu'ils le sont aux autres.

— Sauf que votre père a été plus nuisible à votre mère qu'à lui-même.

Matías hocha lentement la tête.

— Dans ma famille, les femmes aimantes connaissent un destin tragique.

Dans ses paroles, il y avait un avertissement, comprit Camilla. Mais après avoir découvert la profondeur de ses propres sentiments, elle ne chercha pas à le contredire. Non seulement elle en savait beaucoup plus sur lui, désormais, mais elle éprouvait…

Soudain, la perspective de retrouver sa liberté, de se séparer de Matías, devint beaucoup moins attrayante. Et cette prise de conscience l'effraya.

— Je sens que tous les regards sont braqués sur nous, reprit-il. Cela doit être à cause de votre robe…

— Et de la bague que je porte au doigt. Surtout, je suis avec vous.

— Vous êtes la plus belle de l'assistance. Ces femmes

sont des fleurs charmantes, mais insipides. Tandis que vous, vous êtes le soleil même.

Une merveilleuse chaleur se répandit en Camilla, ses seins devinrent plus lourds, plus sensibles. Ces réactions intimes la déstabilisèrent. Elle ignorait ce que cela signifiait, ce qui se préparait en elle. Et pourtant, elle savait d'instinct comment se finirait cette soirée. Parce que ce qui frémissait au tréfonds de sa féminité, elle en voyait le reflet dans les yeux de Matías.

Il s'agissait de désir. De sexe.

Elle désirait Matías. Elle brûlait qu'il la caresse, là. Plus rien ne l'étonnait, ne la choquait, à présent.

— Personne ne m'avait encore dit que j'étais belle.

Peut-être n'aurait-elle pas dû lui faire cet aveu. Cela la rendait plus vulnérable à cet homme qui était lui-même la beauté incarnée. N'avait-il pas refusé d'embaucher des femmes pour éviter tout débordement de leur part ?

Un éclat sauvage luisait au fond des yeux dardés sur les siens, la faisant fondre.

— Peut-être parce que personne n'avait pris le temps de vous regarder, dit-il avec une lenteur délicieuse. Quand vous êtes arrivée au haras Navarro, je ne vous ai pas vue. Mais maintenant, je vous regarde et je vous vois, Camilla.

Sa voix avait pris un accent si grave, son regard était devenu si sérieux, si intense, qu'elle ne sut comment interpréter son attitude. En fait, il jouait son rôle de fiancé, réalisa-t-elle soudain. D'amoureux profondément épris. Il ne pouvait pas la trouver belle. Et c'était pour la galerie que la grande main chaude glissait soudain le long de son dos, de ses reins, avant de s'écarter tout à coup pour venir lui soulever le menton.

Les lèvres en feu, Camilla eut soudain du mal à respirer. Jamais elle n'avait été aussi consciente de son visage, de son corps. Se rendant compte qu'elle avait la bouche sèche, elle se passa le bout de la langue sur les lèvres. Ce fut comme un acte sexuel. Une invite.

Et Matías dut penser la même chose. Comme au ralenti, elle le vit pencher la tête, les yeux étincelants. L'instant d'après, la belle bouche sensuelle se refermait sur la sienne.

10

Il jouait la comédie, bien sûr. C'était pour cela qu'il embrassait Camilla, et non parce qu'il n'avait pu résister plus longtemps au désir de goûter ses lèvres. Certes, dès l'instant où il l'avait touchée, Matías avait été submergé par des sensations incroyables. Pourtant, s'il brûlait de prolonger ce baiser, c'était uniquement pour donner le change aux invités qui les épiaient avec une avidité non dissimulée.

Que lui arrivait-il ? Il avait soudain l'impression de s'éveiller d'un long sommeil. Il avait cru avoir perdu son âme, au cours de ce jour funeste. Il pensait qu'elle avait été engloutie par la terre, avec le sang de sa pauvre mère. Mais alors, d'où lui venaient ces pensées troublantes, qui se bousculaient en lui ?

Cette mascarade était destinée aux photographes, se répéta Matías. Dès le lendemain, son grand-père scruterait les photos parues dans la presse et lirait les propos de la *señora* Gomez retranscrits avec zèle.

Oui, c'était pour cela qu'il glissait la langue entre les lèvres douces et poursuivait sa lente exploration, tenant le menton de sa fiancée pour mieux profiter du manque d'expérience de celle-ci. Quel mal y avait-il à savourer ce petit gémissement recueilli avec délice, à se repaître du goût divin de sa bouche ?

Cet étalage de passion n'avait qu'un seul but : le faire passer pour un homme éperdument amoureux. Ce qu'il n'était pas, bien entendu. Matías Navarro ne se laissait dominer par rien ni personne. Il demeurait maître de lui-même en toutes circonstances. C'était d'ailleurs la raison de ses succès en affaires.

Il ne faisait que ce qu'il choisissait de faire. Il ne ressemblait en rien à son père, régi par ses humeurs. Ni à son frère, gouverné par ses plus bas instincts.

Jamais Matías n'avait été séduit. Il séduisait. Et à en juger par le tremblement qui traversait Camilla, l'entreprise de séduction était en cours. Et s'il tremblait lui-même, cela venait de la montée d'adrénaline, de l'excitation. Son corps se préparait à l'acte intime qui ne se réaliserait pas. Pas avec sa fiancée, du moins.

Bien que soudain, il eût du mal à se rappeler pourquoi il se l'interdisait.

Mais quand il écarta le visage du sien et redressa la tête, il s'en souvint. Il contempla les lèvres roses et gonflées qu'il venait d'embrasser, l'expression émerveillée du regard, et tressaillit.

Ce qu'il avait sous les yeux, c'était l'innocence même. Impossible de douter de la virginité de sa fiancée, à présent.

Déflorer une femme n'avait jamais fait partie de ses fantasmes. Il laissait cela aux dépravés comme son frère. Par conséquent, le désir qu'il ressentait pour Camilla lui parut tout à coup horrible. Presque monstrueux. Avec Liliana, ça avait été différent. Il comptait bien l'épouser et passer toute sa vie avec elle. Mais son union avec Camilla ne serait que temporaire. Sa nouvelle fiancée ne possédait ni la fragilité ni la beauté douce de la première. Ni sa docilité. Elle irradiait quelque chose de sauvage. D'indomptable. Il n'avait pas menti en la comparant au soleil.

À l'inverse de Liliana, Camilla était incontrôlable. Elle

chamboulerait l'équilibre régnant au haras Navarro, ainsi que sa vie, avec la même vigueur et la même détermination que lorsqu'elle s'était coupé les cheveux pour se travestir en garçon dans le but de se faire embaucher chez lui.

Jamais il ne pourrait l'apprivoiser ou la brider. Ce qu'il ne désirait pas, de toute façon. Elle possédait une audace et une intrépidité incompatibles avec l'existence qu'il s'était construite.

Et pourtant, Matías brûlait de l'emmener dans une chambre, de l'allonger sous lui et de s'enfouir en elle.

Mais il ne le ferait pas. C'était impossible.

— Waouh…, murmura-t-elle avec cette innocence désarmante.

— Ne me regarde pas comme ça.

Elle battit des cils.

— Je te regarde comment ?

— Comme si tu venais de faire une découverte. N'oublie pas que l'on nous épie et que nous sommes censés nous aimer passionnément. Pense aux photographes.

Son visage se ferma, comme s'il l'avait giflée.

— Désolée…

— Je t'en prie, tu n'as pas à t'excuser. Tu n'as rien fait de mal.

Sinon l'atteindre au plus profond de son être. Remuer des émotions enfouies en lui depuis des années.

Il ne s'agissait que d'un baiser, se répéta Matías. Inutile d'y voir autre chose.

— Tu viens de dire le contraire.

— Je voulais seulement te faire remarquer… que tu ne peux pas me regarder comme si tu venais de vivre ton premier baiser. Nous sommes supposés former un couple.

— Ça l'était, répliqua-t-elle d'une voix douce. C'était mon premier baiser.

— Ne me dis pas ce genre de chose, Camilla, murmura-t-il en se raidissant malgré lui.

— Pourquoi ? Tu m'as parlé de ton passé, confié cet horrible secret. À côté, la révélation que je viens de te faire est bien futile.

Une fois encore, sa franchise le poussa à lui dire la vérité, ce fut plus fort que lui.

— Quand tu me dis ce genre de chose, je suis tenté de te faire découvrir tout ce que tu ne connais pas. D'exaucer les désirs que je vois couver dans ton regard. D'être non seulement le premier à t'embrasser mais aussi ton premier amant. Celui dont tu garderas toujours le souvenir, que tu compareras à tous les autres.

Camilla ne manquait ni d'audace ni de témérité, mais elle n'était pas mondaine, aussi n'avait-elle pas l'habitude d'être exposée aux avances de séducteurs expérimentés. Par conséquent, elle serait choquée, effrayée, par ses paroles. Ce qui était parfait.

En outre, elle méritait de vivre sa première fois avec un amant délicat qui apprécierait une telle offrande.

— Et si je désire que tu me fasses découvrir ces choses que j'ignore ? demanda-t-elle de la même voix douce.

— Tu ne sais pas de quoi tu parles, Camilla.

— Si, au contraire. Je ne suis pas naïve au point de ne pas être au courant de ce qui se passe entre un homme et une femme. Et je… Je ne tomberai pas amoureuse de toi. Je tiens à mon indépendance et la solitude ne me fait pas peur. J'ai toujours été comme ça : volontaire et déterminée. J'ai hérité cela de mon père, ainsi que son don avec les chevaux. Alors tu n'as rien à craindre de ce côté-là. Pas avec moi.

— Ton père a épousé ta mère. Il est tombé amoureux d'une femme qui l'a trompé, et plus d'une fois. Alors, si tu lui ressembles, pourquoi serais-tu immunisée contre de telles faiblesses ?

— Mon père se sentait lié à ma mère à cause de moi. Et sa foi l'empêchait de demander le divorce. D'autre part, ça l'arrangeait de rester marié avec elle, je crois. Parce que, au fond, il savait qu'il n'était pas fait pour le mariage. Le vrai. Il voulait être libre de passer la majeure partie de son temps dehors, à travailler au haras. Les soirées mondaines, ce n'était pas son truc et il aurait détesté devoir jouer les maîtres de maison. Il ne voulait pas non plus avoir à s'occuper d'une épouse. Pas plus que je ne voudrais perdre mon temps à m'occuper d'un mari. Tu crois que j'aimerais m'habiller pour participer à des galas comme celui-ci tous les soirs ? Non, je préfère porter un jean, et chevaucher en toute liberté. Mais cela ne m'empêche pas de désirer savourer les caresses d'un homme. Les tiennes. Je te désire, Matías.

L'audace de Camilla ne connaissait décidément pas de bornes. Même en matière de sexe. Il se rappela leur première rencontre. Elle lui avait parlé avec une véhémence qu'il avait attribuée à l'impudence de l'adolescence. Alors que ce feu, elle l'avait *en elle* et l'aurait sans doute toujours. D'aucuns y auraient vu de la fausse assurance, mais Matías voyait cela comme un don singulier et rare.

Sa fiancée n'avait rien d'une séductrice. Elle le regardait droit dans les yeux, affichant clairement son désir. Sans la moindre honte, sa seule crainte étant le rejet. Elle ne jouait pas. Elle affirmait, revendiquait. Matías était fasciné. Il trouvait l'attitude de cette jeune femme… grisante.

À tel point que la tentation de céder à sa demande était presque impossible à repousser.

— Dis-le-moi, belle amazone, commença-t-il en plongeant son regard dans le sien. Dis-moi que tu veux m'offrir ta virginité. Que tu veux que je te ramène chez moi, ici, à Barcelone. Que je dénude ton corps et l'explore avec mes mains, mes lèvres, ma langue. Que tu me veux en toi. Tu dois me le dire afin que je sois certain que tu sais ce que tu me demandes.

— Je te rappelle que je n'ai pas quatorze ans mais vingt-deux, Matías. Je suis une femme.

— Mais tu n'as aucune expérience en matière de sexe. Alors, tu dois me dire que tu sais dans quoi tu t'aventures, ma belle.

Un éclat sauvage traversa les beaux yeux bruns.

— Je veux que tu me fasses l'amour, Matías. Que tu me débarrasses de ma virginité.

À la grande surprise de Matías, elle lui noua les mains sur la nuque et le tint fermement, de la même façon qu'il la tenait par la taille.

— Je te veux en moi.

Puis elle l'embrassa avec fougue, lui léchant les lèvres sans retenue. Avant de reculer la tête en rougissant comme une écolière.

Ce fut le coup de grâce.

— Très bien, dit-il d'une voix rauque. J'exaucerai tes désirs. Mais nous resterons d'abord jusqu'à la fin de la soirée. Et quand nous partirons, nous laisserons tout ceci derrière nous.

— Que veux-tu dire ?

Il promena rapidement son regard autour de lui.

— Ici, nous sommes un couple de fiancés. Nous accomplissons une performance. Une fois que nous serons dans ma chambre, il n'y aura plus que Camilla et Matías. Rien d'autre n'existera. Il ne s'agira pas d'une transaction d'affaires. Tu comprends ce que je dis ?

— Oui, chuchota-t-elle.

— Non, je ne crois pas. Je ne te demande pas d'être cette ravissante créature. D'être autre que toi-même. C'est la vraie Camilla que je veux dans mon lit cette nuit.

— Je ne sais pas si tu l'as déjà rencontrée, dit-elle en baissant les yeux.

— Eh bien, ce sera une excellente occasion de me la présenter, ma belle.

Les paroles de Matías résonnèrent en elle durant toute la soirée. Les mots qu'il avait prononcés lui donnaient une nouvelle puissance, tandis qu'elle dansait avec lui. Leur proximité était devenue plus intime, parce qu'ils savaient tous deux ce qu'ils partageraient bientôt.

Il la désirait. *Elle*, la vraie Camilla, et non cette créature élégante façonnée par toute une équipe de spécialistes. Celle qu'il voulait dans son lit, Camilla la connaissait-elle seulement ? L'avait-elle jamais révélée à quiconque ?

Toute sa vie, elle avait enfoui une partie de ses désirs au plus profond d'elle-même – elle les avait niés.

Son père lui avait accordé beaucoup de libertés, notamment celle de ne pas ressembler à sa mère et de prendre une voie complètement opposée. Mais Camilla en avait délaissé sa part féminine. Or voilà qu'aujourd'hui, la femme en elle découvrait la sensualité. Alors que Camilla n'avait jamais cherché à se mettre en valeur, elle se sentait soudain belle, sous le regard ardent de son faux fiancé.

Le trouble qu'elle ressentait était-il visible ? Matías, de son côté, demeurait impassible.

Parfaitement à l'aise, il bavardait avec les uns ou les autres en faisant preuve du même charme, de la même assurance. Et de la même détermination, exprimant son avis d'un ton ferme avant d'atténuer d'un sourire la dureté de ses propos.

De toute évidence, personne ne souhaitait le défier, mais cette prudence n'avait rien à voir avec la réputation de la famille Navarro, devina Camilla. Elle était provoquée par le charisme de Matías.

Il ne ressemblait à aucun des hommes qu'elle avait rencontrés, et elle pressentait qu'après cette aventure elle se souviendrait de lui toute sa vie. Elle ressortirait de leur histoire en emportant un petit morceau de lui avec elle. En elle.

Tout cela dégageait un délicieux parfum de romantisme. Du moins, le type de romantisme auquel avait accès une femme éprise de liberté. Car Camilla souhaitait seulement se sentir désirée quand bon lui semblerait. Et jouir d'une totale autonomie le reste du temps.

Lorsque Matías l'entraîna hors de l'immense salle puis du palace et qu'ils remontèrent à bord de la limousine, elle sentit resurgir sa nervosité. À présent qu'elle se retrouvait seule avec lui à l'arrière du luxueux véhicule, toute sa belle assurance semblait l'avoir désertée.

Dix minutes plus tard, le chauffeur s'arrêtait au bas d'un magnifique immeuble ancien.

— Je n'ai rien emporté avec moi, dit-elle, la gorge nouée et le cœur battant à tout rompre.

En effet, elle n'avait même pas songé qu'ils passeraient sans doute la nuit à Barcelone au lieu de rentrer au haras en pleine nuit.

— Ne t'inquiète pas, je me suis occupé de tout.

— Ah…

— Oui. Fais-moi confiance.

Une tranquille assurance colorait la voix de Matías, tranchant avec sa masculinité et l'énergie sauvage exsudant de son corps d'athlète. Et pourtant, Camilla le crut. Il prendrait soin d'elle.

— Tu as même pensé à une brosse à dents ? fit-elle d'un ton faussement détaché.

— Oui. Tu trouveras tout ce dont tu auras besoin.

— Et une chemise de nuit ?

Il lui souleva le menton en riant.

— Oui, mais tu n'en auras pas besoin, ma belle !

Ensuite, tout se déroula très vite. Ils traversèrent le

superbe hall au sol pavé de marbre, s'arrêtèrent devant l'un des ascenseurs.

— Celui-ci conduit directement à mon étage, dit Matías en passant un badge devant la serrure magnétique.

Impressionnée, Camilla pénétra dans la cabine.

— Tu possèdes un étage entier ?

— Je tiens à ma vie privée, répondit-il avec un haussement d'épaules.

— Je vois… C'est ici que tu reçois tes maîtresses.

— Je n'ai jamais prétendu être un saint, Camilla.

S'adossant à la paroi, il défit son nœud papillon d'un geste adroit.

— J'ai connu beaucoup de femmes. Pas durant la période où j'étais fiancé à Liliana. Ni depuis que je t'ai rencontrée. Mais, oui, j'aime disposer de pied-à-terre confortables dans différents endroits de la planète pour y accueillir mes maîtresses.

— Je ne disais pas cela pour te critiquer. Je voulais simplement souligner le contraste entre toi et moi, qui n'ai jamais eu de relation intime avec un homme…

— Tu n'as rien à craindre, répliqua-t-il avec un petit sourire en coin. Je te ferai profiter de mon expérience.

— Je n'en doute pas.

Les portes de l'ascenseur coulissèrent en silence. Ils étaient arrivés au dernier étage. Matías lui prit la main et s'avança dans un appartement dont le style contemporain jurait étrangement avec l'architecture de l'immeuble.

— Je comprends de quoi tu parlais, dit Camilla en se rappelant ses paroles concernant la décoration de la maison familiale.

— Oui. La plupart de mes résidences ressemblent à cet appartement.

Elle considéra les meubles noirs contrastant avec les murs blancs, rehaussés çà et là par quelques touches de chrome ainsi que par un immense tableau abstrait aux couleurs vives, les tables en verre transparent. Tout exsudait une sobriété purement masculine.

— Tu n'as pas fait la déco toi-même.

— Non, répondit-il en ôtant sa veste. Comment l'as-tu deviné ?

Après avoir laissé tomber le vêtement sur le sofa en cuir circulaire trônant au milieu de l'espace, il défit ses boutons de manchettes en or d'un geste rapide, puis commença à déboutonner sa chemise blanche.

— Cette ambiance ne te ressemble pas vraiment. On voit que tu as demandé à quelqu'un de s'occuper de tout. C'est très impersonnel, comme style.

Il éclata de rire.

— Et tu trouves que le bleu ciel, les dorures et les frises ornementales de la maison de mes ancêtres sont plus à mon goût, peut-être ?

— Oui, dit Camilla en riant à son tour. Parce que cette maison a une histoire et qu'elle fait partie de toi – que tu le veuilles ou non.

L'expression de Matías se durcit.

— Je crois que nous avons assez parlé.

Sur ces mots, elle se retrouva dans ses bras. Déjà, il prenait sa bouche avec passion, presque brutalement.

Quand il écarta ses lèvres des siennes, elle le regarda en silence, le souffle court. Puis il recula d'un pas et acheva de déboutonner sa chemise.

Son torse était… aussi masculin que l'environnement. Mais beaucoup plus fascinant. Tout en muscles fermes jouant sous la peau hâlée recouverte en partie d'une toison brune.

— Oui ? fit-il en haussant un sourcil.

— Je… Je te regarde, c'est tout.

— Pourquoi me regardes-tu ?

— Parce que tu es… beau.

Quelle idiote… Un embarras insensé s'empara de Camilla. Elle se sentait si gauche, tout à coup. Elle ne possédait aucune expérience, n'avait encore jamais embrassé un homme avant Matías, et elle allait le laisser découvrir son corps, la caresser. Elle allait voir le sien tout entier, le toucher…

C'était enivrant, exaltant, et terrifiant.

Elle allait se donner à lui, s'abandonner à ses propres désirs. Elle allait savourer ces instants. S'affirmer en tant que femme. Et profiter de l'expérience de Matías.

— Tu es beau, répéta Camilla. Je le pense vraiment.

S'avançant d'un pas, elle posa la paume sur son torse nu. Il était chaud. Brûlant. Sous sa main, le cœur de Matías battait à un rythme sauvage. Lui aussi était troublé. Elle l'attirait. Il la désirait autant qu'elle le désirait.

Ils partageaient le même désir.

— Je ne sais pas ce que je fais, murmura-t-elle.

— Moi, oui. Ne te pose pas de questions. Suis-moi.

Ces mots lui firent l'effet d'une délicieuse promesse.

Lui passant les mains derrière le dos, il fit glisser la fermeture Éclair de sa robe bustier, qui tomba à ses pieds. Puis Matías lui prit la main et l'attira vers lui, tandis que Camilla repoussait la soie dorée du bout du pied et se tenait devant lui, vêtue d'une seule culotte de dentelle minuscule. Mais tout embarras l'avait maintenant quittée. Parce qu'il la désirait et qu'elle avait confiance en lui.

Matías était l'incarnation de tous ses fantasmes. Grâce à lui, elle se sentait heureuse d'être une femme.

— Et toi tu es très belle, dit-il en promenant lentement son regard brûlant sur son corps presque nu.

Elle ne regrettait plus du tout ses cheveux longs. Jamais elle ne s'était sentie aussi féminine, aussi séduisante, qu'à cet instant.

Sans dire un mot, il tendit la main et passa le bout du pouce sur un mamelon durci. Camilla laissa échapper un halètement et recula malgré elle. La sensation était trop intime, trop extraordinaire.

— Apprends-moi, dit-il d'une voix rauque. Aide-moi à découvrir ce que tu aimes. Même si cela m'embarrasse.

— Toi ? Embarrassé ? s'exclama Camilla, surprise.

Il émit un petit rire de gorge follement sexy.

— Tu es si innocente, ma belle, murmura-t-il en lui saisissant le poignet pour guider sa main vers la braguette de son pantalon noir.

Un nouveau halètement lui échappa. Il était si ferme, si viril, si puissant…

— Quand un homme désire ardemment une femme, il a du mal à se contrôler, poursuivit Matías. J'aimerais tenir longtemps, pour toi. Je veux que tu aies autant d'orgasmes que tu le souhaites. Je veux te donner du plaisir, encore et encore, avant de céder à mon tour à la jouissance. Mais si je perds tout contrôle, ça risque d'être difficile.

— Parce que tu ne peux… Tu ne peux que… qu'une seule fois ? demanda-t-elle, les joues en feu.

— Je peux jouir une seule fois durant un certain laps de temps, précisa-t-il. Tandis que toi, tu ne seras pas aussi limitée.

— Ah… C'est… très intéressant…

Il la dévisagea en plissant les yeux.

— Comment se fait-il que tu ignores ces choses ? Tu n'en as jamais discuté avec des amies ? Ni entendu les hommes bavarder entre eux, au haras de ton père ?

— J'étais la fille du patron, alors ils faisaient attention à ce qu'ils disaient quand j'étais dans les parages. Et en ce qui concerne les amis… j'avais les chevaux. Ce qui est très instructif côté reproduction, mais pas tellement en ce qui concerne les… les plaisirs sensuels.

— Mais tu dois bien avoir exploré ton propre corps, non ?

— Oui, mais je ne crois pas avoir connu le plaisir dont tu as parlé tout à l'heure, dit-elle en rougissant de plus belle.

— Tu n'as jamais eu d'orgasme ?

— Non.

Un gémissement sourd franchit les lèvres de Matías, alors qu'il la soulevait dans ses bras pour l'embrasser avec fougue.

La toison recouvrant son torse était un peu rêche contre ses seins, mais la sensation, délicieuse.

Il la serra plus étroitement encore en lui caressant les reins. Camilla sentit la puissante érection et frissonna. De volupté et d'excitation. Les mains chaudes glissaient sur ses fesses, ses cuisses, puis il la souleva en même temps qu'il arrimait ses jambes sur ses propres hanches.

L'endroit le plus sensible de son corps se retrouva pressé contre le membre viril. Une myriade de sensations fulgurantes se déploya au fond de son sexe, se répandit dans tout son corps.

C'était ça, un orgasme ?

— Non, pas encore, dit Matías, lisant dans ses pensées.

Il pencha la tête et l'embrassa dans le cou, descendit sur sa gorge, son sein, jusqu'à la pointe gonflée qu'il aspira entre ses lèvres, faisant jaillir en Camilla une nouvelle vague de plaisir d'une intensité inouïe.

Tout en la tenant fermement, il bascula les hanches en avant, tandis qu'elle s'agrippait à ses épaules et lui enfonçait les ongles dans la chair. Un ouragan de sensations fabuleuses se déchaînait en elle, la faisant trembler tout entière.

Ce qu'elle avait ressenti jusque-là n'avait été qu'un avant-goût de la véritable jouissance. Ce qui se passait maintenant dépassait tout ce qu'elle aurait pu imaginer. Le plaisir montait de plus en plus haut, presque insoutenable. Et il avait dit qu'elle jouirait plusieurs fois au cours de la nuit ? Elle n'y survivrait pas. Ce qu'elle ressentait était trop puissant, trop intense.

Soudain, la marée emporta Camilla. Haletante, elle s'abandonna à la jouissance. La vraie.

Un gémissement franchit ses lèvres, puis elle appuya la tête dans le creux de l'épaule de Matías et ferma les yeux. La serrant dans ses bras, il traversa le vaste espace ouvert et, d'un coup de pied, poussa une porte située sur la gauche.

Après l'avoir allongée sur un lit immense trônant au milieu de la pièce, il s'installa au-dessus d'elle.

Le cœur battant la chamade, le corps encore alangui par le plaisir, Camilla se sentait trop ébranlée pour songer à ce qui allait suivre.

Mais quand Matías la regarda, elle se souvint de sa promesse. Il ne la brusquerait pas. Elle pouvait avoir confiance en lui.

D'un geste expert, il la débarrassa de sa culotte, puis glissa une main entre ses cuisses. À présent, il savait qu'elle était très excitée et prête à l'accueillir. Mais cela n'embarrassa pas Camilla le moins du monde.

Il lui caressa le clitoris, la faisant frissonner, trembler, l'amenant à désirer un nouvel orgasme – ce qu'elle aurait cru impossible quelques instants plus tôt.

— Je te désire, chuchota-t-elle.

— C'est vrai ? Tu me désires vraiment, Camilla ? Ou ce qui t'intéresse, c'est le plaisir que je peux t'offrir ?

— Je n'en sais rien… Je veux dire que je ne connais pas ce plaisir. J'ignore tout de ces choses, mais dès le premier instant où je t'ai vu, j'ai su que tu étais… spécial. Ta proximité me troublait, au plus profond de mon être. J'ai d'abord lutté contre cette sensation. Mais le désir a été plus fort que la raison, Matías.

Après cet aveu, elle se sentit encore plus vulnérable, plus nue. Plus exposée que lorsqu'il l'avait caressée à l'endroit le plus intime de son corps.

Camilla refusa d'analyser le sentiment qui frémissait dans

son cœur et se concentra sur le désir qui montait en elle, sur le membre chaud et ferme qui effleurait l'orée de son sexe.

— Dis-le-moi encore, murmura Matías en lui caressant de nouveau le clitoris. Dis-moi que tu me désires.

Pour toute réponse, elle souleva les hanches pour mieux sentir son érection.

Il rit doucement.

— Sois sage. Et dis-moi que tu me désires.

Lentement, il pencha la tête, jusqu'à ce que sa bouche se retrouve à quelques millimètres de celle de Camilla.

— Quand on veut dompter un cheval, il faut d'abord lui montrer qui est le maître. Et tu vas découvrir que je suis le maître de ton corps, ma belle amazone.

Elle tressaillit. Au lieu de se sentir insultée par ces paroles, de répliquer que c'était elle la maîtresse de son propre corps, de son avenir, elle laissa échapper une longue plainte. De frustration et d'impatience. Elle brûlait de le sentir en elle. D'être possédée par lui, sans même savoir ce que cela pouvait signifier.

— Patience, patience…, chuchota-t-il contre ses lèvres.

Puis il l'embrassa avec passion, presque sauvagement, en même temps qu'il enfonçait un doigt en elle, et tout en continuant de lui caresser le clitoris du pouce.

La sensation était fabuleuse et étrange à la fois, si bien qu'il fallut quelques instants à Camilla pour s'habituer à cette intrusion. Soudain, elle en désira davantage. Non seulement elle voulait sentir son membre viril, mais être possédée par Matías, tout entière.

— Matías…, murmura-t-elle avec une sorte de désespoir.

Désormais, fierté et amour-propre n'avaient plus cours. Et tandis qu'il explorait son sexe avec un art redoutable qui lui arrachait des gémissements entrecoupés de halètements, Camilla s'abandonna complètement au plaisir qui déferlait.

Égarée dans la volupté, elle poussa un cri. Tout son corps

sembla se contracter un bref instant, puis la jouissance balaya tout sur son passage, avec plus de force encore que la première fois.

Mais quand elle reprit ses esprits, un sentiment de frustration l'envahit alors qu'elle était pourtant comblée.

Tremblant encore, Camilla repoussa légèrement Matías qui se laissa faire sans résister. Lorsqu'il fut étendu sur le dos, elle se pencha pour lui embrasser la poitrine, le ventre, se repaissant de la fermeté des abdominaux impressionnants. Elle s'immobilisa et contempla le relief tendant l'étoffe du pantalon. Là commençait un territoire inconnu. Mais elle n'allait tout de même pas se laisser intimider maintenant…

Un sourire aux lèvres, elle passa les doigts sur la puissante érection.

— Ne me provoque pas, Camilla, dit-il d'une voix terriblement rauque. Tu joues avec le feu.

— Parfait. J'ai toujours aimé vivre dangereusement.

— Tu pourrais te brûler les doigts.

— C'est peut-être ce que je cherche, répliqua-t-elle en déboutonnant son pantalon.

Après avoir ouvert la braguette, elle fit glisser pantalon et caleçon de soie noire sur les cuisses musclées.

Il était superbe. Intimidant, certes, mais si attirant…

Se penchant, elle passa le bout de la langue sur le membre ferme et chaud à la peau soyeuse. Matías poussa un juron et l'empoigna par les cheveux. Il lui faisait un peu mal, mais Camilla poursuivit son exploration. Bientôt, elle le prit dans sa bouche, savourant le parfum de musc, mâle, enivrant.

— Assez ! ordonna Matías en se redressant.

Après l'avoir soulevée par la taille, il l'installa à califourchon sur lui.

— J'ai besoin de *toi*, dit-il de cette voix rauque si excitante. Tout entière.

Cela suffit à Camilla. Se penchant légèrement en arrière, elle saisit son érection pour le guider en elle.

Il jura de nouveau, puis se tourna vers la table de chevet.

— Préservatif, dit-il en lui tendant un petit sachet en plastique. Mets-le-moi.

Les doigts tremblants, elle déchira le plastique, puis tritura un instant la chose en latex avant de la dérouler sur le membre viril. Puis elle se réinstalla sur son amant et, après une légère hésitation, se laissa glisser lentement sur l'érection.

Camilla se mordit la lèvre pour ne pas crier alors qu'elle accueillait le membre au cœur de sa féminité. Comme elle l'avait prévu, il n'y eut pas de douleur déchirante. Plutôt une sensation inconnue, et pas franchement agréable.

Mais lorsque la pénétration fut totale, un frisson sensuel la traversa tout entière. Pas seulement à cause du plaisir qui se répandait dans son sexe, mais parce qu'elle s'habituait à la présence de Matías en elle. Et que cette fusion renforçait leur union.

Elle allait vivre avec lui durant des mois et ils partageraient de tels moments fabuleux… Elle le sentirait, au plus profond. Elle le chevaucherait, nu et somptueux. Elle explorerait son corps, le goûterait, partout.

Matías serait à elle.

Un sentiment d'exultation envahit Camilla. De liberté.

Puis elle commença à bouger. Les mains appuyées sur le torse de Matías, le regard soudé au sien, elle se souleva avant de redescendre lentement en sentant le plaisir l'inonder. L'impression d'inconfort avait disparu, remplacée par une autre, de satisfaction intense. Lentement, la volupté prenait possession d'elle. Basculant les hanches en avant, Camilla se prépara à l'explosion des sens qu'elle avait déjà expérimentée à deux reprises.

L'instant d'après, elle se retrouva sur le dos et Matías se

redressa au-dessus d'elle, sombre, ténébreux, les mâchoires serrées.

Son cœur s'arrêta de battre. L'univers entier disparut. Elle se sentait… minuscule. Fragile. Tout contrôle lui échappait, alors que quelques instants plus tôt, elle avait l'impression de diriger les opérations.

Prenant ses poignets, il lui remonta les bras au-dessus de la tête et les maintint d'une main ferme. Les coups de reins devinrent de plus en plus vigoureux, de plus en plus rapides. Après avoir cru découvrir la jouissance, Camilla se sentait de nouveau perdue. Égarée dans un monde inconnu où tout n'était que volupté.

La tête renversée en arrière, elle se laissait dominer par Matías. Il la possédait.

À cette pensée, elle fut parcourue par un frisson érotique inattendu. Presque choquant. Jamais elle n'aurait cru ressentir de la joie à se sentir aussi impuissante.

Camilla referma les jambes autour des reins de son merveilleux amant pour mieux s'accorder au rythme de ses coups de reins.

Soudain, il se mit à trembler, et tout à coup, le maître renonça à tout contrôle. Durant quelques instants, elle vit Matías dans son essence. Exposé lui aussi. À nu. Ce fut très bref. Un tremblement violent parcourut son corps viril tendu à l'extrême, puis il céda à la jouissance, l'entraînant avec lui.

Elle s'y abandonna complètement en s'accrochant à lui, puis ils retombèrent, tremblants, dans les bras l'un de l'autre.

Quand le calme revint, un seul bruit troublait le silence régnant dans la chambre. Celui de leurs souffles saccadés.

Une sensation de justesse envahit Camilla. D'harmonie. C'était aussi bon que de se retrouver au haras, chez elle. De sentir le vent lui caresser le visage quand elle traversait les oliveraies au galop. Tout lui semblait familier alors qu'elle n'avait jamais rien vécu de tel auparavant.

Mais lorsque Matías se souleva en s'appuyant sur les mains et la regarda, la sensation d'harmonie se doubla d'une autre, affreusement douloureuse.

Ce fut comme si son cœur se déchirait.

Camilla ferma les yeux, dans l'espoir de chasser la souffrance qui irradiait dans sa poitrine.

11

Matías regarda Camilla dormir un long moment avant de se rendre compte tout à coup qu'il mourait de faim.

Quittant le lit, il se dirigea vers la cuisine dont il ressortit quelques minutes plus tard avec un grand plateau sur lequel il avait posé un assortiment de charcuterie et de fromages, ainsi que deux assiettes.

Il s'assit sur le bord du lit et attendit. Camilla battit des paupières, les souleva, puis le contempla, encore à moitié endormie.

— Bonjour, dit-il doucement.

— C'est le matin ? demanda-t-elle en roulant sur le dos.

Après avoir remonté un bras au-dessus de sa tête, elle ne prit pas la peine de tirer le drap sur elle et demeura ainsi, nue. Offerte.

— Quasiment.

Elle se redressa sur son séant, à présent bien réveillée.

— Il fait encore nuit dehors, fit-elle remarquer.

Ses cheveux courts étaient ébouriffés, le bandeau doré avait disparu dès la première étreinte, mais elle demeurait aussi belle.

— Oui, c'est vrai. Mais j'avais faim.

Il plaça le plateau devant elle.

— Et j'ai pensé que toi aussi tu aimerais peut-être manger quelque chose.

— Oui, je crois… Mais…

— Ne t'inquiète pas, nous avons tout notre temps. Personne ne nous attend, nous pouvons rester au lit toute la journée si nous en avons envie. Alors tu devrais reprendre des forces, parce que je n'en ai pas terminé avec toi.

Matías ne ressentait aucune culpabilité d'avoir défloré une vierge. Peut-être à cause de l'adorable roseur colorant les pommettes de Camilla. Ou des petits sons si érotiques qui avaient franchi les belles lèvres pulpeuses tandis qu'elle s'abandonnait à la jouissance dans ses bras.

En fait, il se sentait… satisfait. Content. Dans une semaine, il serait marié, après s'être fait voler sa fiancée initiale. Alors qu'il aurait dû être furieux d'avoir ainsi été manipulé, il se sentait même *très* content.

Non seulement il avait trouvé une remplaçante à Liliana, mais sa future épouse s'était révélée particulièrement réactive, dans son lit.

Les genoux remontés contre son buste, elle prit un morceau de fromage. Il ne put détacher les yeux de ces lèvres, de cette langue rose qui goûtait la nourriture et qu'il mourait d'envie de sentir à nouveau sur sa peau.

— Dis-moi, quels sont tes projets, une fois que nous en aurons terminé avec cette histoire ? demanda Matías.

— Mes projets ? répéta-t-elle, surprise. Eh bien… Retourner au haras Alvarez. Entraîner mes chevaux.

— Nous allons devenir concurrents.

Elle inclina la tête sur le côté.

— Oui, je suppose. Mais c'était déjà le cas de nos pères.

— Leur relation était toutefois un peu différente.

Ses joues tournèrent au rouge écarlate.

— J'imagine.

— Tu envisages de développer le haras ?

— Je n'en sais rien, répondit-elle en battant des cils. Pour l'instant, je désire simplement retrouver ce que je connais. Les derniers mois ont été si… difficiles. Je ne pourrais même pas l'expliquer. C'était comme si, brusquement, j'avais perdu tous mes repères, que ma vie ne reposait plus sur rien. J'avais l'impression de tomber en chute libre. Mon père est mort, et j'ai à peine eu le temps de le pleurer. Parce que je perdais aussi ma maison. Et mes chevaux.

— Mais tu as fait ce qu'il fallait pour les retrouver.

Elle haussa les épaules.

— Je savais que mes chevaux, et Fuego, faisaient désormais partie de ton haras. Alors j'ai pensé… que si je pouvais conserver un lien avec eux je ne deviendrais pas complètement folle.

— Tu me parais tout à fait saine d'esprit.

— Ça, c'est discutable. Il ne doit pas y avoir beaucoup de femmes prêtes à se couper les cheveux et à se déguiser en garçon pour décrocher un job !

— Vraiment ? Pour ma part, je trouve cela plutôt ingénieux.

— Quand tes hommes sont venus chercher les chevaux, je les ai suppliés de m'embaucher. Mais un type m'a dit que tu ne recrutais pas de femmes. La solution s'est imposée à moi.

— Tu es ingénieuse, tu as de la ressource, et du courage.

Se penchant vers elle, il lui caressa les lèvres du bout du pouce. La lueur qui éclaira les grands yeux bruns le toucha profondément.

— Je sais ce que c'est de se sentir seul, Camilla.

Il recommençait à se confier. À elle et elle seule. C'était plus fort que lui.

— Après la disparition de ma mère, je me suis retrouvé isolé. J'étais le seul à savoir que mon père avait causé sa mort. Personne ne voulait me croire. Mon frère et moi n'avons jamais été proches, mais cet horrible épisode a encore creusé le fossé qui existait déjà entre nous. Alors que nous n'étions que des gamins, nous avons été forcés de devenir des hommes. Beaucoup trop tôt.

— Tu es devenu quelqu'un de bien. Tandis que ton frère...

Matías repensa à Diego enfant, emmuré dans la colère et la méfiance. Impossible de lui parler. Ensuite, tout avait dégénéré. Cependant, de la même façon que Diego ne connaissait pas ses secrets, lui-même se rendait soudain compte qu'il ne savait pas tout de la vie de son frère aîné. Il en ignorait même sans doute bien des aspects.

— Je ne sais pas s'il en a jamais eu la possibilité.

— Pourquoi aurait-ce été différent pour lui ?

Brusquement, Matías ne fut plus sûr de rien. Et il n'aimait pas du tout ce sentiment d'incertitude. Il préférait que tout reste simple, noir ou blanc. C'était ainsi qu'il régissait sa vie.

— Je me dis parfois que les gens sont faits différemment, répondit-il. C'est la meilleure explication que j'aie.

— Tu as peut-être hérité davantage de ta mère que lui, répliqua doucement Camilla.

— Peut-être, dit-il avec effort.

— Est-ce que c'est ça, la vraie raison pour laquelle tu refuses d'embaucher des femmes ? À cause de ta mère ? Tu ne veux pas qu'elles travaillent avec les chevaux parce que...

— Ma mère n'a pas été tuée par un cheval, l'interrompit-il. Elle a été tuée par mon père. C'est lui qui a effrayé le cheval. Délibérément.

Lorsqu'elle lui posa la main sur l'avant-bras, Matías sentit quelque chose frémir dans sa poitrine et en fut agacé. Il n'aimait pas du tout que Camilla réarrange ainsi les choses à sa façon. Ces choses qu'il avait organisées avec tant de soin.

— Quand même, dit-elle doucement. Je pense que cela pourrait être la cause de ton attitude.

— Je rêve de cris, poussés par des chevaux et des femmes.

Décidément, il faisait dans le pathétique. Il ne parlait pas de cela, bon sang. Avec personne. Jamais.

— Matías…

Elle le prit dans ses bras et appuya la joue contre sa poitrine.

— Tu as dû être fort et bon, plus que tous les autres, parce que tu étais le seul à en être capable. C'est injuste.

À présent, elle tentait de le… réconforter. Quand cela lui était-il arrivé pour la dernière fois ? Sans doute sa mère l'avait-elle consolé lorsqu'il était petit, mais il n'en gardait aucun souvenir. Il ne se rappelait que les violentes disputes de ses parents. Et sa mère se cachant de son père. Lui-même faisait la même chose, pour se protéger de cet homme imprévisible et cruel.

— Lorsque Fuego t'a…

Matías s'arrêta, incapable de continuer. Il avait la gorge nouée, les poumons en feu. Il attendit que la tempête s'éloigne. Que le calme revienne en lui.

— Lorsque son sabot t'a heurtée à la tête, cela m'a rappelé la mort de ma mère, dit-il alors d'une voix étouffée. Ils ne le font pas exprès, mais des animaux aussi grands et puissants peuvent faire tant de mal…

— Personnellement, je trouve ça incroyable que tu veuilles continuer à travailler avec les chevaux et conserver le haras Navarro, répliqua-t-elle en lui caressant le bras. Tout le monde comprendrait que tu tournes le dos à tout cela.

À vingt ans et quelque, ça avait été son intention. Il avait songé à faire fortune ailleurs. C'était dans ce but qu'il avait quitté l'Espagne et établi le siège de sa société à Londres. Mais il avait découvert qu'il était impossible d'échapper à son passé. Plus il s'éloignait de la maison familiale, du haras Navarro, plus ses cauchemars le tourmentaient sans répit.

— C'est devenu une mission pour moi, reconnut Matías. Et je ne renoncerai pas avant d'avoir expurgé les lieux. Une fois que j'y serai parvenu, je m'en irai.

— Je comprendrais que tu partes et que tu te consacres

uniquement à tes affaires, mais j'avoue que j'ai du mal à l'imaginer. Cela ne te ressemble pas.

— Tu te trompes peut-être. Et si je préférais passer mes soirées à des galas mondains plutôt que chez moi, au coin du feu, dans la bibliothèque ? Et si je profitais de mes moments de loisir dans des appartements rutilant de chrome et de verre plutôt que dans les écuries ou les manèges ?

— Ce ne serait plus toi, rétorqua Camilla avec une tranquille assurance.

Desserrant son étreinte, elle se leva et lui prit les mains pour les regarder.

— Tes mains parlent pour toi. Ce ne sont pas celles d'un homme heureux de travailler sur un ordinateur, enfermé dans un bureau. Elles sont marquées par les durs labeurs. Ceux que tu accomplis volontiers lorsque tu n'es pas obligé de faire fructifier tes affaires. Tu as ça dans le sang, Matías. Dans le cœur.

Elle posa l'une des mains viriles sur son sein, tandis qu'un lent sourire se dessinait sur la belle bouche pulpeuse de son fiancé.

— Tu as exactement le genre de mains que j'aime.

— Dans ce cas, si je suis ton type d'homme, pourquoi n'as-tu pas offert ta virginité à l'un de ceux qui travaillaient avec toi au haras de ton père ?

— Parce qu'ils n'étaient pas toi. Il ne suffit pas d'avoir les mains adéquates. C'est beaucoup plus complexe.

Le sein doux et ferme frémissait sous sa paume. Matías était maintenant si excité qu'il avait du mal à réfléchir. Mais avant de faire à nouveau l'amour à Camilla, il voulait encore savoir quelque chose.

— Quel est ton plus grand rêve, ma belle ?

Quand tout serait terminé, il lui restituerait le haras Alvarez comme promis. Et les chevaux. Mais aussi Fuego. L'étalon aurait été un atout formidable pour son propre haras, mais à présent, il savait qu'il devait revenir à Camilla.

En outre, il désirait exaucer son souhait le plus cher. Il venait d'en décider ainsi et ne changerait pas d'avis.

— Je ne veux que le haras, répondit-elle, l'air perplexe.

— Tu l'auras, je te l'ai promis. Mais que voudrais-tu d'autre ? Tu dois bien avoir des désirs secrets, des rêves ?

— Non, je ne vois rien d'autre, dit-elle en baissant les yeux. Tout ce que je désire, c'est retrouver ma vie d'avant.

Elle mentait, Matías en fut certain. À lui ou à elle-même. Mais il n'avait plus envie de parler. Le sein rond était doux et chaud, la peau soyeuse. Le mamelon ferme sous sa paume.

Après avoir écarté le plateau, il prit Camilla dans ses bras.

— Quel que soit ton souhait le plus secret, je ferai en sorte qu'il soit exaucé, affirma-t-il en la regardant dans les yeux. Je t'en donne ma parole.

12

À la grande surprise de Camilla, le jour de leur mariage débuta comme tous les autres. Par conséquent, elle n'avait aucune raison d'être nerveuse. Ils en avaient discuté des tas de fois, elle et Matías. Dans les moindres détails.

En début de semaine, la styliste lui avait proposé une sélection de robes parmi lesquelles Camilla avait choisi la plus sobre.

Liliana aurait sans aucun doute opté pour un style tout différent, mais cette robe était parfaite pour elle, blanche, à la coupe simple, aux lignes pures, et très élégante.

Se détournant du miroir, elle repensa à la semaine passée, si fertile en découvertes sensuelles. Il lui suffisait d'y songer pour frissonner d'excitation. Rien de ce qu'ils faisaient au lit ne l'embarrassait. Tout l'enchantait, la grisait. Et lui donnait envie de poursuivre ce voyage sensuel. Avec Matías.

Elle imaginait déjà comment ils pourraient continuer à se voir tout en menant des vies séparées *une fois que cette affaire serait réglée*, comme disait son merveilleux amant. Les deux haras n'étaient pas très éloignés l'un de l'autre. Le trajet se faisait en quelques heures de route. Matías pourrait gérer ses affaires et quand il serait sur place, il viendrait la voir dès qu'il en aurait la possibilité. Chez elle, dans sa maison tant aimée. Elle l'emmènerait dans le jardin, lui montrerait les fontaines aux magnifiques mosaïques. Ils iraient chevaucher, jusqu'aux abords des montagnes.

Et ils feraient l'amour, encore et encore.

Il s'agissait de fantasmes un peu ridicules, mais avant Matías, Camilla n'avait désiré aucun homme. Elle n'avait jamais été aussi… obsédée par qui que ce soit. Par son corps. Son esprit. Son âme.

Ils avaient tant de choses en commun, tous les deux.

Enfin, sauf le côté play-boy milliardaire. Mais ils partageaient le même besoin d'indépendance farouche. La même volonté de rester seul maître à bord.

Cependant, Matías était davantage hanté par ses démons qu'elle-même. La nuit, il se réveillait souvent et elle restait immobile à côté de lui, la main posée sur son torse. Parfois, tel un ange gardien, elle demeurait éveillée à le regarder dormir d'un sommeil agité, peuplé de cauchemars liés à son passé.

Petit à petit, Camilla sentait un désir inconnu croître en elle. Un désir puissant n'ayant aucun rapport avec le sexe. Après leurs étreintes passionnées, quelque chose continuait de palpiter dans sa poitrine. Et ce quelque chose la tenaillait, la travaillait en sourdine, presque douloureusement.

Elle faisait de son mieux pour l'ignorer, déterminée à ne pas se laisser dominer par une sensation aussi étrange qu'inattendue.

Et maintenant que le jour du mariage était arrivé, ce n'était certes pas le moment d'avoir des états d'âme.

Lorsqu'elle s'était réveillée ce matin, Matías avait déjà disparu. Probablement pour aller vaquer à ses tâches quotidiennes. Il n'y avait rien d'inhabituel à cela, même si la plupart du temps, ils se réveillaient ensemble.

La cérémonie aurait lieu en fin d'après-midi, suivie d'un dîner et d'un bal en plein air. Les invités étaient pour la plupart les villageois ou des parents éloignés. Et bien sûr, le grand-père de Matías ferait le voyage, en dépit de son état de santé qui rendait tout déplacement difficile.

Sa venue préoccupait Camilla. D'un côté, elle était furieuse qu'il assiste à leur mariage. Matías avait tant souffert à cause de sa famille… De l'autre, sans ce grand-père, la noce n'aurait pas eu lieu.

Sans cet homme manipulateur, Camilla n'aurait jamais épousé Matías.

Elle avait beau le savoir, cette pensée lui demeurait désagréable et difficile à admettre. Parce que, pour elle, il s'agissait de bien davantage, hélas.

Pour Camilla, cette union était bien trop réelle, et par conséquent, douloureuse.

Chassant ces pensées inopportunes, elle se tourna de nouveau vers le haut miroir. Désormais familière de cette version plus sophistiquée d'elle-même, elle examina son reflet d'un œil critique.

Rouge à lèvres rose foncé mettant la bouche en valeur, trait d'eye-liner noir racé rehaussant les yeux, touche de blush pour mettre les pommettes en valeur.

Quant au long voile arrimé à un diadème en or serti de minuscules diamants offert par Matías, il descendait jusqu'au sol, se mêlant à l'étoffe vaporeuse de la robe.

Camilla se trouvait belle, mais cela n'avait rien à voir avec le maquillage ou la robe. C'était la semaine passée dans les bras de son fiancé qui lui donnait cet éclat intérieur.

Grâce à lui, elle se sentait unique. Elle ne s'inquiétait même plus d'être comparée à Liliana. Matías adorait son corps, il le lui montrait chaque jour, chaque nuit.

Au souvenir du plaisir qu'ils prenaient tous deux à leurs délicieuses explorations réciproques, Camilla sourit. Au même instant, Maria entra dans la pièce et lui tendit un bouquet de fleurs tout simple mais d'un rouge vibrant.

Gardant le sourire aux lèvres, Camilla descendit bientôt l'escalier conduisant au grand hall, précédée de la gouvernante.

— Tout est prêt, dit celle-ci en arrivant au bas des marches. Je vous ferai signe. Restez ici.

Sur ces mots, Maria se dirigea vers la double porte, en ouvrit un battant et disparut, la laissant seule.

Elle allait épouser Matías. Soudain, Camilla eut l'impression d'avoir attendu ce moment toute sa vie. Comme si leur rencontre avait été prédestinée.

Rien de tout ceci n'était réel, pourtant. Il s'agissait d'une comédie, jouée devant le monde entier. Le grand-père de Matías avait orchestré la vie de ses petits-fils, elle ne devait pas l'oublier. Ce mariage n'était en fait qu'une banale *transaction d'affaires.*

— Eh bien ! fit une voix virile derrière elle. Quelle mariée époustouflante !

Elle fit volte-face, le cœur battant à tout rompre. L'homme immobile qui se tenait à quelques pas d'elle n'était pas Matías. Grand, d'une beauté ténébreuse, il ressemblait cependant suffisamment à son fiancé pour que Camilla devine à qui elle avait affaire.

Diego Navarro possédait le même magnétisme, la même taille et la même carrure athlétique que son frère. Mais une aura menaçante émanait de sa haute silhouette. Quelque chose de terriblement sombre et inquiétant. De dangereux.

— Vous êtes Diego, je suppose ? demanda-t-elle, crispée.

— Ne prenez pas cet air mélodramatique, répliqua-t-il en s'avançant vers elle. J'avoue que je suis impressionné par la réactivité de mon frère. Ses scrupules l'empêchent souvent de remporter bien des victoires, mais pour ma part, je n'ai jamais compris pourquoi il s'imposait de telles limites.

— Je ne sais pas de quoi vous parlez. Matías et moi, nous nous aimons. Nous nous aimions déjà avant le départ de Liliana. Son renoncement n'a fait que nous arranger.

Elle donnait la version mise au point avec Matías, mais d'où lui venait le cran de tenir tête à son frère ?

— C'est une très belle histoire, repartit Diego. Mais je l'avais déjà lue dans la presse. Vous savez, mon frère se targue d'être un homme bon, mais au fond, il n'est pas différent de moi. Il se contente de s'entourer de principes moraux lorsque ça l'arrange, ce que, de mon côté, je n'ai jamais jugé nécessaire. Il décide que certains actes sont *bons* et d'autres *mauvais*. Il estime que ses motivations sont plus justes que les miennes et que, par conséquent, il doit remporter la victoire et hériter du patrimoine familial. Quant à moi, je n'ai besoin d'aucune motivation autre que mon désir de gagner. D'être satisfait. Mais je ne prétends pas être *bon* – à quoi cela me servirait-il ?

— Est-ce ce désir de gagner qui vous a conduit à emmener Liliana ?

Un sourire s'esquissa au coin de la bouche de Diego.

— Elle ne représentait qu'un moyen me permettant d'arriver à mes fins. Comme le reste.

— Est-elle partie avec vous de son plein gré ? Ou l'avez-vous enlevée ?

— Oh ! je l'ai bien enlevée, répondit-il avec un petit rire moqueur. Mais elle s'est vite laissé convaincre de m'épouser. J'ai simplement dû lui demander de mentir à Matías pour qu'il cesse de la faire rechercher. Il n'est pas très confiant. Il a cru si rapidement à la trahison. C'est une faiblesse, à mon avis. À votre place, je surveillerais la chose. S'il apparaissait maintenant, je suis certain qu'il vous submergerait de questions. Surtout s'il entrait dans le hall au moment où je vous prenais dans mes bras.

Quand il s'avança vers elle, Camilla recula.

— Ne vous approchez pas. Vous n'êtes qu'un scélérat.

À ces mots, il éclata de rire.

— C'est vous qui le dites. Mais un scélérat n'en est pas

moins le héros de sa propre histoire. J'ai lu cette phrase quelque part et elle me plaît. Bien que je n'aie pas plus que cela envie d'être un héros. Je me contente d'atteindre mes objectifs.

— Eh bien, vous ne l'atteindrez pas cette fois-ci, puisque Matías et moi allons nous marier aujourd'hui.

— Mais je ne serai pas perdant, répliqua-t-il, les yeux étincelants. Parce que j'hériterai de ma part de la fortune familiale. Et si je décide de creuser un peu l'affaire avec mon avocat, je me retrouverai sans doute avec une part de l'entreprise de mon frère, en plus du reste.

Une lueur de cruauté traversa son regard.

— Et puis, Matías a dû s'accommoder d'une fiancée de second choix. Alors, oui, je crois que ma victoire sera assez satisfaisante, sinon complète.

À cet instant, Camilla aperçut Maria qui lui faisait signe.

— Venez, c'est le moment !

— Je ferais mieux d'aller rejoindre les invités, fit Diego. Ah, une dernière chose, avant de vous quitter : mon frère a beau se croire le meilleur des hommes, ne lui faites pas confiance. Il ne vous aimera jamais. Parce que les hommes de notre famille sont incapables d'éprouver ce genre de sentiment.

Sur ces paroles, il s'éloigna, traversa le grand hall et sortit, laissant Camilla en proie à un tumulte d'émotions indescriptible.

Diego ne lui avait rien appris de nouveau. Et pourtant, il avait atteint son but. À présent, elle allait franchir le seuil sur des jambes tremblantes. Il avait semé le doute en elle alors qu'avant son apparition, elle s'apprêtait à célébrer ce mariage de convenance, en toute conscience.

Soudain, les paroles du frère de Matías tournaient en boucle dans son esprit. La réalité prenait un aspect dur et menaçant. Impossible de croire au conte de fées, désormais. Elle ne pouvait se raccrocher à aucun espoir, aucune illusion.

Camilla redressa les épaules et se dirigea vers la double porte restée ouverte.

Quand elle pénétra dans la petite chapelle, tous les invités se levèrent, les yeux braqués sur elle. Le cœur battant la chamade, elle aperçut Matías debout au bout de l'allée, sombre, magnifique, déterminé. Et confiant.

Si semblable à son frère, et pourtant si différent.

Mais rien de tout cela n'avait d'importance, décida-t-elle. Parce que ce mariage était la seule option possible.

Aussi Camilla s'avança-t-elle résolument vers son fiancé, convaincue d'avoir fait le bon choix.

13

Matías avait reçu un choc en apercevant Diego et Liliana parmi les invités. Son cher frère cherchait à le déstabiliser, et non à lui faire honneur.

Durant toute la réception, Matías avait fait en sorte de garder Diego à distance de Camilla, et ce jusqu'à son départ avec Liliana.

Cependant, il savait bien que si son frère avait voulu approcher la mariée il y serait parvenu. Mais il n'en avait rien fait, ce qui ne rassurait pas pour autant Matías sur ses motivations.

Quant à Liliana, elle était belle mais pâle. Elle paraissait même épuisée. Comme souvent, elle ne portait aucun maquillage et ses boucles blondes ondulaient librement sur ses épaules, sa robe couleur lavande soulignant sa grâce et ses douces courbes féminines.

Diego ne la quittait pas d'un centimètre, dardant fréquemment son regard aiguisé sur elle. Cette attitude surprit Matías. Il se serait plutôt imaginé que son frère se soucierait comme d'une guigne de celle qu'il avait épousée dans le seul but de remporter la victoire du jeu stupide imposé par leur grand-père.

Non, Diego n'était pas mû uniquement par l'appât du gain. Une chose intense et sombre l'habitait, dit-il à Camilla lorsqu'il se retrouva seul avec elle dans l'appartement de Barcelone où ils allaient passer leur nuit de noces.

— Elle l'aime, répliqua doucement Camilla.

— Qu'est-ce que tu racontes ? Tu ne crois pas qu'elle a eu le temps de comprendre à qui elle avait affaire ? Qu'elle ne sait pas quel genre d'homme est Diego, à présent ?

— Je crois, hélas, qu'elle le sait depuis le début. Je… J'ai échangé quelques mots avec Diego avant notre mariage…

— Et tu m'en aurais parlé, si je n'avais pas abordé le sujet ? demanda Matías, suffoqué.

— Peut-être pas. Cette conversation m'a rendue nerveuse. Il cherchait à m'intimider, de toute évidence. À m'effrayer, voire à me faire fuir. Mais il ne me connaît pas, sinon, il aurait su qu'il perdait son temps.

— Je suis presque désolé pour lui… Que t'a-t-il raconté ?

— Il a confirmé qu'il avait bien enlevé Liliana et qu'ils étaient mariés. D'après lui, elle s'est vite laissé convaincre de l'épouser. J'imagine qu'il lui a fait du chantage. Mais… j'ai vu la façon dont elle le regardait. Je l'ai observée. Je ne pense pas qu'elle désire qu'on lui vienne en aide, pourtant je doute qu'elle soit heureuse.

— Comment pourrait-elle l'être avec un sociopathe ? Comment pourrait-elle l'aimer ?

— L'amour est un mystère, répliqua Camilla, un peu sèchement. Et puis, qu'est-ce que ça peut te faire, au fond ? Tu te soucies vraiment de son bonheur, ou tu regrettes de ne pas l'avoir épousée ?

Furieux, Matías la prit par les épaules et lui appuya le dos contre le mur.

— Je me fiche complètement de Liliana, mais pas de sa sécurité. Je ne veux pas que mon frère la retienne contre son gré, mais vu qu'elle n'a pas cherché à fuir et l'a épousé, cela ne semble pas être le cas.

Il s'interrompit un instant et la regarda en plissant les yeux.

— Ce n'est pas elle que je désire mais toi. Serais-tu jalouse ?

— Oui, je le suis, dit-elle, les joues roses.

Matías recula d'un pas et la contempla. Sa femme. Elle était à lui. Légalement.

Soudain, il désira plus que tout qu'elle le reste. Il voulut faire comme Diego. L'enlever, la retenir captive. La faire sienne, dans tous les sens du terme. Brusquement, il ne lui semblait plus aussi important d'être juste, d'être bon.

Il la voulait à lui, cela seul importait.

Si peu de chose le séparait de son frère, au fond. Si peu de chose séparait celui-ci de leur père. Et leur père de son propre père, leur grand-père.

Cela faisait partie de son ADN, qu'il le veuille ou non.

— C'est *toi* que j'ai épousée, Camilla.

— Oui, riposta-t-elle en redressant le menton. Mais il n'en reste pas moins que si Liliana avait été libre c'est *elle* que tu aurais épousée.

— Pourquoi cette attitude belliqueuse ? demanda-t-il en se rapprochant d'elle.

Il lui enlaça la taille.

— Je connais des façons beaucoup plus agréables de passer le temps.

Le désir rugissait en lui. Cependant, il ne s'agissait pas seulement de sexe. La force qui avait pris possession de Matías lui était complètement étrangère. Elle le submergeait, sauvage, indomptable. S'il y cédait, ce torrent fou les emporterait tous les deux, Camilla et lui. S'il résistait, il n'y survivrait pas.

Tout contrôle lui échappait désormais. Ce contrôle dont il était si fier, qui faisait de lui un homme bon. Meilleur que son frère, que son père. Il n'était plus sûr de rien. Cependant, le désir farouche qu'il éprouvait pour Camilla, sa femme, était bien réel.

Ils avaient célébré leur mariage en grand comité, devant tout le personnel, tous les villageois, et devant son grand-père. Mais dans l'intimité de cet appartement de Barcelone, ils redevenaient simplement Camilla et Matías. Comme la première fois. Le monde extérieur avait cessé d'exister.

Et quels que soient les raisons de ce mariage et l'avenir qui les attendait, Camilla lui appartenait durant leur nuit de noces. À lui et à lui seul.

Incapable d'attendre plus longtemps, Matías saisit le bustier et le déchira.

— C'était une belle robe, protesta Camilla.

Sans pour autant tenter de s'écarter de lui. Elle ne paraissait pas non plus vraiment scandalisée.

Ses yeux luisaient de désir. Elle brûlait du même feu que lui. Cette certitude ne fit que déchaîner la force qui le possédait.

— Oui. Elle était très jolie, cette robe. Mais ton corps est bien plus beau. Et tout ce qui le dissimule… doit disparaître.

Matías referma les mains sur le soutien-gorge de dentelle et le déchira à son tour, dénudant les seins superbes aux mamelons dressés. Puis il pencha la tête et prit l'un des bourgeons épanouis entre ses lèvres et le suça goulûment. Le brasier qui le consumait devint plus vif encore, plus intense. Camilla était vraiment sa femme, à présent. Ils étaient désormais liés par un serment sacré.

Chassant ces pensées, il empoigna la robe et tira d'un coup sec, la déchirant jusqu'à l'ourlet. D'un geste impatient, il débarrassa le corps magnifique du dernier rempart qui le protégeait et la minuscule culotte de dentelle rejoignit la robe gisant autour des pieds de Camilla.

Matías laissa descendre lentement son regard sur les courbes parfaites, le ventre plat et ferme, les hanches rondes, les cuisses galbées.

Elle était belle. Une véritable œuvre d'art. Et elle lui appartenait. Tout entière.

De son côté, il portait encore son costume de marié, et cela lui plaisait d'être tout habillé face à elle, entièrement nue. Cela lui donnait un semblant de contrôle. Il était si avide de la prendre, d'user de son pouvoir. Il lui fallait à tout prix apaiser ce désir qui le ravageait, aussi intense que douloureux.

— Tu es à moi, dit-il, d'une voix si rauque qu'il la reconnut à peine. Tu es à moi et à moi seul. C'est clair ?

— Oui, chuchota-t-elle.

Cette fois, il l'avait apprivoisée, domptée. Pour le moment, du moins.

— Et si mon frère tentait de t'enlever, je le pourchasserais jusqu'au bout du monde. Tu m'as bien compris ?

Il lui souleva le menton et riva son regard au sien.

— Je ne le laisserais pas poser la main sur toi, tu m'entends ? Et s'il s'y aventurait, il perdrait cette main avant de perdre tout ce à quoi il tient. *Tout.*

Sentant Camilla frissonner dans ses bras, il se demanda s'il était allé trop loin. Puis il décida que cela n'avait pas d'importance.

Il était possessif ? Sauvage ? Pas de problème. Et si au fond il ne valait pas mieux que les autres mâles de la famille, autant l'accepter plutôt que de résister à ses vrais penchants.

Soudain, Matías comprit la nature de la rage qui courait dans les veines de Diego, la violence de son père. Parce qu'il ressentait maintenant la même chose. Il ne s'agissait pas de colère. C'était différent. Immense. Brûlant. Une force inconnue le consumait, corps et âme, et face à elle, il se sentait complètement impuissant.

Il allongea Camilla sur son lit, lui écarta les jambes, s'agenouilla devant elle et contempla le sexe offert.

— Tu es si belle, dit-il en caressant le clitoris gonflé. Et tout à moi.

— Je ne vois pas ce que j'ai fait pour mériter un tel accès de possessivité, murmura-t-elle entre deux halètements. Ce n'est pas moi qui devais épouser quelqu'un d'autre…

— Il ne s'agit pas de mériter quoi que ce soit mais de vivre ce qui s'offre à nous, là, maintenant. Je vais te prendre, te posséder tout entière, ma belle épouse.

— Mais dis-moi, si Liliana apparaissait tout à coup et t'annonçait qu'elle souhaite quitter Diego, comment réagirais-tu ?

— Et toi ? Que ferais-tu ? demanda Matías en guise de réponse.

— Je me battrais pour te garder, affirma Camilla, les yeux étincelants. Parce que je me bats pour garder ou récupérer ce qui m'appartient. Même si pour y arriver je dois me couper les cheveux et changer d'identité. Tu n'es pas le seul à être possessif, Matías.

Si ces paroles avaient été prononcées par une autre, il se serait sans doute senti offensé d'être comparé à du bétail. Mais il s'agissait de Camilla. Et connaissant la passion avec laquelle elle s'occupait de ses chevaux, il était au contraire flatté.

— Tu es la seule femme qui m'importe. La seule que je désire.

Il rapprocha son visage du clitoris excité et le caressa des lèvres, des doigts, jusqu'à ce qu'elle le supplie de la faire jouir. Un instant plus tard, elle s'envolait dans l'extase en creusant les reins.

Après s'être redressé, il se déshabilla à la hâte et s'installa entre les cuisses de Camilla.

Ce soir, pas question de se laisser chevaucher par sa belle amazone. Ce soir, il serait son seigneur et maître.

Lui glissant les mains sous les hanches, il les souleva

légèrement pour mieux la pénétrer lorsqu'il se rendit compte qu'il avait oublié de mettre un préservatif. L'espace d'un instant, il fut tenté de passer outre. De continuer sans protection, sans aucun obstacle entre leurs deux sexes. De répandre sa semence en elle quand il céderait à la jouissance. Sans se soucier des conséquences.

Mais il se ressaisit à temps. Il ne ferait pas cela à Camilla. Elle tenait trop à recouvrer sa liberté quand tout serait réglé. Ce fut cette pensée qui le retint, qui l'aida à se raccrocher au peu de lucidité qu'il lui restait.

— Je dois te protéger, dit-il en se retirant. Excuse-moi.

Il tendit le bras vers la table de chevet, prit un préservatif et l'enfila à la hâte avant de s'enfoncer de nouveau en elle.

Fugacement, Matías se demanda s'il s'était excusé de l'avoir pénétrée d'abord sans protection, ou de devoir mettre un préservatif. C'était plutôt la seconde hypothèse, car il aurait aimé sentir sa merveilleuse chaleur de femme l'envelopper, à même la peau.

Il serra les mâchoires, tâchant de garder le contrôle tandis qu'il accélérait le rythme de ses coups de reins. Puis il ferma les yeux et vit des gerbes d'étincelles exploser en même temps qu'il se perdait en elle.

Jamais il n'avait ressenti cela. Avec aucune femme. Camilla exerçait un double pouvoir sur lui : lui procurer du plaisir *et* de la souffrance. Faire l'amour avec elle le comblait, tout en éveillant en lui des désirs inconnus.

La jouissance fut presque violente. Trop intense. Elle l'emporta dans un tourbillon de volupté en même temps qu'elle lui déchirait la poitrine. Matías poussa une plainte rauque et appuya le front contre celui de Camilla, puis il l'embrassa avec passion, la suppliant de jouir avec lui. C'était la première fois qu'il ne l'attendait pas avant de renoncer à tout contrôle.

Au prix d'un effort surhumain, il donna un ultime coup

de reins et elle se laissa enfin emporter par la marée en poussant un cri.

Quand elle redescendit sur terre, elle s'accrocha à ses épaules en sanglotant et en tremblant de tout son corps.

Ses larmes lui firent l'effet d'un coup de poing en pleine poitrine. Camilla ne pleurait pas. Elle était forte et superbe, sa déesse de la guerre. Qu'avait-il fait pour la faire sangloter ainsi, comme une enfant ? se demanda-t-il en prenant le beau visage éploré entre les mains.

— Que se passe-t-il, Camilla ? Je t'ai fait mal ?

— Non, répondit-elle en secouant la tête. Ce n'est pas cela.

— Pourquoi pleures-tu, alors ?

— Parce que…

Elle tremblait si fort, à présent, qu'il en fut presque effrayé.

— Parce que tu as réussi à me faire tomber amoureuse de toi, espèce de salaud !

Matías se redressa, abasourdi.

— Pardon ?

— Oui, je t'aime, Matías. Comme une folle !

14

Elle venait de commettre une grave erreur, Camilla le savait. Mais elle ne pouvait plus mentir à Matías. Leur relation avait débuté par un mensonge et elle ne voulait pas que cela recommence. Peu de temps auparavant, il l'avait interrogée sur ses rêves, ses désirs secrets. Eh bien, il connaissait la vérité, à présent. Elle le désirait, lui. Pour toujours. Quel que soit le prix à payer.

— Je t'aime, répéta-t-elle. Ce n'était pas du tout mon intention. Je ne désirais qu'une chose : me rapprocher de mes chevaux. Mais tout a changé, parce que je suis tombée amoureuse de toi.

— C'est impossible, Camilla, dit-il d'une voix dure. Tu ne peux pas m'aimer.

— Je n'ai pas besoin de ton autorisation pour cela. Je n'en veux pas. C'est… arrivé, je n'y peux rien.

Et je ne le regrette pas, ajouta Camilla en son for intérieur.

Le sentiment qu'elle ressentait pour lui était absolu, d'une intensité qui dépassait tout ce qu'elle avait pu éprouver jusqu'à présent. Elle avait aimé son père. Les chevaux, le haras. Elle avait été heureuse, là-bas. Mais jamais elle n'avait été aussi… emplie d'amour. Elle le sentait déborder de son cœur.

Pour Matías, elle était prête à tout risquer. À vaincre

tous les obstacles, quitte à devoir affronter les fantômes de leurs passés respectifs. Elle refusait de devenir comme son père, de vivre à moitié. Il avait trouvé la consolation auprès de ses chevaux, mais tout à coup, Camilla se demandait si Cesar Alvarez avait jamais tenté de garder sa femme ou s'il l'avait simplement laissée partir. S'était-il contenté de se dire que l'amour n'était pas pour lui ?

— Je t'aime, insista-t-elle. Je ne savais pas que je désirais davantage que ma vie au haras, pourtant c'est le cas. Tu m'as demandé quels étaient mes désirs secrets, mes rêves. Eh bien, c'est toi que je veux, Matías.

— Ne sois pas ridicule !

Un éclat farouche incendiait son regard, mélange de désespoir et de rage.

— Tu aurais pu connaître le bonheur, si tu ne t'étais pas mis en tête de m'inclure dans ta vie, ajouta-t-il.

— Pourquoi ne pourrions-nous pas rester ensemble ? Tu allais te marier, de toute façon. Tu aurais vécu avec Liliana. Alors, pourquoi pas avec moi ?

— Parce que j'ai vu où cela mène, explosa-t-il. À la tragédie, au désespoir. Ne compte pas sur moi pour participer à ce genre de carnage.

— Et avec Liliana ? Pourquoi n'avais-tu pas ces craintes ?

— Parce que je…

Il s'interrompit, l'air lugubre.

— Parce que tu n'éprouvais rien pour elle. Tandis que tu ressens *quelque chose* pour moi. Reconnais-le. Je ne te suis pas indifférente, Matías. Je compte pour toi. Et même si ce n'est pas de l'amour, ça pourrait le devenir un jour.

— Tu te trompes. Il ne s'agit pas d'amour, simplement d'une perte de contrôle, qui doit rester passagère. Avec Liliana, je n'avais rien à craindre parce qu'elle ne me provoquait pas. Elle ne… m'atteignait pas. Mais toi, tu me fais ressentir tellement de choses que j'en arrive à comprendre mon père.

— Tu penses sincèrement que tu pourrais me faire du mal ? Tu ne m'as jamais menacée. Pas une seule fois. Tu n'as jamais rien fait qui puisse donner à penser que tu pourrais avoir hérité des tendances de ton père. Alors, je refuse de croire que c'est la raison de ton refus de rester avec moi.

— Entre l'amour et la haine, la frontière est très mince. Comme entre la passion et la destruction. Je ne m'en étais jamais vraiment rendu compte avant ce soir. Pourtant, je suis incapable de me contrôler avec toi. Je n'ai qu'une envie : aller trouver Diego pour lui régler son compte. Pas parce qu'il est venu aujourd'hui avec Liliana, mais parce qu'il t'a approchée, que vous avez été seuls, lui et toi… Je ne me reconnais plus quand je suis avec toi, Camilla. Et si je ne peux plus me contrôler… je crains de devenir un individu que ni toi ni moi ne souhaitons connaître.

— Tu as peur de me détruire ?

— Je sais que c'est possible.

— Tu te trompes, répliqua Camilla avec force en redressant le menton.

— Tu me défies parce que tu ne sais pas de quoi tu parles. On peut détruire quelqu'un sans s'attaquer à lui physiquement. On peut le briser de bien d'autres façons, crois-moi. J'en ai été le témoin, Camilla. Mon père a tué ma mère ce jour-là, mais il l'avait brisée bien avant. En lui refusant ce qu'elle désirait plus que tout au monde. Son amour. C'est l'arme qu'il a utilisée pour tenter de nous briser tous l'un après l'autre.

Il s'interrompit et laissa échapper un long soupir.

— Quand tu grandis dans un tel environnement, tu as le choix entre deux options. Ou tu décides que tu n'as pas besoin d'amour, ou tu meurs du manque d'amour. J'ai appris à vivre sans, et je ne peux pas te demander de faire la même chose.

— Tu crois que cela me tuerait ?

— Pas physiquement, répéta-t-il.

— Tu crois que tu me rendrais malheureuse au point de me détruire ?

— Je le sais, trancha-t-il, implacable.

— Il faudra plusieurs mois avant que tout soit réglé, Matías. Ce qui nous laisse le temps de voir si cela fonctionne entre nous. Tout est encore possible.

— Non.

— Si, car je t'aime. Rassure-toi, je ne te demande rien en retour, seulement d'essayer. Essayons, tous les deux. Nous pouvons faire mieux, toi et moi. Mieux que ce que nous avons vécu, vu autour de nous. Je ne suis pas ma mère, mais je ne suis pas non plus mon père. Je ne laisserai pas l'homme que j'aime me quitter sans me battre. Tu as raison, je ne suis pas Liliana. Je lutterai de toutes mes forces pour te garder. C'est peut-être ça qui t'effraie. Liliana t'aurait laissé tranquille, elle ne t'aurait jamais demandé de l'aimer. En ce qui me concerne, je mettrai tout en œuvre pour que cela arrive. Il est trop tôt aujourd'hui, mais un jour, je gagnerai ce combat, Matías.

— Non. Tout est terminé.

— C'est impossible, tu le sais. Parce que cela signifierait que Diego obtiendrait une part de ton entreprise. Et tu devrais renoncer complètement au haras.

— Tout est terminé, répéta-t-il.

Sidérée, Camilla le regarda prendre son téléphone et appuyer sur plusieurs touches.

— Bonsoir, grand-père, dit-il, d'un ton presque détaché. Je t'appelle pour t'annoncer la fin de mon mariage. Camilla et moi allons demander l'annulation au motif que je lui ai menti. Je lui ai laissé croire que notre relation était réelle alors que c'est faux. Cela n'a jamais été le cas.

Tout en prononçant ces paroles, il soutenait son regard. Le sien était horriblement terne. Vide.

Son but était de lui faire mal, comprit Camilla. Il voulait l'inciter à le quitter. Mais le fait de le savoir n'atténuait en rien sa souffrance.

— Oui, je suis conscient de ce que cela implique, dit-il. Je sais que je renonce à tout au profit de Diego. Je ne demande qu'une chose : les chevaux que j'ai achetés à Cesar Alvarez. Ils sont désormais la propriété du haras Navarro, mais je désire les rendre à Camilla pour la dédommager. De mon côté, je retournerai à mes affaires, et Diego gérera le patrimoine familial.

Il y eut un silence, puis Matías hocha la tête.

— Très bien. Nous sommes d'accord.

Sur ces mots, il mit fin à l'appel.

— Les chevaux sont à toi, dit-il d'un ton neutre. Le haras reviendra à Diego.

— Non, protesta-t-elle, horrifiée.

Il préférait renoncer à tout plutôt que d'être avec elle. Il acceptait la solution extrême pour se débarrasser d'elle. Pour la fuir.

— Je n'ai jamais voulu te faire de mal, Camilla. Je pensais avoir été très clair sur ce qui se passerait entre nous. Mais de toute évidence, je ne l'avais pas été suffisamment. Nous ne formerons pas un couple, même de façon temporaire. C'est impossible. Je te restituerai le haras Alvarez. Tu récupéreras tous tes biens. Et ensuite, nous reprendrons chacun notre vie, comme si rien ne s'était passé. Comme si nous ne nous étions jamais rencontrés.

Après s'être détourné, il commença à se rhabiller en se dirigeant vers la porte. Camilla le regardait faire, pétrifiée.

— C'est fini ? Tu t'en vas ? Ce soir ?

— Oui. Je vais régler quelques détails dès maintenant. À commencer par la restitution de tes biens. Tu n'auras pas à me revoir.

— Et si je le désire ?

Tout amour-propre l'avait quittée. Elle n'en était plus là.

— Peu importent tes désirs. Je sais ce que j'ai à faire.

Quelques instants plus tard, Matías sortait de l'appartement. Et de sa vie.

De l'appartement où il avait laissé Camilla, Matías s'était rendu directement à l'aéroport et avait pris le premier avion pour Londres.

Là, il s'était immergé dans le travail, alors que sa présence n'était pas du tout requise au bureau. S'il s'abrutissait à la tâche jour après jour et restait à Londres, c'était pour mettre le plus de distance possible entre Camilla et lui.

Jamais il n'avait désiré qu'elle s'attache à lui. Il n'avait rien fait pour. À vrai dire, il avait même pensé qu'elle serait bien la dernière à tomber amoureuse de lui.

Ces mots résonnèrent lugubrement dans son esprit. Ceux qu'elle avait prononcés après la jouissance. Dans un sanglot.

Combien de femmes lui avaient-elles dit qu'elles l'aimaient ? Des dizaines. Mais jamais de cette façon.

Quand il les repoussait, elles faisaient la moue, battaient des cils d'un air boudeur. Elles étaient déçues, vexées. Mais jamais blessées.

Camilla l'était. Elle souffrait, sans même chercher à le dissimuler.

Elle l'aimait. Vraiment. Elle était même probablement le seul être à l'avoir jamais aimé. Et il l'avait repoussée.

Parce qu'il n'avait pas eu le choix. S'il l'avait gardée, il aurait fini par la briser, c'était inévitable. Comme il l'avait pressenti en se rendant compte qu'il… comprenait son père. Son frère. Qu'il possédait la même noirceur, la même violence incontrôlable qu'il avait toujours méprisées chez eux.

Le contrôle était la seule garantie de rester dans le droit chemin. Il suffisait de le perdre pour que tout s'effondre.

Or l'amour était… une force indomptable. Un ouragan dévastant tout sur son passage.

Matías contourna son bureau pour se diriger vers le minibar où il prit une bouteille de whisky. Après s'en être versé une bonne rasade, il l'avala d'un trait.

L'amour était synonyme de souffrance. Rien d'autre.

Il n'avait jamais souhaité revivre un tel calvaire.

Secouant la tête, il regarda l'espace immaculé au style ultra-contemporain. Diego finirait peut-être par acquérir une petite part de sa société, mais Matías ne déléguerait jamais aucun contrôle à son frère.

Il repensa aux pensées qui l'avaient traversé avant de pénétrer Camilla pour la dernière fois. À un moment, il aurait été prêt à tout lui donner.

Un son étrange franchit ses lèvres. Mi-soupir mi-plainte. Il n'arrivait pas encore à croire qu'il avait rompu avec elle de façon définitive. Qu'il avait annoncé la nouvelle à son grand-père et lui avait fait part de son renoncement à l'héritage.

Entendant la ligne interne sonner, il alla décrocher le combiné.

— Quelqu'un désire vous voir, monsieur Navarro, dit Penelope, son assistante.

À une heure aussi tardive, elle était rentrée chez elle, naturellement, mais si quelqu'un se présentait à l'entrée des locaux de la société, un dispositif spécial l'en avertissait, même en dehors des horaires de bureau, si bien qu'elle pouvait en contrôler l'accès depuis son ordinateur.

— Qui est-ce ?

— Il s'est présenté comme votre frère.

Matías laissa échapper un juron. Bien sûr. Il aurait dû se douter qu'il ne pourrait pas éviter longtemps ce serpent. Sachant qu'il avait remporté la victoire, Diego jubilait et désirait s'en glorifier devant le vaincu.

— Merci, Penelope. Laissez-le entrer.

S'éloignant à nouveau de son bureau, il retourna vers le bar et souleva la bouteille de whisky. Lorsque Diego entra, il l'attendait, le sourire aux lèvres et deux verres à la main.

— Si tu souris et que tu m'offres à boire, c'est que tu m'as concocté un petit mélange mortel.

Il sortit une flasque de sa poche.

— Merci. J'ai des munitions.

Son frère souriait lui aussi, mais Matías perçut une sorte de faille dans l'attitude provocatrice à laquelle il était habitué.

— Quel mauvais vent t'amène ?

— J'ai appris que tu avais déclaré forfait à notre petit jeu, répondit Diego.

— En effet. Parce que, pour moi, il ne s'agissait plus d'un jeu.

— Ah, je vois. Alors c'était encore un jeu quand je t'ai piqué Liliana sous ton nez, mais ça ne l'est plus maintenant. Très intéressant.

— Liliana a dit qu'elle désirait être avec toi, fit remarquer Matías. Je n'allais tout de même pas voler au secours d'une femme qui ne voulait pas être sauvée.

— Oui, elle t'a dit cela, parce que je la faisais chanter. Son père n'est pas le citoyen au-dessus de tout soupçon qu'il prétend être, et Liliana a été choquée d'apprendre que la réputation de sa famille était en péril. Une vraie tragédie.

— Mais pas pour toi, manifestement.

— Non, admit Diego. Je n'ai jamais pu résister au désir de tirer parti des tragédies dont j'avais connaissance. De celle-ci comme des autres. Cependant, je crois qu'il est temps d'en finir avec cette histoire d'héritage.

— Je suis d'accord avec toi. Tu as gagné.

— Non, *grand-père* a gagné, corrigea son frère. Ou du moins, il gagnera si nous le laissons faire.

Diego se frotta le menton avant de porter la flasque à ses lèvres.

— Puisque tu as rendu les armes et révélé que ton mariage était une comédie, eh bien, j'ai décidé de faire de même.

Matías dévisagea son frère avec incrédulité.

— Pourquoi ?

— Sans doute pour les mêmes raisons que toi. Le contrôle du jeu t'a échappé, n'est-ce pas ?

— Il *t'a* échappé aussi ? repartit Matías, suffoqué.

— Liliana Hart était censée n'être qu'une créature douce et inoffensive. J'avais eu l'occasion de l'observer durant les années où je faisais des affaires avec son père. Protégée. Docile. Elle était d'une telle innocence, Matías. Tu ne peux pas t'imaginer. Enfin, c'est ce que je croyais.

Matías n'arrivait pas à en croire ses oreilles. Il avait toujours été convaincu que son frère n'avait pas de cœur, mais il semblait bien qu'il soit… tombé amoureux. De toute évidence, Diego le supportait mal.

C'était si étrange d'imaginer qu'une femme aussi douce, aussi fragile, puisse attirer Diego. Mais bon, dans un monde en proie au chaos, ce n'était peut-être pas si improbable que cela…

Lui-même n'avait-il pas vu son existence bouleversée par sa rencontre avec Camilla ?

— Alors, nous nous retirons du jeu tous les deux ? demanda Matías. C'est ça que tu proposes ?

— Oui. J'ai déjà appelé grand-père pour lui annoncer que Liliana demandait le divorce.

— Elle t'a quitté ?

— Je l'ai mise dans un avion pour les États-Unis.

— Nous sommes dans la même situation, alors. De mon côté, j'ai renvoyé Camilla chez elle, au haras Alvarez, et je viens de signer les documents lui restituant la propriété de tous ses biens.

Diego éclata d'un rire sans joie, puis tendit la main vers l'un des deux verres. Il en avala le contenu cul sec

— Tu ne crains plus qu'il soit empoisonné ?

— Au point où j'en suis, je prends le risque !

Matías porta son propre verre à ses lèvres.

— Tu as peut-être raison.

— J'ai toujours trouvé si simple de prendre ce que je convoitais, dit Diego, l'air soudain désarçonné. Pourquoi cela a-t-il été différent avec elle ?

— Ma réponse ne va pas te plaire.

— Non, probablement pas.

— L'amour.

Dès qu'il eut prononcé ce mot, Matías sut qu'il avait raison. Peut-être pas à propos de Diego, mais de lui-même. Il aimait Camilla. Et le vrai problème, ce n'était pas qu'il ait peur de la détruire, mais l'inverse. Il redoutait d'être anéanti par elle. Complètement.

— J'ai déjà essayé, répliqua Diego. J'aurais mieux fait de m'abstenir.

Son frère faisait allusion à sa première femme, comprit Matías.

— Cela s'est mal terminé, dit-il.

— Oui, reconnut Diego. Mais pas de la façon dont tu le crois.

— Je n'ai jamais cru aux rumeurs. Tu n'es pas un assassin.

Ils se dévisagèrent en silence. Ils n'avaient jamais été proches l'un de l'autre. À cause de l'environnement dans lequel ils avaient grandi. Une barrière s'était toujours dressée entre eux, érigée d'abord par leur père, puis par leur grand-père.

Soudain, Matías eut envie d'arranger les choses, de se réconcilier avec son frère aîné. Au fond, tous deux n'étaient pas si différents l'un de l'autre, même s'ils avaient toujours pensé le contraire.

— Je sais que notre père a tué notre mère, dit Diego.

— Non ! s'exclama Matías, interloqué. Pourquoi ne l'avoir jamais dit ?

— Je ne sais pas parler de ce genre de choses. Et puis, il… m'avait menacé. J'étais trop jeune, trop craintif, pour m'opposer à lui. Je suis un lâche, Matías, et je dois vivre avec cela.

— Tu étais un enfant, pas un lâche.

— Je sais que… que je suis détraqué, fichu, poursuivit Diego en ignorant ses paroles. Comme lui.

— Non, dit Matías avec force. C'est faux. Notre père l'était. Grand-père l'est. Mais nous, nous pouvons être différents.

— Vraiment ?

— Est-ce que Liliana t'aime ?

— Je ne crois pas, répondit Diego en secouant la tête.

Il mentait, c'était évident. À lui-même ou à lui, Matías.

— Camilla m'a dit qu'elle m'aimait. Et j'ai le sentiment que… si elle peut m'aimer, c'est que je ne suis peut-être pas détruit.

— Le problème, répliqua Diego d'une voix sourde, c'est de ne pas les détruire.

— Oui, c'est vrai. Mais je me demande si… l'amour… Si ce n'est pas cela, la différence.

— Une chose est sûre : notre père et notre grand-père n'ont jamais aimé ! s'exclama son frère en riant. Mais j'ai bien d'autres tares, hélas.

— Personne ne nous a jamais appris à aimer, Diego. Nous avons eu pour modèles des êtres impitoyables, cruels et égoïstes.

— Tu n'as pas suivi leur exemple, Matías. Au contraire, tu as tout fait pour ne pas leur ressembler.

— Mais je ne me suis pas aventuré à aimer, fit remarquer Matías. Alors peut-être que je ne suis pas si différent…

— Il est trop tard, tu crois ?

Il repensa aux paroles de Camilla. Elle avait affirmé vouloir se battre pour lui.

— Il n’est jamais trop tard, Diego. Je *dois* le croire. N’abandonne pas non plus. Ne laisse pas l’amour t’échapper, par orgueil ou raison. C’est un sentiment unique qui mérite qu’on dépasse ses peurs.

— Depuis quand es-tu devenu un spécialiste en la matière ?

— Je ne le suis pas. Mais je connais bien la perte, la colère. Je n’y ai pas trouvé la paix. Quant à l’amour, c’est là que ça se passe…

Il se posa la main sur la poitrine, à la place du cœur.

— C’est là que naît cette sensation inconnue. Cette sensation dont j’ignorais tout mais qui s’est emparée de moi, corps et âme. Je… J’aurais été prêt à renoncer à tout pour Camilla. Nous avons été des imbéciles, Diego. Si nous sommes capables de tout donner pour elles, c’est que nous sommes bel et bien différents de notre père…

— Alors, notre cas n’est peut-être pas désespéré…, conclut Diego.

Matías acquiesça d’un hochement de tête, tandis que l’espoir renaissait en lui.

Il s’était trompé : il ne détruirait pas Camilla, mais la perdre l’anéantirait. Prendre le risque de l’aimer, c’était prendre le risque de souffrir, comme à la mort de sa mère. Pourtant, renoncer était désormais inenvisageable.

Il ne pouvait vivre sans sa merveilleuse épouse, et se battrait pour elle.

15

Camilla franchit le seuil de la maison et s'immobilisa en offrant son visage au soleil.

Depuis son départ forcé du haras Alvarez, elle n'avait rêvé que du moment où elle y reviendrait enfin. Et maintenant que son rêve s'était réalisé, qu'elle avait récupéré ses précieux chevaux – et même Fuego –, elle ne ressentait pas le bonheur escompté.

Elle était heureuse d'être rentrée, bien sûr. De sentir les pavés inégaux sous ses pieds nus, de galoper librement à travers les oliveraies. Mais la pierre ne lui semblait pas aussi chaude ni aussi accueillante qu'autrefois. Dans sa chère maison familiale, Camilla ne se sentait plus chez elle.

Parce que son cœur n'y était pas. Il s'en était allé avec Matías. Elle s'était donnée à lui tout entière, corps et âme.

Avec lui, sa vie avait pris une autre dimension. Plus intense, plus profonde. Plus riche. Puis était venue la souffrance, aussi intense, aussi profonde. Elle colorait tout le reste. Même la joie d'avoir réussi à récupérer le haras, et Fuego.

Camilla en voulait à Matías de ne pas avoir gardé l'étalon. Parce que sans cet acte de générosité il lui aurait été plus facile de croire qu'il n'éprouvait rien pour elle. Qu'il avait agi uniquement par droiture, en accord avec les principes moraux qui régissaient son existence.

À présent, au fur et à mesure que les semaines se succédaient, elle commençait à voir les choses autrement. À se demander si elle n'avait pas eu raison de croire qu'il la repoussait par peur. Qu'il avait préféré perdre sa part d'héritage plutôt que de tenter de faire fonctionner leur mariage.

Il avait renoncé au patrimoine Navarro pour la protéger. Cette pensée la faisait terriblement souffrir, parce que de son côté elle ne craignait rien de sa part. Sa seule peur, c'était au contraire la perspective de ne jamais le revoir.

Après être allée se chercher une pomme à la cuisine, Camilla ressortit de la maison et s'installa sur la terrasse. Même son fruit préféré avait perdu sa saveur… À cause de la tristesse abyssale qui l'habitait.

Elle se souvint de la dernière fois qu'ils avaient fait l'amour. Lorsque Matías l'avait pénétrée sans préservatif, avant de reprendre ses esprits.

C'était horriblement mesquin et égoïste, mais elle aurait préféré qu'il s'abstienne de la protéger. Ainsi, un bébé aurait peut-être été conçu lors de leur ultime étreinte. Elle aurait alors conservé un lien avec Matías. Et elle aurait eu un enfant pour lui tenir compagnie.

Camilla se leva de son banc en laissant échapper un profond soupir et se dirigea vers les écuries. Là, elle sentit son cœur faire un bond dans sa poitrine en apercevant un homme de haute taille, immobile à côté de l'entrée du bâtiment.

Matías. Portant un jean et une chemise en coton épais, la tête coiffée du chapeau qu'affectionnaient les cavaliers.

Elle n'était pas victime d'une hallucination. C'était bien lui. Aussi beau, aussi charismatique dans cette tenue de travail qu'en costume sur mesure.

— Qu'est-ce que tu fais ici ? demanda-t-elle, le cœur battant la chamade.

— Je cherche du travail. Alors, je suis venu voir si tu avais besoin de quelqu'un.

— Désolée. Je n'embauche pas d'hommes d'affaires. Ni de milliardaires.

— Pourquoi ?

Sa gorge se serra.

— Parce que, apparemment, je ne peux pas m'empêcher de tomber amoureuse d'eux.

Horrifiée de sentir les larmes lui monter aux yeux, Camilla se détourna. Pas question de faire à nouveau étalage de ses faiblesses.

— Ah…, répliqua-t-il après un silence. Je ne m'attendais pas à cette réponse.

Elle se raidit.

— Et à quel genre de réponse t'attendais-tu ?

— Je me disais que c'était peut-être dû au fait qu'eux ne pouvaient s'empêcher de tomber amoureux de toi.

Un instant désarçonnée, elle redressa les épaules pour se ressaisir.

— Je ne pense pas que ce soit le cas, déclara-t-elle d'un ton ferme.

Cette fois, elle ne lui permettrait pas de jouer avec elle. C'était terminé.

— Tu te trompes, Camilla. C'est bel et bien arrivé. Mais j'étais trop lâche pour l'admettre. Durant les semaines passées, j'ai… essayé de démêler tout cela. Et j'en suis venu à la conclusion que… je ne suis qu'un petit garçon qui se cache dans un arbre en espérant que les monstres du passé ne me trouveront pas.

Ces paroles l'atteignirent en plein cœur.

— Tu n'es pas un petit garçon, dit-elle en se retournant vers lui.

— Écoute-moi, Camilla. Mon univers s'est écroulé le jour où mon père a tué ma mère. Ce meurtre a brisé mon innocence et m'a hanté toute ma vie. Le désastreux premier mariage de Diego a achevé de me convaincre que je ne me marierais jamais. Que je ne pourrais jamais m'autoriser à perdre le contrôle de moi-même, de mes émotions. Puis tu es apparue dans ma vie. Toi, si forte, si différente de tout ce que je connaissais jusqu'alors. Tu représentes tout ce que j'avais pu espérer, sans le savoir. Tu es plus forte, plus courageuse que je ne le serai jamais.

— Ce n'est pas vrai.

— Si. Tu n'as jamais baissé les bras. Tu m'as dit que tu m'aimais, bien que je t'en aie dissuadée. Tu m'as ouvert ton cœur malgré les obstacles et nos passés respectifs. Tu as mis ton amour-propre et tes craintes de côté pour m'avouer tes sentiments. Tu es une femme extraordinaire, Camilla. Tu n'as peur de rien.

— Là, tu te trompes, Matías. Je ne t'ai pas déclaré mon amour par courage, mais parce que je n'avais pas le choix. Les mots sont sortis tout seuls, malgré ma peur d'être rejetée. Et comme je le craignais, tu m'as brisé le cœur.

— J'ai été ignoble avec toi, répliqua-t-il d'une voix grave. Tu ne le méritais pas.

— Tu avais peur, n'est-ce pas ? Pour moi ? *De* moi ?

— Les deux, reconnut-il. J'avais peur de ce que je pourrais te faire. Mais surtout, j'avais peur de ce que l'amour pourrait me faire si je me laissais aller à t'aimer. Je redoutais plus que tout de devenir comme mon père, si je renonçais à brider mes émotions, mes sentiments. J'ai refusé d'admettre que tu es plus importante que l'air que je respire… J'ai préféré renoncer à toi et à mon héritage plutôt que d'admettre la vérité. Mais il a suffi que je me retrouve seul pour comprendre…

— Pour comprendre quoi ? demanda Camilla, le cœur battant à tout rompre.

— Tu te souviens du jour où nous avons parlé de ta mère,

et du fait qu'elle s'aimait plus qu'elle n'aimait ton père et tous ses amants réunis ?

— Oui.

— Mon père et mon grand-père n'ont jamais aimé leurs épouses ou leurs enfants. Ils ne nous ont jamais aimés, Diego et moi. Il leur a toujours manqué l'essentiel : un cœur. Or j'ai compris que l'amour c'est aimer l'autre plus que soi-même, privilégier son bonheur plutôt que le sien propre.

À ces mots, Camilla sentit une joie immense se déployer dans son cœur, rayonner dans sa poitrine, dans tout son être.

— Et ce sentiment, poursuivit Matías, c'est ce que je ressentais pour toi, tout en craignant de te faire du mal.

Il s'interrompit de nouveau un bref instant.

— Tu es parvenue à traverser toutes mes défenses, Camilla. À atteindre un endroit secret dont j'ignorais l'existence. Tu m'as fait désirer une chose que je croyais avoir perdue à tout jamais.

— Matías…

Franchissant le peu de distance qui les séparait, elle l'embrassa. Farouchement. Sauvagement.

— Je t'aime, Matías, chuchota-t-elle contre ses lèvres. Et je sais… Je sais que tu es un homme bon. Tu ne ressembles en rien à ton père ou à ton grand-père.

— Je l'espère bien. Parce que j'ai vraiment besoin que tu m'embauches.

— Ah ?

— Oui. On va voir comment ça se passe, mais Diego et moi avons renoncé à la course à l'héritage.

— Comment cela ?

— Il a annoncé lui aussi à notre grand-père que son mariage était terminé. Alors nous nous retrouvons tous les deux sans épouse et nous refusons de jouer à son petit jeu malsain.

— Pourquoi Diego a-t-il fait cela ?

Matías soupira.

— Pour la même raison que moi. Par amour.

— Il l'a dit à Liliana ?

— Pas au moment où j'ai parlé avec lui pour la dernière fois. Mais c'est la conversation que nous avons eue tous les deux qui m'a fait comprendre que je devais venir te voir. Et tenter ma chance.

— Je t'aime, répéta Camilla. Plus que moi-même.

— Moi aussi, ma chérie. Et je t'aimerai jusqu'à mon dernier souffle.

Cette fois, lorsqu'elle franchit le seuil de la maison dans les bras de Matías, Camilla se sentit vraiment chez elle. Parce qu'elle avait retrouvé son cœur. Et l'homme de sa vie.

Épilogue

Matías sortit sur le balcon et regarda sa femme sauter lestement à terre, avant de murmurer quelque chose à l'oreille de Fuego, qu'elle entraîna ensuite vers son box.

Même après plusieurs années de mariage, elle avait conservé toute sa fougue, toute son intrépidité, sa merveilleuse amazone. Il adorait la voir chevaucher, galoper à travers champs et oliveraies.

— Papa…

Il baissa les yeux et sourit à son fils qui s'accrochait à sa jambe.

— Oui, Cesar ? demanda Matías en se penchant pour le soulever dans ses bras.

— Elle revient bientôt, maman ?

— Oui. Elle va nous rejoindre pour le dîner. Tu sais qu'elle aime bien faire une balade à cheval en fin d'après-midi.

— Moi aussi.

En effet. Le petit garçon avait hérité la passion de sa mère, ainsi que ses grands yeux bruns.

Au cours du dîner pris sur la terrasse, Matías tint la minuscule Amelia sur ses genoux, tandis que Cesar submergeait Camilla de questions sur chacun des chevaux. C'était devenu leur routine quotidienne, une routine qu'il aimait davantage chaque jour.

Mais ce qu'il aimait plus encore, c'étaient les tête-à-tête avec sa femme une fois le dîner achevé et les enfants au lit. Ce soir-là, ils décidèrent de rester à l'extérieur, sur la terrasse, sous le regard bienveillant des étoiles.

S'asseyant à califourchon sur lui, Camilla lui passa les bras autour du cou et lui adressa l'un de ces sourires ensorcelants qui ravissaient Matías.

— Ce soir, je ferais bien l'amour en plein air… Pas toi, mon chéri ?

— Très bonne idée. D'autant plus que nous ne pourrons plus nous offrir ce genre de plaisir, lorsque Diego arrivera demain avec sa petite famille.

Après avoir décidé l'un après l'autre de sortir du jeu imposé par leur grand-père, ils s'étaient réconciliés, son frère et lui. Et en fait, leur aïeul s'était tellement amusé à les manipuler qu'il avait décidé de leur léguer tous ses biens à parts égales ! Ensuite, il avait continué à vivre au lieu de s'éteindre comme tout le monde s'y attendait.

— C'est bien pour cela que je veux en profiter au maximum, chuchota Camilla, tout contre ses lèvres.

Lorsqu'ils furent comblés tous les deux, Matías emporta sa femme vers leur chambre, prêt à s'endormir contre elle.

Lorsqu'il rêvait, dorénavant, Camilla était la seule à peupler ses songes.

MAISEY YATES

Une mariée en héritage

Traduction française de
LOUISE LAMBERSON

SAGAS

HARLEQUIN

Titre original :
THE SPANIARD'S STOLEN BRIDE

Ce roman a déjà été publié en 2019

1

Depuis toujours, Diego Navarro avait la fâcheuse habitude de casser ses jouets.

Cela avait commencé par un petit camion en bois. Il n'avait pas eu l'intention de le détruire, au départ. Simplement d'en tester les limites, courant derrière en même temps qu'il le faisait rouler sur le sol. Jusqu'à ce qu'il finisse par tomber dessus et se fende la lèvre.

Sa mère l'avait relevé et consolé, elle avait délicatement tamponné sa bouche avec un mouchoir, essuyé ses larmes, puis ramassé le petit camion démantibulé en disant que ce n'était pas grave.

Arrivé sur ces entrefaites, son père avait quant à lui écarté sa femme pour saisir les restes du jouet et les jeter au feu.

Puis il s'était retourné, les yeux étincelants de cet éclat farouche qui paralysait Diego.

— Lorsqu'une chose n'est plus bonne à rien, il faut s'en débarrasser. Retiens bien cela, mon garçon !

Ces paroles avaient résonné dans l'esprit de Diego plus tard, quand son père s'était tenu un long moment devant le corps sans vie de sa mère, le jour de ses obsèques, sans manifester la moindre émotion.

Il haïssait son père. Hélas, il lui ressemblait bien plus

qu'à la créature angélique détruite par celui-là même qui avait fait vœu de l'aimer.

Sa mère était la douceur incarnée, alors que Diego détruisait tout ce qu'il touchait.

Dans une crise de rage survenue peu après le décès de la bien-aimée, il avait mis le feu aux dépendances situées dans la propriété familiale. Son père avait su qui était le coupable, naturellement, et Diego s'était demandé s'il allait le tuer lui aussi, l'expédier en enfer, de la même façon qu'il avait envoyé sa femme rejoindre les anges.

La réaction de son géniteur avait été pire encore. Il s'était contenté d'un regard sombre. Un regard de connivence. De reconnaissance.

Le fait d'être reconnu comme monstre, comme le fils d'un meurtrier, avait marqué Diego à tout jamais. Sur le moment, cela lui avait paru un châtiment plus cruel que la mort.

Il lui avait fallu plusieurs années pour l'accepter. Pour oser affronter les ténèbres qui l'habitaient. Son père lui ayant offert une voiture de sport pour ses dix-huit ans, il avait roulé comme un bolide sur une route en lacets avant de percuter la paroi rocheuse surplombant l'océan. S'il avait braqué à la dernière minute, lui et le véhicule auraient simplement coulé à pic.

Ça aurait été une bénédiction de mourir aussi jeune et aussi vite. Plutôt que de continuer sur la voie à laquelle il semblait prédestiné. Mais non, le sort en avait décidé autrement.

Le sort était indifférent au bien et au mal, comme il l'avait prouvé en n'épargnant pas sa mère. Sa mort tragique n'avait fait que renforcer la dure réalité que Diego avait déjà découverte, ainsi que l'inexorable cruauté de la vie.

Tout en semant la destruction sur son passage, lui-même semblait d'un bois résistant à tout. C'était ce qu'il touchait qui brûlait. Comme Karina. Le seul être humain avec qui il eût jamais tenté de se lier.

Son frère, Matías, était un homme bon et juste. Il possédait un sens moral qui faisait défaut à Diego et lui paraissait aussi incompréhensible qu'inaccessible. À l'inverse, Diego était né avec cette noirceur abyssale en lui.

Après avoir compris et admis cela, il avait rompu tout lien avec son frère.

Puis il avait rencontré Karina. Ravissante, vive, fascinante. Et encore plus intrépide que lui. Elle vivait à cent à l'heure, prête à tout essayer en matière de psychotropes et de sexe. Pour un dépravé comme Diego, elle avait représenté le complément idéal dans lequel se perdre avec délices.

Il l'avait épousée, de façon à pouvoir jouir en toute légitimité de son nouveau jouet. Mais malheureusement, il l'avait cassé comme les autres. Et il le regrettait. Ce qu'il regrettait, c'étaient les moments exaltés vécus avec Karina, pas la vaste entreprise de destruction qu'avait représenté leur mariage.

Cependant, il n'avait pas eu le cœur brisé. Ce genre de souffrance lui était désormais inaccessible. Parce que son cœur avait été fracassé une fois pour toutes, comme les os de sa mère quand elle était tombée de cheval après le coup de feu tiré par son père.

Cette perte le hanterait à tout jamais, l'enveloppant comme une ombre maléfique. Elle faisait partie de lui.

Diego porta son verre de whisky à ses lèvres, en but une longue rasade et regarda autour de lui. Il se retrouvait à nouveau chez Michael Hart, dans la vaste bibliothèque de ce manoir au luxe ostentatoire et à l'atmosphère étouffante, jouant son rôle d'invité avant de passer aux discussions sérieuses, ainsi que l'exigeait son hôte.

Plus connu pour sa fréquentation assidue des casinos que pour ses succès professionnels, Diego n'avait cependant pas fait fortune à Monte-Carlo. Brillant investisseur, il avait toujours géré ses affaires dans la plus grande discrétion, préférant faire la une des tabloïds avec ses frasques plutôt que de voir ses prouesses relatées dans la presse économique et financière.

Aujourd'hui, il comptait investir dans l'entreprise de Michael Hart, mais pas seulement… Il avait également des vues sur la fille de son futur partenaire.

La belle Liliana l'avait ébloui dès le premier instant où il l'avait aperçue, deux ans plus tôt. Délicate et gracile, le teint clair, elle avait de longs cheveux blonds qui encadraient ses traits fins comme un halo de lumière. Adorable, elle ne ressemblait en rien au stéréotype de l'héritière américaine. Pas de talons d'une hauteur vertigineuse ni de robes aguichantes.

Réservée. Superbe. Liliana avait tout d'une rose. Une fleur qu'il brûlait de toucher, tout en sachant que, s'il s'aventurait à en effleurer les fins pétales, elle se flétrirait aussitôt.

Qu'importe : Diego était égoïste et vaniteux, et il avait l'esprit de compétition. Le sachant, son grand-père l'avait soumis, ainsi que son frère, à la course à l'héritage.

Pour toucher leur part du patrimoine familial, Matías et lui devaient se marier ou renoncer à tout héritage.

Et si Matías était trop honorable pour se précipiter sur la première venue dans le seul but d'en retirer un bénéfice matériel, Diego n'avait quant à lui aucun sens de l'honneur. Il ne reculait devant rien pour arriver à ses fins. Aussi n'aurait-il aucun scrupule à épouser une femme dans un but intéressé. En outre, Liliana l'attirait, le faisait vibrer comme aucune autre avant elle.

L'argent ne représentait qu'un à-côté. Le véritable défi consistait à devancer son frère, et à débaucher Liliana.

Par conséquent, si Michael Hart était disposé à lui offrir

sa fille en échange d'un investissement dans son entreprise, réglant du même coup le problème de l'héritage…

Percevant un léger mouvement du côté de la porte, il tourna les yeux et entrevit un bref éclat de soie rose et de cheveux blonds. Liliana s'enfuyait comme une biche effarouchée, après avoir trouvé du monde dans la bibliothèque.

Un sourire aux lèvres, Diego vida son verre d'un trait, puis s'excusa brièvement auprès de ceux qui l'entouraient. Puis il sortit de la pièce, certain que personne n'oserait lui poser de questions.

Quand il déboucha dans le hall, la jeune femme disparaissait dans un couloir. Il décida de la suivre, le bruit de ses pas étant étouffé par l'épais tapis persan.

Au bout d'une dizaine de mètres, il trouva une porte entrouverte, la poussa et découvrit une autre bibliothèque. Là, debout derrière l'un des fauteuils bergères, Liliana se tenait immobile, ses mains fines posées sur le dossier et la tête haute.

— Bonsoir, mademoiselle Hart, dit-il doucement. Je n'avais pas encore eu le plaisir de vous saluer, ce soir.

Les joues à la peau diaphane s'empourprèrent, comme à chaque fois qu'ils se parlaient. Diego adorait la voir rougir ainsi. Parce que, de toute évidence, elle le trouvait beau. Or il ne versait pas dans la fausse humilité. Ni l'humilité tout court.

La nature l'avait doté d'un physique avantageux – à quoi bon le nier ? Mais les vipères elles aussi étaient belles. Pour mieux attirer leurs proies.

— Bonsoir, monsieur Navarro. J'ignorais… En fait… Je n'ai pas pour habitude de participer aux soirées auxquelles mon père convie ses partenaires en affaires.

— Vous avez pourtant participé au dîner qu'il avait organisé il y a quelques semaines.

— Oui, acquiesça-t-elle en baissant les yeux. C'était différent.

— Vraiment ? J'ai plutôt l'impression que vous m'évitez, *mi tesoro.*

Elle redressa la tête, le visage en feu.

— Je ne… Pourquoi m'appelez-vous ainsi ?

Était-elle aussi innocente qu'elle le paraissait ? Peut-être. Liliana Hart exsudait le naturel, la franchise, lesquels attestaient d'un manque d'expérience certain. Avec des hommes tels que lui, du moins.

Des *monstres* tels que lui.

— N'est-ce pas ce que vous êtes ? répondit-il en la regardant dans les yeux. Pour votre père, par exemple.

— Disons plutôt que je suis pour lui un bien de valeur.

Diego sourit.

— Que voulez-vous, l'argent régit le monde.

— Tout irait mieux si ce n'était pas le cas.

— Dit celle qui a grandi dans le luxe.

Ce n'était pas la première fois qu'il s'arrangeait pour parler seul à seule avec Liliana. Elle l'attirait comme un aimant. Même si, par ailleurs, il fréquentait des femmes superbes et follement sexy.

— Je n'ai que faire de l'argent, et ne cherche d'autre compagnie que celle des livres, dit-elle, les doigts crispés sur le dossier du fauteuil.

— Moi, je préfère vivre à fond, plutôt que de rester caché au fond d'une bibliothèque, à dévorer des ouvrages poussiéreux.

À sa grande surprise, elle roula des yeux.

— Bien sûr. Vous êtes un homme d'action. Eh bien, moi, je préfère me retirer au calme et en apprendre le plus possible sur le monde, plutôt que de me contenter de mes petites expériences personnelles.

— Je ne m'étais pas rendu compte que vous étiez dotée d'une conscience sociale.

— Cela nuit à mon charme, je sais.

Diego s'avança vers elle.

— Qui vous a dit une chose pareille ?

— Mon père.

— Il se trompe. Cela ne fait que renforcer votre charme, au contraire.

— Formidable, répliqua-t-elle avec une pointe d'ironie. Tous mes problèmes d'amour-propre sont résolus, à présent.

— Ravi d'avoir pu vous aider.

Sur ces mots, ils demeurèrent immobiles à se dévisager en silence et Diego sentit quelque chose palpiter entre eux. De la chaleur – et du désir.

Liliana ne correspondait pas du tout au type de femme susceptible d'exciter sa libido, aussi aurait-elle dû le laisser de marbre. Pourtant, l'innocence qui émanait de sa personne l'attirait inexorablement.

Lorsqu'elle détourna soudain les yeux, ses cheveux prirent des reflets dorés à la lueur du feu brûlant dans l'imposante cheminée.

Diego franchit le peu de distance qui les séparait encore, sans qu'elle ne tourne la tête vers lui. Il tendit la main et repoussa les boucles soyeuses d'un côté, effleurant le cou gracieux à la peau satinée.

— Vous êtes très belle, Liliana. Vous le savez ?

Cette fois, elle le regarda, mais de la méfiance emplissait ses yeux bleus.

— On me l'a déjà dit. Surtout les hommes qui désirent obtenir quelque chose de mon père.

Lui aussi, il voulait quelque chose de Michael Hart. Il la voulait, elle.

— Tiens tiens…, fit-il en haussant un sourcil.

— Mon père est un homme influent. Il connaît beaucoup de monde.

— Moi aussi, *mi tesoro.*

Il lui posa la main sur la hanche et sentit un frisson la parcourir.

— Et je n'ai besoin de personne pour renforcer ma position, croyez-moi, ajouta-t-il. Je suis riche et puissant.

Elle le dévisagea en silence tandis qu'elle levait la main vers sa joue, comme pour la caresser.

— Mais peut-être qu'à cet instant vous détenez un certain pouvoir sur moi, conclut-il.

Elle recula si brusquement qu'il lui passa le bras autour de la taille pour éviter qu'elle ne pose le pied dans les cendres. Ce faisant, il se retrouva le torse pressé contre deux seins doux.

— Excusez-moi, chuchota Liliana, le souffle court, tout en cherchant à se libérer.

— Vous ne désirez pas vraiment vous échapper, murmura Diego.

— Je le dois. Vous avez raison, je vous évitais.

— Mais je vous ai retrouvée.

— Vous ne souhaitez pas savoir pourquoi je vous évite ?

La fêlure qu'il perçut dans la voix de Liliana lui ôta toute envie de le savoir. Aussi la lâcha-t-il et recula-t-il d'un pas. Au même instant, il remarqua le diamant étincelant à sa main gauche.

— Pourquoi, Liliana ? Dites-le-moi.

— Parmi les hommes qui se servent de moi pour approcher mon père, l'un d'entre eux a été plus loin que les autres et lui a fait une proposition qu'il n'a pu refuser.

— Très intéressant, répliqua Diego d'une voix dure. D'autant plus que votre père ne m'en a pas touché un mot.

Les beaux yeux bleus étincelèrent.

— Étiez-vous vous aussi en transaction avec lui ? Marchandiez-vous mon corps ?

Inutile de préciser à Liliana que la proposition venait de lui, et non de Michael Hart. Ni qu'il la désirait plus que tout.

— Vous êtes comme les autres, dit-elle en se détournant. C'est bon à savoir.

— Peu importe. Nous ne nous reverrons sans doute jamais.

Elle éclata d'un rire doux et amer.

— Au contraire, il est fort probable que nous en ayons l'occasion. Lors de fêtes de famille, d'anniversaires, ce genre d'événements.

— Pardon ? Pourquoi nous…

— Parce que je vais épouser votre frère, Diego. Et par conséquent, devenir votre belle-sœur.

2

Elle allait se marier. Liliana n'arrivait toujours pas à le croire.

Toute sa vie, elle avait vécu dans l'immense propriété familiale, à l'abri du monde. Elle avait bien voyagé un peu, mais toujours avec son père et une jeune fille au pair pour lui tenir compagnie.

Or, pour la première fois de son existence, elle ne se sentait ni surveillée ni couvée en permanence.

Cela faisait maintenant deux semaines qu'elle vivait en Espagne avec son fiancé, Matías.

Son *fiancé*. C'était si étrange. Parce qu'en fait elle avait plus échangé avec…

Avec un soupir, Liliana s'assit sur le bord de son lit. Elle devait absolument cesser de penser à ces yeux sombres au regard perçant. À ce sourire ensorcelant capable de faire naître en elle des sensations inconnues, déstabilisantes…

Physiquement, Matías et Diego Navarro se ressemblaient tant qu'elle aurait dû se moquer d'épouser l'un ou l'autre. Ils possédaient la même beauté somptueuse. Et de toute évidence, Matías valait beaucoup mieux que son frère. Mais au fond, Liliana ne savait pas grand-chose sur eux. Elle s'interdisait d'effectuer des recherches en ligne pour se renseigner sur Diego, même si elle en mourait d'envie.

Une chose était certaine : il exsudait un parfum de danger que Matías ne possédait pas du tout.

C'était cela, le problème. Il ne s'agissait pas seulement d'une attirance pour un homme superbe. Dès la première fois qu'elle l'avait aperçu deux ans plus tôt, Liliana avait ressenti un lien étrange se nouer entre elle et Diego Navarro.

Quand elle l'avait rencontré, ça avait été comme si un feu mystérieux s'allumait en elle. Un brasier se consumant lentement, se développant au fil des semaines, des mois.

Matías était un homme bon. Droit et digne de confiance. Un partenaire avec lequel son père désirait collaborer. Alors, pourquoi aurait-elle refusé d'épouser l'homme choisi pour elle ?

À cause d'elle, son père avait perdu l'amour de sa vie. La belle épouse fragile morte en donnant le jour à sa fille.

Aussi Liliana se devait-elle d'être celle que sa mère aurait désiré qu'elle soit. La fille digne de pallier la perte subie par son cher époux. Une créature docile et soumise qui le rende heureux.

Elle faisait de son mieux pour satisfaire son père. D'autant qu'elle avait toujours su qu'il jouerait un rôle dans le choix de son mari. Elle l'avait accepté de bonne grâce et avec dignité. Les seuls petits écarts qu'elle s'était permis, ses seules brèves échappées, ça avait été ses conversations avec Diego.

Mais à quoi bon penser à lui maintenant ? Il n'avait pas fait de proposition à son père. Alors qu'il l'aurait pu.

Soudain, Liliana entendit un bruit de pas dans le couloir. Elle resta immobile, le cœur battant d'appréhension. Pourvu que ce ne soit pas Matías…

Depuis deux semaines qu'elle vivait chez lui, il n'avait même pas tenté de l'embrasser. En revanche, il se montrait des plus attentionné avec elle, veillant à ce qu'elle soit protégée par un parasol dès qu'elle s'installait sur la terrasse, lui rappelant de se passer de l'écran solaire, comme si elle était une boule de glace risquant de fondre sur place.

Elle avait échappé à la surveillance de son père, mais son fiancé faisait preuve à son égard d'une prévenance dont elle se serait volontiers passée.

Aujourd'hui, en raison d'un accident survenu au haras, elle pouvait souffler un peu. Un garçon d'écurie avait été légèrement blessé par un étalon, conduisant Matías à se concentrer sur le jeune employé. Liliana avait profité de cette distraction pour se balader librement durant quelques heures, sans chaperon.

En fait, Matías se comportait avec elle davantage comme un grand frère protecteur que comme un fiancé. Elle aurait sans doute dû se sentir frustrée… Regretter que son futur époux ne se montre pas plus… passionné. Au contraire, elle lui était reconnaissante d'adopter cette attitude distante à son égard.

Peut-être son malaise était-il dû au fait qu'elle n'avait jamais eu d'exemple de couple uni sous les yeux. La disparition de sa mère avait brisé le cœur de son père. Tous deux avaient dû s'aimer follement, avant que la mort les sépare.

De son côté, Liliana peinait à s'imaginer partager un lien aussi profond avec une autre personne. Avec Matías moins que quiconque. En outre, elle n'était pas sûre de vouloir connaître une telle passion.

Le bruit de pas s'estompant après s'être rapproché, Liliana laissa échapper un soupir de soulagement. Elle ne se sentait pas prête à vivre une relation intime avec Matías. Ce qui était ridicule, puisqu'ils seraient bientôt mariés. À ce moment-là, le rapprochement physique serait inévitable. Ils s'embrasseraient, se toucheraient…

Cette perspective ne lui répugnait pas vraiment, mais…

Quand elle fermait les yeux et songeait à Matías, les

traits nobles de celui-ci se muaient immanquablement en ceux d'un autre, plus ténébreux, plus dangereux.

Ceux de son frère.

Avant de rencontrer Diego, *jamais* elle ne s'était laissée aller à de tels égarements. Très tôt, elle avait su que son père arrangerait son mariage pour elle, et l'avait accepté. Liliana n'était pas une princesse de conte de fées. Le prince charmant ne viendrait pas la chercher. Elle devrait se contenter d'un homme bien réel. *Jamais* elle ne s'était permis le moindre fantasme, la moindre illusion.

Jusqu'à Diego. Jusqu'à ce qu'elle éprouve ce sentiment sombre et redoutable qui lui donnait envie de commettre un acte irréfléchi et horrible.

Élevée dans la prudence et la mesure, elle devait à tout prix éviter cet homme dangereux. Elle n'avait pas le droit de penser à lui, et encore moins maintenant qu'elle s'apprêtait à convoler avec un autre.

Son père désirait qu'elle épouse Matías et, depuis toujours, Liliana consacrait toute son énergie, toute sa vie, à faire ce qu'il lui demandait. C'était lourd à porter, souvent difficile à assumer, mais elle était vivante et sa mère morte. Par conséquent, il lui était interdit de se plaindre.

À l'adolescence, elle aurait pu se révolter contre l'autorité paternelle. Se battre pour obtenir qu'il la laisse aller à l'université au lieu de lui imposer des leçons de bienséance. Refuser qu'il choisisse son époux à sa place.

Mais son père était sa seule famille, il était le seul à l'aimer et, à la simple pensée de rébellion, Liliana se sentait glacée de la tête aux pieds.

Quant à Matías, il l'aimerait peut-être un jour. Hélas, cette éventualité ne lui procurait aucune joie.

Liliana se mit à faire les cent pas dans la vaste pièce. Le haras de Matías était prospère, la grande demeure somptueuse. Mais ayant toujours vécu dans l'opulence, elle y était habituée. Soudain, elle se méprisa d'être aussi blasée. Tant de femmes auraient été ravies d'épouser Matías. D'être traitées en princesse. De devenir la maîtresse des lieux, de régner sur une maison et des terres magnifiques.

Or elle avait beau se répéter tout cela, elle ne ressentait qu'une sorte de lassitude, voire de déception. Une sensation de manque.

S'arrêtant devant la large fenêtre, Liliana repoussa les rideaux d'un côté et contempla l'immense pelouse entretenue avec soin. La lune répandait sa douce clarté sur l'herbe qu'une brise légère faisait onduler comme de l'eau.

Tout à coup, elle vit quelque chose bouger. Une ombre s'avançait sur la pelouse. Sans réfléchir, elle ouvrit la fenêtre et écarta la moustiquaire avant de se pencher légèrement pour mieux distinguer la silhouette mystérieuse. Plus de doute possible, il s'agissait d'un homme.

Un inconnu se trouvait là, tout près de la maison. Un rôdeur. Devait-elle donner l'alerte ? De toute évidence, il ne s'agissait pas d'un membre du personnel mais d'un intrus, peut-être un individu dangereux ou malintentionné.

À moins que l'inconnu ne soit un amant venu retrouver sa maîtresse en catimini… Auquel cas il était hors de question d'attirer l'attention sur eux.

Tandis qu'elle se faisait ces réflexions, l'homme se rapprochait et, soudain, il se mit à escalader le flanc de la haute bâtisse. Liliana resta pétrifiée à le regarder grimper à une rapidité stupéfiante.

Elle aurait dû crier. Appeler à l'aide. Mais elle n'en fit rien. Elle se contentait d'observer la scène, laissant la fenêtre ouverte comme pour l'inviter dans sa chambre. Sans s'arrêter, il leva tout à coup les yeux et Liliana les vit luire d'un sombre éclat dans la pâle clarté de la lune.

Mais elle ne bougea toujours pas. Elle osait à peine respirer. Au moment où il arriva au niveau de la fenêtre et où, s'agrippant à la traverse haute, il lui passa le bras autour de la taille, elle cria enfin.

— Maintenant, il faut faire vite, dit-il de cette voix profonde ô combien familière. Vous avez alerté toute la maisonnée.

Sur ces mots, Liliana fut soulevée du sol avant de se retrouver suspendue au-dessus du vide, et en proie à une terreur sans nom.

Elle s'accrocha à lui. Elle n'avait pas le choix, sinon elle s'écraserait trois étages plus bas. La chute ne serait peut-être pas mortelle, mais pas anodine non plus… Aussi se cramponna-t-elle aux solides épaules, les seins pressés contre le torse ferme comme un roc mais chaud. Brûlant.

Le corps viril et musclé de Diego.

— Un hélicoptère nous attend, chuchota-t-il. Vous vous tenez fermement à moi ?

— Ou… Oui.

— Parfait.

Quand il la lâcha, elle resserra encore son étreinte tandis que, avec la même agilité qu'il l'avait escaladé, il redescendait le long du mur de pierre. Lorsqu'elle sentit ses pieds se poser dans l'herbe, Liliana remercia le ciel, mais aussitôt elle se sentit à nouveau soulevée du sol. Son ravisseur s'éloignait rapidement en la portant dans ses bras.

Elle entendit des appels, des cris. Par-dessus l'épaule de Diego, elle vit des silhouettes sombres se découper dans l'encadrement de la fenêtre éclairée de sa chambre.

— Nous serons loin avant qu'il puisse rameuter du monde pour se lancer à notre poursuite. Croyez-moi, je n'ai pas organisé cet enlèvement sans être sûr de sa réussite. Je suis bien trop vaniteux pour prendre ce genre de risque.

— Cet *enlèvement* ? répéta Liliana, suffoquée.

Sans répondre, il la déposa sur le siège d'une voiture garée à l'extrémité de la pelouse, alla s'asseoir au volant et démarra aussitôt avant de s'arrêter bientôt à l'orée d'un bois. Là, il la sortit du véhicule en la soulevant encore une fois dans ses bras sans ménagement, comme si elle était un vulgaire sac de pommes de terre affublé d'une chemise de nuit.

— Pourquoi m'enlevez-vous, exactement ? demanda-t-elle en appuyant la tête dans le creux de son épaule.

Tout se déroulait comme dans un rêve. Elle ne se débattait pas, ne criait pas, ne tentait pas de lui échapper.

Parce qu'elle ne le souhaitait pas. Elle était simplement curieuse de savoir où il l'emmenait. Aussi se laissa-t-elle transporter à travers bois, jusqu'au moment où ils débouchèrent dans une clairière au milieu de laquelle les attendait bien un hélicoptère.

Une minute plus tard, Diego l'installait à l'intérieur de l'appareil et lui attachait sa ceinture de sécurité.

— Vous… savez piloter ? demanda-t-elle comme il s'asseyait aux commandes de l'appareil.

— Nous n'avons pas le temps de bavarder.

L'hélicoptère s'éleva bientôt dans les airs, juste au moment où des lumières apparaissaient au loin. Puis ils survolèrent les frondaisons et s'éloignèrent rapidement.

Se tournant vers elle, Diego lui mit un casque avec écouteurs sur la tête et l'ajusta.

— Vous m'entendez ? demanda-t-il.

— Oui.

— Très bien.

— Vous voulez bavarder maintenant ?

— Pourquoi pas ? Où en étions-nous, la dernière fois ?

— Beaucoup de choses ont changé, depuis que nous nous sommes parlé dans la bibliothèque de mon père, Diego. Nous nous trouvons à bord d'un hélicoptère, et vous venez de m'enlever, de chez mon fiancé.

— Vous ne l'épouserez pas.

Liliana sentit son cœur faire un bond dans sa poitrine.

— Ah bon ?

— Non, déclara-t-il d'un ton sans appel.

— Il va venir me chercher.

— Là où nous allons, il ne vous retrouvera jamais. Nous ne sommes pas proches, mon frère et moi. Croyez-moi : il n'a pas la moindre idée du nombre de résidences que je possède, et que j'ai acquises par l'entremise de prête-noms, évidemment.

— Des prête-noms…

— Pour qui me preniez-vous, *mi tesoro* ? Pour un banal incompris ? Et à ce titre, le mouton noir de la famille Navarro ? Non, je ne suis pas un incompris. Au contraire. Je suis transparent. Et mauvais.

— Ce n'est pas très rassurant, vu que je suis enfermée dans une cabine d'hélicoptère avec vous et que nous volons dans les airs…

— Vous rassurer n'était pas mon intention. Je me contente de vous exposer la situation.

— Quelle situation, au juste ?

— C'est *moi* que vous allez épouser, Liliana.

Une sensation brûlante la traversa, faite d'une profonde frayeur doublée d'une excitation aussi intense que terrifiante.

— Vous ne pouvez pas… Comment pouvez-vous imaginer que je vais accepter de… de vous épouser ?

— Ne soyez pas naïve, *mi tesoro*. J'ai tous les atouts en main. Pensiez-vous vraiment que je me serais donné tout ce mal sans assurer mes arrières ? Je ne comptais pas sur mon charme pour vous persuader de partir avec moi.

S'il savait… En réalité, il aurait pu enjamber la fenêtre et la séduire si facilement que ça en aurait été humiliant. Liliana n'avait jamais embrassé un homme. Pas vraiment. Les chastes baisers sur la joue échangés avec Matías n'étaient pas de vrais baisers, mais la vision des lèvres de Diego la tenait éveillée la nuit. Ce qu'il ignorait, Dieu merci.

Mais à présent, elle le voyait sous un jour différent. Elle contempla les traits mis en relief par la lumière du tableau de bord. Les hautes pommettes saillantes, la bouche sculptée au pli cruel, le nez droit comme une lame de couteau.

Elle le voyait autrement, et n'en était pas moins attirée par lui. Était-elle malade ? Avait-elle l'esprit dérangé ? Si c'était le cas, Liliana n'avait pas envie de se faire soigner. Parce qu'elle n'avait jamais rien éprouvé d'aussi exaltant. Toute sa vie durant, elle avait vécu pour faire plaisir à son père. Pour honorer la mémoire de sa mère.

Jusqu'à ce que Diego apparaisse et s'impose comme une force indomptable. Ce soir, il s'était introduit chez Matías et l'avait ravie avec cette même force contre laquelle elle se sentait impuissante.

— Si vous désirez vraiment m'épouser, vous auriez pu parler à mon père, dit-elle d'une toute petite voix.

— Vous ne comprenez pas, il s'agit de devancer mon frère.

Il se tourna brièvement vers elle, un sourire méprisant aux lèvres.

— S'il vous épouse, il héritera de la propriété familiale. Or je vous veux et je veux le haras. C'est pour cela que vous allez m'épouser. Et le fait que je brûle de déchirer cette chemise de nuit virginale ne représente qu'un bonus.

Ses paroles coulèrent en elle comme du poison. Il ne la désirait pas vraiment. Il ne souhaitait pas l'épouser parce qu'il éprouvait des sentiments pour elle, mais pour mettre la main sur un héritage.

Matías lui aussi voulait se servir d'elle, pour forger une alliance avec son père et, manifestement, toucher lui aussi l'héritage en question. Mais cela ne la dérangeait pas. Parce qu'en acceptant de l'épouser elle n'avait fait qu'obéir à son père.

Ce qu'elle ressentait pour Diego n'avait rien à voir avec de l'obéissance filiale.

— Si mon frère vous a possédée, cela ne fait aucune différence pour moi. Ou plutôt, si, ce sera encore plus délectable : je prendrai une joie immense à effacer tout souvenir de lui de votre mémoire.

Quand elle comprit à quoi il faisait allusion, Liliana ressentit un choc.

Elle n'avait pas couché avec Matías. Cependant, elle ne le préciserait pas à Diego. Elle ignorait pourquoi, mais, en lui dissimulant ce détail, elle se sentait investie d'une sensation inconnue. Une sensation de *pouvoir*, totalement nouvelle.

À l'en croire, il s'en fichait, mais il y avait néanmoins fait allusion. Par conséquent, sa prétendue indifférence n'était peut-être qu'une façade.

3

Diego observa sa captive avec attention, tandis qu'ils descendaient de l'hélicoptère. Si elle s'attendait à trouver une âme charitable prête à compatir à son sort et à lui offrir son aide, elle allait être très déçue. Il avait veillé à ce que les lieux soient déserts, le personnel ayant préparé tout ce dont ils auraient besoin pour être autonomes pendant un bon moment sans attirer l'attention sur eux.

Il s'arrêta au début de l'allée conduisant au vieux manoir dont les murs recouverts de lierre paraissaient incrustés dans la colline rocheuse. Puis il se tourna vers Liliana et lui tendit sa main gantée. Quand les doigts fins s'enlacèrent aux siens, il en sentit la douce chaleur se répandre dans sa chair à travers le cuir noir. Soudain, il se fit l'effet d'être Hadès entraînant Perséphone dans son antre, les ténébreux Enfers.

Le fait d'avoir enlevé la fiancée de son frère ne lui posait aucun problème de conscience. La notion de culpabilité lui était totalement étrangère. Quant à Liliana, elle ressemblait à un frêle fantôme enveloppé d'une chemise de nuit blanche, aux cheveux clairs ondulant dans la brise.

— Où sommes-nous ?

— Sur une île privée. Suffisamment proche des côtes espagnoles, et suffisamment éloignée. Elle m'appartient. Et, non, Matías n'en sait rien.

— Cette maison a plutôt un petit air anglais, je trouve.

— Les Anglais aiment l'Espagne. Ou du moins ils aiment venir s'y enivrer.

— C'est pour la même raison que *vous* aimez ce pays ?

— Je suis espagnol, *mi tesoro.*

— Oui, bien sûr, acquiesça-t-elle en rosissant légèrement.

Comment pouvait-elle ressentir de l'embarras avec lui, son ravisseur ? Elle était vraiment adorable d'être sensible à ce point.

— Je prends votre méprise pour un compliment, répartit Diego en souriant. Sur la qualité de mon anglais, pas sur mes manières.

— Si ce sont des compliments de cet ordre que vous recherchez, vous auriez dû réfléchir avant de m'enlever.

Il rit doucement.

— Vous n'y êtes pas du tout ! Je n'ai que faire de la morale, comprenez-vous ? Je suis libre. Sombrer dans la turpitude équivaut pour moi à se vautrer dans une délicieuse chaleur. Je me fiche de l'opinion d'autrui, et je n'ai aucun problème de conscience.

— Vous êtes donc égoïste, répliqua-t-elle de sa voix douce et mélodieuse. Vous ne cherchez qu'à satisfaire vos propres désirs.

— C'est ma nature. Mais sachez que votre père n'est pas non plus un modèle d'altruisme…

Hâtant le pas, il l'entraîna vers la porte en chêne massif, avant d'appuyer le pouce contre la serrure magnétique.

— Seule mon empreinte peut actionner l'ouverture, *mi tesoro.*

— La sortie également ?

— Vous connaissez la réponse ! s'exclama-t-il en riant. Je ne suis pas stupide !

— Je dois sans doute prendre cette précaution pour un compliment eu égard à mon courage et mon ingéniosité.

— Vous devriez être flattée d'être l'objet de tant de précautions. Je me suis donné beaucoup de mal pour organiser cette petite escapade.

— Je n'en doute pas, mais ces précautions sont davantage liées à vos rapports avec Matías qu'à votre intérêt personnel.

— En effet. Mais si je ne vous avais pas trouvée aussi attirante, je vous aurais simplement gardée enfermée quelque part, jusqu'à la date butoir imposée par mon grand-père.

— J'ai beaucoup de chance.

— De nombreuses femmes vous envieraient. Être l'enjeu d'une lutte entre les frères Navarro, quel privilège…

— Je dois être anormale, alors, parce que j'ai plutôt l'impression d'être l'enjeu d'un combat de coqs.

— Ou une pierre précieuse que se disputent deux brigands. Choisissez votre métaphore, *mi tesoro.* À votre place, je prendrais la plus flatteuse des deux.

— Cela ne m'intéresse pas. Flattée ou pas, je n'en demeure pas moins une proie qui a été enlevée.

— Avec le temps, vous apprécierez peut-être mieux votre nouveau statut.

Lorsque Diego referma la porte derrière eux, le petit clic de verrouillage lui procura un sentiment d'irrévocabilité extrêmement jouissif.

— Qu'allez-vous faire de moi ?

Pour la première fois, il perçut de la frayeur dans la voix de Liliana. Et dans les beaux yeux bleus. Elle paraissait même terrifiée. À cet instant, il réalisa deux choses.

D'une part, dès le moment où il était arrivé à la hauteur de la fenêtre de sa chambre, elle s'était laissé faire. Elle avait accepté son enlèvement avec un aplomb remarquable. Au lieu de protester ou de se débattre, elle s'était cramponnée à lui, même après qu'ils eurent atterri en douceur sur la pelouse.

Par conséquent, il ne lui déplaisait pas, songea-t-il avec un sentiment de triomphe purement viril.

À moins qu'elle n'ait été ravie d'échapper à Matías. Peu importait, de toute façon. Le résultat était le même.

D'autre part, il était clair à présent qu'elle était folle de peur. Or il s'en fichait éperdument. Quand s'était-il préoccupé des sentiments d'autrui ? Jamais. Ou pas depuis une éternité, en tout cas.

— Je vous l'ai dit : je vais vous épouser.

— Sommes-nous seuls dans cette maison ? demanda-t-elle en reculant jusqu'au mur.

Lorsqu'elle s'y adossa, Diego remarqua le pouls battant précipitamment à la base du cou gracieux. Il s'avança vers elle, ravi de la voir tourner la tête pour éviter son regard. Lentement, il tendit la main et effleura le petit creux tout doux. C'était comme sentir le cœur d'un oiseau craintif palpiter sous ses doigts.

— Que croyez-vous que je vais vous faire ?

— Vous m'avez déjà enlevée. Vous ne répugneriez sans doute pas à…

— Je n'ai jamais pris une femme de force, l'interrompit-il en laissant aussitôt retomber son bras. Et je ne vais pas commencer avec vous.

— Pourquoi me dites-vous cela ?

— Parce que vous me désirez.

— Moi ? Je vous désire ? Vous croyez vraiment que je vais me jeter à vos pieds après avoir été enlevée par la fenêtre de ma chambre ?

— Fenêtre que vous avez ouverte pour moi…, fit remarquer Diego en haussant un sourcil moqueur.

— J'ignorais à qui j'avais affaire.

— Vraiment ?

Elle se raidit de la tête aux pieds.

— Oui, je ne vous avais pas reconnu.

— Je ne vous crois pas. J'ai vu la façon dont vous me regardiez, chez votre père. Vous me désiriez, à ce moment-là.

Comme vous me désirez maintenant. Je ne prendrais aucun plaisir à vous forcer à quoi que ce soit. Je préférerais de beaucoup vous voir vous abaisser à me supplier, m'implorer de vous accorder ce que vous désirez. En le prenant, je vous faciliterais trop la tâche.

Elle pinça les lèvres et leva la main, comme pour le gifler. Il ne l'en empêcha pas et demeura immobile, attendant le coup – lequel ne vint pas, naturellement.

— Un petit conseil, *mi tesoro*. Si vous voulez me frapper, allez-y, de toutes vos forces. Quitte à m'inciter à exercer des représailles, autant que ça vaille le coup.

Cette fois, elle ne réagit pas, restant là à trembler comme une feuille, d'indignation et de rage à peine contenues.

— Voulez-vous que je vous conduise à votre chambre ?

— J'aurai ma propre chambre ?

Diego soupira, feignant l'exaspération.

— Bien sûr ! Je viens de vous dire que je n'avais pas l'intention de vous forcer à quoi que ce soit.

— Seulement à vous épouser.

— Évidemment…, soupira-t-il de nouveau en levant les yeux au ciel.

— Cela n'a pas de sens.

— Je suis un scélérat, donc ce que je fais et dis n'a pas besoin d'avoir de sens.

Se détournant, il s'avança vers l'escalier et gravit les marches sans s'assurer qu'elle le suivait. Une fois arrivé au premier étage, il emprunta le long couloir menant à la chambre qu'il avait choisie pour elle. La maison *entière* avait été choisie pour elle. Ainsi que l'île.

Le manoir conjuguait classicisme et baroque en un mélange qui avait plu à Diego au premier coup d'œil lorsqu'il était venu le visiter une semaine plus tôt, au moment où il mettait au point son plan d'action.

Non seulement il avait choisi la chambre qu'occuperait

Liliana, mais il l'avait fait meubler et décorer en pensant à elle. Puis il avait empli le dressing de vêtements superbes. Il avait imaginé ses réactions, le plaisir qu'elle éprouverait à sentir les étoffes soyeuses caresser son corps mince.

Mais quand elle découvrit sa chambre, Liliana ne manifesta pas le moindre plaisir ni le moindre étonnement.

— Elle n'est pas à votre goût ? demanda-t-il en l'observant.

— Pour une cellule, je suppose qu'elle n'est pas mal.

— Vous disposez d'une bibliothèque, ajouta-t-il d'un ton mordant. Juste derrière cette porte.

— Vous vous croyez dans un film ? Vous pensez pouvoir m'amadouer avec des livres ?

— Vous avez dit les aimer.

— J'aime les livres – et la liberté. J'aurais peut-être dû vous le préciser.

— Hélas, vous ne jouirez que des premiers.

En proie à une rage dont il ne comprenait pas la cause, Diego se dirigea vers la porte, soudain pressé de s'en aller.

— Comment comptez-vous me forcer à vous épouser ? demanda-t-elle dans son dos. Je ne peux pas sortir de cette maison, mais vous ne pouvez pas me contraindre à prononcer des vœux.

Il se retourna lentement vers elle, sourire aux lèvres.

— Comme je vous l'ai déjà dit, j'ai pensé à tout, *mi tesoro.*

— C'est-à-dire ?

— Vous m'avez dit vivre pour les autres. Pour votre père. Eh bien, je sais des choses sur Michael Hart qui détruiraient vos idées de petite fille gâtée concernant celui que vous vénérez. Je peux le détruire, Liliana. Détruire sa réputation, sa fortune. Je suis en mesure de l'anéantir.

— De quelle façon ? Mon père est un homme respectable.

— Votre père est un criminel qui a commis la même erreur que bien des imbéciles de son engeance. Certain de son impunité et aveuglé par son ambition démesurée, il a créé ce qui est devenu son empire en recourant à des opérations frauduleuses, sans même prendre la précaution de faire disparaître les preuves de sa duplicité. Je n'ai eu aucun mal à déceler la faille et à rassembler des documents irréfutables qui pourraient détruire en un clin d'œil l'empire de Michael Hart et sa réputation de brillant homme d'affaires.

— Vous aussi, vous êtes un criminel, protesta-t-elle, indignée et terrifiée à la fois. Vous méritez d'être arrêté pour m'avoir enlevée.

— Vous croyez ? Doutez-vous que je sois prêt à soudoyer quelques personnes bien placées, tant en Espagne qu'aux États-Unis, de manière à m'assurer qu'il ne m'arrive rien de fâcheux ? Décidément, vous me sous-estimez, Liliana.

— L'homme que j'ai eu l'occasion de rencontrer chez mon père… Il n'était pas un monstre.

— Mais si, répliqua Diego en s'avançant vers elle. Le monstre est toujours là, Liliana, et ne vous méprenez pas…

Il lui prit la main et la posa sur son torse, à la place du cœur.

— Écoutez-moi bien, *mi tesoro*. Même lorsque vous voyez en moi un homme civilisé, le monstre est là. Quand je vous souris, il est là aussi, dit-il en appuyant la main fine sur sa poitrine. Ne l'oubliez jamais.

— En matière de séduction, répliqua-t-elle d'une voix tremblante, on peut mieux faire.

Sous ses dehors fragiles, Liliana était forte. Et elle ne manquait pas d'esprit.

— Si j'avais voulu vous séduire, je l'aurais fait chez votre père. J'y serais parvenu, nous le savons tous les deux. Lorsque vous m'avez dit que vous alliez épouser mon frère, j'aurais pu vous prendre, là, sur le tapis. Je sais à quel point vous me désirez. Je le *sens*. Mais cela ne me suffit pas. Et c'est pour cela que je n'ai rien fait. Je voulais une garantie et je l'ai trouvée. Votre père a escroqué ceux qui ont investi dans son entreprise – j'en ai la preuve. Et puis, une quantité incroyable de ses employées ont porté plainte contre lui, pour harcèlement. Or, si toutes ces plaintes ont été étouffées, grâce à l'argent de votre père, je détiens le pouvoir de tout révéler. J'ai le doigt sur la détente, Liliana, et vous auriez vraiment tort de croire que j'hésiterais à abattre mon adversaire.

— Il ne… Il ne peut pas avoir…

— Oh si, il l'a pu, et il l'a fait.

— Si vous attirez l'attention sur vous…

— Ma réputation de joueur et de coureur invétéré, de dépravé, sera compromise ?

Elle sembla se recroqueviller sur elle-même.

— Je vous recommande une bonne nuit de sommeil. Parce que nous serons mariés au plus tôt.

— Comment cela ?

— J'ai déjà rempli une demande de licence. Ne manque plus que votre signature. Et j'ai demandé à un prêtre de venir. Je suis un traditionaliste dans l'âme, voyez-vous. J'aurais pu régler l'affaire en ligne, mais je trouve la technologie si froide…

— C'est votre cœur qui est froid, pas la technologie.

— Non, ma douce ! s'exclama-t-il en riant. Je n'en ai pas, de cœur !

— Je l'ai senti battre.

— Vous avez senti le monstre, qui essaie de s'échapper.

4

Une fois que Liliana fut certaine que Diego dormait, ou du moins qu'il s'était retiré dans sa chambre, elle s'aventura hors de la sienne.

Il avait forcément un bureau quelque part, avec peut-être un ordinateur, ou un téléphone, un fax… Cependant, elle n'y croyait qu'à moitié. Diego n'aurait pas pris ce genre de risque.

Retenant son souffle, elle s'avança néanmoins dans le couloir sur la pointe des pieds et en chemise de nuit. Celle qu'elle portait au moment de son enlèvement.

Elle avait jeté un coup d'œil dans le dressing et constaté que toute une garde-robe s'y trouvait à sa disposition. Mais elle n'avait pu se résoudre à se changer. Pas question de porter des vêtements offerts par un kidnappeur doublé d'un maître chanteur.

Son cœur se serra. Car au fond d'elle-même, Liliana ne pouvait s'empêcher de ressentir quelque chose pour son ravisseur. Pis, elle demeurait persuadée qu'un lien presque mystique s'était créé entre eux, dès leur rencontre deux ans plus tôt. Pure folie de sa part !

Sans faire de bruit, elle poussa une porte après l'autre. Certaines pièces étaient vides, d'autres contenaient des meubles recouverts de housses.

Refusant de se laisser décourager, elle continua son exploration et découvrit la pièce qu'elle cherchait. Au moment où, à quatre pattes, elle explorait le dessous de l'imposant bureau, cherchant à repérer d'éventuels branchements, la porte s'ouvrit.

— Qu'est-ce que vous faites, au juste ?

Liliana se redressa brusquement et se cogna la tête au meuble – le choc fut violent. Furieuse, elle se massa le crâne et voulut se relever, mais tout se mit à bouger autour d'elle.

Aussitôt, des bras puissants se refermèrent autour de ses épaules, elle se sentit pressée contre le corps viril de Diego…

— Ne vous blessez pas davantage, dit-il d'une voix sourde.

La chaleur se répandit en elle, dans tout son corps. Elle oublia de respirer, la tête lui tournait, elle avait l'impression de flotter au-dessus du sol. À cause du choc. Pas à cause du regard incandescent dardé sur le sien. Ni de la proximité troublante des lèvres au dessin sensuel…

Liliana recula en vacillant légèrement, mais retrouva son équilibre dès qu'elle se fut éloignée de Diego.

— Vous m'avez fait peur ! protesta-t-elle.

— Ce n'était pas mon intention. Je peux savoir ce que vous cherchiez, dans cette position quelque peu provocante ?

Cette fois, elle s'interdit de rougir.

— Je dois parler à mon père.

Il éclata de rire.

— Il suffisait de le dire !

— Vous allez me laisser l'appeler ?

— Je comprends que vous ayez des questions à lui poser. Vous aimeriez que je vous aie menti, je sais, mais ce n'est pas le cas. Si vous avez besoin de l'entendre de la bouche de votre père, je n'y vois aucun inconvénient. Mais attendez-vous à être déçue.

Quand il lui tendit son smartphone, Liliana le prit du bout des doigts.

— Je ne sais même pas quelle heure il est, là-bas.

— Qu'est-ce que cela peut faire ? Vous avez été enlevée, non ?

— Vous ne craignez pas que mon père appelle la police ?

— Mon frère s'en est déjà chargé.

— Et vous n'avez pas peur qu'il…

— Vous êtes si prévenante avec moi, *mi tesoro.* Votre attitude est admirable, et plutôt touchante, mais vous avez tort de vous inquiéter. Je suis solide comme un roc.

Sans rien répliquer, elle composa le numéro de son père, gênée par la présence de Diego et le regard perçant braqué sur elle. En outre, sa douleur à la tête continuait de pulser.

— Allô !

— C'est moi, père. J'ai été enlevée.

— Combien d'argent veut-il ? demanda son père d'une voix crispée et tendue, mais pas vraiment surprise.

— Je… Il veut m'épouser.

— Tu paniques à la dernière minute ? La perspective d'épouser Matías t'effraie ?

— Non ! Pas du tout ! Je suis victime d'un kidnapping.

— Pardon ?

— J'ai été enlevée, je viens de te le dire. Alors que j'étais dans ma chambre, chez Matías.

— Enlevée ? Par qui ?

— Diego. Diego Navarro.

Silence.

— Que veut-il ? demanda son père au bout de quelques instants.

— M'épouser, répéta Liliana. C'est compliqué. Mais il dit… Il dit que je n'ai pas le choix.

— Et pourquoi cela ?

Le fait que son père n'ait pas l'air d'être choqué ou inquiet la troublait plus encore que tout le reste.

— Il affirme qu'il sait des choses sur toi. Des choses

qui pourraient te… te nuire. Il dit… qu'il peut t'anéantir. Détruire ta réputation, ta fortune. Si ce n'est pas vrai…

— Tu dois rester avec lui, l'interrompit son père. Et faire ce qu'il veut.

Liliana eut l'impression que le sol basculait sous ses pieds.

— Je… Tu ne t'attends tout de même pas à ce que j'épouse mon ravisseur ?

— Un Navarro ou un autre, quelle différence ? Mais une chose est certaine : celui-ci est beaucoup plus dangereux.

— Je m'en étais déjà rendu compte par moi-même, père – il m'a *enlevée* !

— T'a-t-il blessée ?

— J'ai été terrorisée, père.

Elle ignora la lueur amusée qui traversa les yeux sombres. Elle aurait giflé Diego.

— T'a-t-il violentée d'une façon ou d'une autre ?

— Hormis le fait qu'il m'a emportée par la fenêtre de ma chambre, non, reconnut Liliana avec réticence.

— Je ne te dirai pas que je n'ai aucune raison de m'inquiéter. Je peux seulement te prévenir que, si tu ne veux pas perdre tout ce que nous possédons… tu dois l'épouser.

— Mais je…

— Ta mère aimait l'entreprise que nous avions bâtie ensemble. La perdre l'anéantirait.

Mais elle est morte ! eut envie de hurler Liliana.

Impossible. Glacée, elle se contenta de mettre fin à l'appel avant de tendre l'appareil à Diego.

— Je suppose qu'il ne vous a pas fourni les réponses que vous attendiez.

— En effet.

— Je vous avais dit que vous n'apprécieriez pas sa réaction.

Un nouveau vertige la gagna.

— Je ne peux pas croire que vous désiriez vous marier, répliqua-t-elle après s'être ressaisie.

— Pourquoi ?

— Parce que la fidélité ne vous intéresse pas.

— Je n'ai jamais essayé d'être fidèle pendant très longtemps, mais j'y ai réussi pendant deux ans.

— Vraiment ? demanda Liliana, surprise.

— Il ne s'agit pas de mon passé. Continuez, parce que vous n'aviez pas terminé, n'est-ce pas ?

— Je vous épouserai et serai votre femme durant le temps qu'il faudra. Mais ensuite, je veux de l'argent, afin de pouvoir m'en aller et vivre ma vie sans dépendre de quiconque. Je veux être libre, de vous et de mon père. Laissez-le tranquille, mais aidez-moi à me libérer de son emprise. Et une fois que vous n'aurez plus besoin de moi… je disparaîtrai de votre existence.

Un sentiment d'exultation s'empara de Liliana. Jamais elle n'avait rien imaginé d'aussi téméraire. En demandant de l'argent pour s'affranchir de son père, et de celui qui allait devenir son mari, elle retournait la situation à son avantage.

Pas un instant elle n'aurait pu concevoir que son père puisse lui faire une chose pareille. La manipuler ainsi, sans la moindre hésitation. Il avait été jusqu'à invoquer la mort de sa mère, sachant qu'elle-même ressentait une immense culpabilité, alors qu'elle n'y était pour rien. L'attitude de son père l'atterrait, l'indignait.

— Je ne me contenterai pas d'un mariage blanc, *mi tesoro.*

Le regard de Diego la transperça. L'atteignit au plus intime de son être. Elle s'imagina nue avec lui, dans un lit, et se mit à trembler intérieurement.

— Vous avez dit que vous ne me forceriez à rien.

— En effet. Mais je tiens à ce que tout soit clair entre nous : j'accepte un mariage à durée limitée et vous donnerai tout l'argent que vous voudrez, mais je vous désire. Comme je vous l'ai dit, j'aurais pu me contenter de vous éloigner de Matías.

Lentement, il se rapprocha d'elle.

— Je vous ai désirée dès le premier instant où je vous ai aperçue. J'ai désiré souiller votre innocente beauté.

Il s'arrêta à un mètre d'elle.

— Comprenez-vous ce que j'entends par là, Liliana ?

Tremblant de la tête aux pieds, elle le dévisagea en silence. Elle ne comprenait pas ce qu'il voulait dire, mais refusait de le lui montrer.

— Vous êtes un homme, alors c'est sans doute plus fort que vous.

— Oh ! il s'agit de bien davantage. Sinon, je pourrais assouvir mon désir avec n'importe qui. Mais vous… Vous, Liliana, vous m'avez ensorcelé dès le premier instant et j'ai trouvé cela inacceptable. Je ne désire pas sans obtenir la satisfaction de mes désirs. Ce n'est pas dans ma nature.

Elle repensa à la réflexion de son père. Quelle différence, au fond ? Elle avait bien été prête à coucher avec Matías. Oui, mais à ce moment-là elle envisageait de l'épouser pour de bon. Tout en sachant qu'elle ne l'aimerait jamais. Alors, pourquoi pas s'unir à celui-là ?

Celui qu'elle désirait, tout dangereux qu'il soit…

Elle devait le reconnaître, la perspective de perdre sa virginité avec Diego ne la rebutait pas. Elle se sentait plutôt… curieuse. Elle avait lu quantité de romans traitant de passion amoureuse, charnelle, et dans lesquels les descriptions détaillées ne manquaient pas. Mais elle les comprenait à un niveau purement cérébral, comme à travers une sorte d'écran.

Tandis qu'avec Diego c'était différent. Excitant. Elle le désirait, il avait raison. Comme une folle. Même si elle pressentait qu'avec lui l'acte physique équivaudrait à une plongée dans l'inconnu.

Ce serait aussi le premier pas vers l'indépendance. Le début d'une vie qu'elle se construirait sans avoir de comptes à rendre à personne. En outre, Diego était probablement le partenaire idéal pour se lancer dans une telle exploration.

Il l'avait enlevée, certes, mais Liliana avait néanmoins l'impression de le choisir. De choisir son premier amant au lieu qu'il lui soit imposé par son père.

— D'accord, dit-elle en redressant le menton. Mais à une condition. Vous ne me toucherez pas avant que nous ne soyons mariés.

Le rire qui fusa des lèvres sensuelles se propagea en ondes délicieuses dans tout son corps.

— Ce ne sera pas trop difficile, *mi tesoro*. Nous serons mariés demain matin. C'est-à-dire dans quelques heures.

— Comment cela ? demanda-t-elle en battant des cils.

— Je vous l'ai dit : je ne laisse rien au hasard. Au fait, nous sommes *déjà* demain…

— Je n'ai pas de robe de mariée.

— Mais si, bien sûr. J'ai veillé à tout et pris la liberté de choisir la robe que je voulais voir portée par ma fiancée.

— Je trouve cela… effrayant.

— Hum…, fit-il, l'air songeur. Je vous ai enlevée par la fenêtre de votre chambre alors que vous étiez promise à mon frère et que vous aviez partagé son lit pendant deux semaines. J'étais obsédé par vous depuis des mois et ai mis au point une stratégie pour vous posséder. Alors, oui, je suis un peu effrayant. Et je m'en arrange très bien. Vous pensiez vraiment me mettre mal à l'aise en me le faisant remarquer ?

— Vous êtes…

— Un monstre ? Oui, j'en suis un. Vous ne comptiez pas m'insulter en me traitant de tel ?

— Vous êtes un *criminel*.

— J'ai eu droit à pire. Si cela vous intéresse, allez faire un tour sur Internet.

— Je n'y ai pas accès.

— Je ne parlais pas de le faire maintenant.

— Et moi, je parlais de ma robe de mariée, riposta Liliana, bien déterminée à ne pas se laisser intimider. Vous ne connaissez même pas mes goûts.

Il se rapprocha d'elle et lui souleva le menton.

— Vous vous trompez. Je sais tout sur vous. Tout. J'ai examiné chacune des photos prises en public. Je vous ai étudiée à chaque visite chez votre père. Tous les vêtements qui se trouvent dans ce dressing vous vont à la perfection, croyez-moi. Je connais vos courbes par cœur.

Un frisson naquit au creux des reins de Liliana avant de la traverser tout entière. Elle aurait dû être mortifiée, furieuse. Elle l'était plus ou moins. Mais pas seulement. Elle se sentait… Elle ne savait même pas ce qu'elle éprouvait. Jamais elle n'avait été au centre des préoccupations de quiconque. Les motivations de Diego étaient multiples, mais peu importait. Il la désirait. Contrairement à Matías, à qui elle était indifférente. Jamais il ne l'aurait enlevée par la fenêtre d'une chambre. Devant le premier obstacle, il aurait renoncé à elle et se serait trouvé une autre fiancée, tout simplement.

Avec Diego, elle avait l'impression d'être… unique, et ce sentiment la grisait.

— Il faut que nous signions un contrat, dit-elle.

— Votre situation ne vous autorise pas vraiment à poser des exigences, répliqua-t-il, pince-sans-rire.

— Au contraire, puisque je possède ce que vous convoitez.

— Vous voulez dire, votre corps ?

— Oui, mon corps, acquiesça-t-elle en s'efforçant de contrôler sa voix. Ainsi que mon consentement à devenir votre femme. Par conséquent, je suis tout à fait en droit de poser des exigences.

— Très bien. Quelles sont-elles ?

— Je veux l'assurance que vous me verserez l'argent promis.

— Combien voulez-vous ?

Elle nomma une somme. Exorbitante. Certaine qu'il allait éclater de rire et lui dire qu'elle rêvait…

— Ce n'est pas suffisant. J'ai les moyens de vous offrir le double, *mi tesoro*.

— Quelle générosité…

— Il ne s'agit pas de générosité. Vous devez être rétribuée largement pour le temps passé dans mon lit.

Le rouge lui monta aux joues. Une chaleur infernale se déploya en elle.

— Ne présentez pas la chose ainsi. Vous ne me payez pas pour… pour cela.

— Détrompez-vous. Je suis prêt à payer une fortune pour accéder à ce lieu secret qui frémit entre vos cuisses.

Cette fois, Liliana serra les mâchoires. Il cherchait à la choquer. L'homme rencontré chez son père avait été beaucoup plus charmant que celui qui se tenait maintenant devant elle.

— Non, ce n'est pas pour cela que vous me donnerez de l'argent, insista-t-elle. Vous me payerez pour avoir été votre épouse. Le sexe fait simplement partie du mariage.

— Présentez la chose comme vous voudrez pour ne pas avoir l'impression de vous prostituer, c'est votre affaire. Le résultat est le même : je promets de vous donner cet argent.

— Et moi, je vous demande une garantie.

Un sourire rapace aux lèvres, il se dirigea vers le grand bureau en acajou, prit une feuille de papier couleur ivoire qu'il posa sur le sous-main en cuir, saisit un stylo-plume en or et écrivit quelques lignes d'un geste ample. Puis il tendit le document vers Liliana qui le prit d'une main tremblante.

Tout était écrit là, noir sur blanc. La somme promise, sa promesse d'accomplir son devoir conjugal envers lui, et le consentement au divorce une fois qu'il aurait touché l'héritage convoité.

— Ce n'est pas un document officiel. Nous n'avons pas de témoin.

— Vous devrez vous en contenter. Je ne manque pas de ressources, mais faire venir un avocat dans un délai aussi court, ce serait un peu difficile.

— Très bien, je le garde, dit-elle en pliant la feuille de papier.

— Quelle méfiance… Ce n'est pas de très bon augure pour notre mariage…

— Peut-être que l'enlèvement n'était pas un très bon départ.

Il la regarda en plissant les yeux.

— Si vous désirez quelque chose de plus officiel, j'ai une proposition à vous faire.

— Laquelle ?

L'instant d'après, Liliana se retrouva pressée contre lui et posa les mains sur le torse chaud et musclé. Le regard sombre fouilla le sien, puis la belle bouche virile prit possession de la sienne.

Et ce fut… l'explosion qu'elle redoutait. L'embrasement de tous les sens. Elle eut la sensation d'être entraînée dans un puits sans fond, si obscur, si infini que plus rien d'autre n'existait.

Le baiser de Diego était brûlant, plus intense, plus dévastateur que tout ce qu'elle avait pu espérer et craindre. Le cœur lui martelait la poitrine, une faiblesse étrange s'emparait de son corps, une langueur délicieuse et incontrôlable…

Il dévorait sa bouche, la langue experte enlaçait la sienne, la réclamait. Et soudain, la sensation de pouvoir découverte quelques heures plus tôt s'affirma en elle.

Elle n'était pas qu'un objet à la merci de Diego. Il la désirait, ce qui lui conférait une force à elle. Une puissance qu'il ne pourrait ni contrôler ni manipuler.

Gagnée par une folle ivresse, elle répondit à son baiser, guidée par un instinct inconnu jusqu'alors. Une plainte échappa à Diego qui resserra son étreinte. Liliana n'avait pas été préparée à un tel contact, une telle intimité. Ni à la force du désir qui la consuma tout entière en sentant l'impressionnante érection appuyée contre elle.

Elle s'accrocha à la chemise de Diego pour ne pas sombrer dans la volupté et gémit contre la bouche qui continuait de dévorer la sienne. Ce fut comme un déclic. Il la repoussa, recula d'un pas, les yeux flamboyants d'un sombre éclat.

— Tu es une sorcière ! s'exclama-t-il d'une voix rauque en se passant la main dans les cheveux.

— Pas du tout, murmura Liliana, le corps en feu.

Après s'être détourné, comme prêt à s'en aller, il fit volte-face et revint vers elle avant de lui caresser les lèvres du bout du pouce, le regard soudé au sien. Puis sans un mot, il quitta la pièce.

Liliana le regarda disparaître, en proie à un véritable tumulte de sensations plus troublantes les unes que les autres. Alors qu'elle aurait dû mépriser Diego, elle était fascinée par cet homme terrifiant.

— Je suis vivante, murmura-t-elle.

Et libre.

Ce qui était paradoxal, puisqu'elle était par ailleurs captive. Mais ne l'avait-elle pas toujours été ? Captive des souhaits de son père. Captive de son propre désir de tout faire pour lui plaire, l'apaiser. Ensuite, elle avait été donnée à Matías. Et maintenant…

Elle avait peut-être passé un pacte avec le diable, mais au moins elle l'avait choisi.

— Je suis libre, dit-elle à voix haute.

Et dans quelques heures, elle deviendrait la femme de Diego Navarro.

5

Diego n'avait pas fermé l'œil de la nuit, attendant le prêtre qui arriva à 6 heures comme prévu, déposé sur l'île par son pilote et homme de confiance. Après avoir accueilli l'aumônier à sa descente d'hélicoptère, il le conduisit au manoir afin de finaliser les tout derniers documents officiels.

À présent, le moment de la cérémonie approchait et Liliana dormait sans doute encore. Il sourit en repensant à la façon dont elle s'était enflammée dans ses bras quelques heures plus tôt, à l'ardeur avec laquelle elle avait répondu à son baiser. Avant de l'embrasser, il savait déjà que le désir les consumait tous les deux, mais sans en mesurer la force.

En matière de plaisirs charnels, il possédait une vaste expérience, mais jamais il n'avait éprouvé une telle sensualité, une telle incandescence. Alors que Liliana et lui n'avaient échangé qu'un simple baiser.

Il s'était senti… novice. Et jaloux.

Son frère avait-il goûté à cette même passion ? Il lui suffisait de l'imaginer pour avoir des envies de meurtre.

Le monde entier le prenait déjà pour un assassin, alors autant en devenir un vrai. Peu importait, au fond. Bien que cette pensée l'exaspérât.

En tout cas, une fois qu'il en aurait terminé avec Liliana,

il serait le seul amant dont elle garderait le souvenir. Elle oublierait tous ceux qui l'avaient précédé.

Il voulait être le propriétaire exclusif de son désir. Et de son corps. De tout son être.

Tout en ajustant ses manchettes de chemise, Diego sortit de la maison pour s'assurer que tout était bien en place. Ce mariage ne ressemblerait pas au premier, lequel avait été célébré en grande pompe et à l'église, à la demande de sa fiancée. Avec voile et traîne d'une longueur interminable s'étalant sur toute l'allée centrale, tandis qu'elle s'avançait vers l'autel. Non, celui-ci serait d'un tout autre style. Diego avait choisi une plate-forme rocheuse surplombant la mer et d'où ils verraient le soleil se lever en même temps qu'ils prononceraient leurs vœux.

La lumière dorée caresserait la belle peau claire, illuminerait la chevelure magnifique…

Il ferma les yeux, préférant ne pas se demander pourquoi ce genre de détails comptait autant pour lui. Il s'agissait de gagner. Rien de plus. De victoire et de désir sexuel. Il comprenait les deux. Le reste… il s'en fichait.

Et plus vite ce mariage serait conclu, mieux cela vaudrait. Ensuite, Liliana aurait une petite conversation avec Matías.

De son côté, il devait un coup de fil à son grand-père.

Celui-ci répondit à la première sonnerie.

— Tu as piqué la fiancée de ton frère ! s'exclama-t-il, manifestement ravi.

— Oui. Mais je pense qu'elle me préfère. Les femmes adorent les bad boys.

Malheureusement pour elle, il n'était pas un bad boy mais un homme mauvais, ce qui était complètement différent.

— Tu as raison. Personnellement, j'admire ceux qui sont capables d'aller jusqu'à ce genre d'extrémité pour l'emporter sur leurs adversaires.

L'emporter sur Matias ? Était-ce vraiment l'enjeu de cette aventure ?

Parfois, Diego ne savait plus ce qui l'animait. Cependant… cela n'aurait pas été juste que son frère continue de vivre paisiblement au haras Navarro, la propriété familiale. Avec Liliana, en plus. Il ne *supportait* pas cette idée.

Pour lui, ces lieux où ils avaient grandi tous les deux équivalaient à un laboratoire de torture où il ne remettrait plus jamais les pieds. Il le ferait démolir, tout serait rasé avant d'être remplacé par un quartier résidentiel.

À moins qu'il ne laisse pourrir cette terre maudite.

Et la fortune familiale ? Il la dilapiderait au jeu. L'héritage de son père serait enfin complètement détruit. Le salaud s'en retournerait dans sa tombe.

Matías était le héros s'évertuant à expurger la propriété souillée par les crimes de leur père. Diego était le scélérat et ne souhaitait qu'une chose : la voir disparaître dans les flammes.

— Je ne joue pas pour perdre, dit-il.

Ni au casino ni en affaires. Il n'avait *jamais* perdu.

— Je sais, Diego. Mais méfie-toi de Matías. Il pourrait te surprendre.

— Il ne me retrouvera pas de sitôt. Et même s'il réussissait à me localiser, Liliana et moi serions déjà mariés, à ce moment-là.

— Il n'en aura pas moins le temps de se choisir une autre fiancée dans le délai imparti.

— Inutile de me le rappeler, grand-père. Je n'ai pas oublié les détails de ton marché diabolique.

— Bats-toi et remporte la victoire, Diego. Tu as tout mon soutien, tu le sais.

Diego fourra son portable dans sa poche, en proie à la même aigreur à l'estomac qu'au moment où il avait vu de la reconnaissance dans le regard de son père, plutôt que de la haine.

Toutefois, il désirait gagner. Il voulait tout. Il avait déjà Liliana. Son frère se trouverait peut-être une autre fiancée, mais Liliana lui appartenait. Pour l'instant, c'était le plus important à ses yeux.

Il regagna la maison et attendit dans le hall. Elle était en retard, constata-t-il en remontant sa manchette pour consulter sa montre. Il entendit alors un bruit de pas, un bruissement d'étoffe. Levant les yeux, il fut traversé par une sensation étrange. Liliana descendait les marches, ses longs cheveux bouclant autour de son visage et tombant librement sur ses épaules, vêtue de la robe…

La robe choisie pour elle mais qui dépassait toutes ses attentes. Les perles miroitaient, comme incrustées à même la peau tant l'étoffe était fine et diaphane. Le profond décolleté en V se fondait dans le chatoiement, l'étoffe presque transparente moulait le buste mince, mettant en valeur ses adorables rondeurs.

Dès qu'il avait vu cette robe, Diego avait pressenti qu'il brûlerait de la déchirer quand il la verrait sur Liliana. Il l'avait choisie dans ce but.

Mais à présent, ce n'était plus de cela qu'il avait envie. Il souhaitait contempler cette œuvre d'art à tout jamais. La déposer sur un trône et la vénérer comme sa reine.

Parce qu'il n'avait jamais rien vu d'aussi beau. De toute sa vie. Liliana était comme un rai de lumière flottant vers lui. Un ange.

Et si elle portait quelque maquillage, celui-ci était aussi impalpable que l'étoffe de la robe. Elle avait le visage encore plus pâle que d'habitude mais la peau satinée, ses lèvres nues semblables aux premiers boutons de rose après la neige. Elle paraissait si jeune, si innocente.

Adolescent puis jeune adulte, Diego ne s'était jamais

senti jeune. À plus de trente ans, il se sentait presque vieux. Quant à l'innocence…

Il avait grandi auprès d'un meurtrier. Il n'avait jamais eu confiance en rien ni en personne. Il était né méfiant.

Comme si, dès le premier instant où sa mère l'avait tenu dans ses bras, il avait compris qu'une fois qu'elle l'aurait reposé dans son berceau, son père lèverait la main sur elle.

Et pourtant, quelque chose en lui brûlait de retrouver la douceur. Car il l'avait déjà connue, le temps d'un instant. Comme un éclat lumineux et chaud trouant les ténèbres glacées de ses jeunes années.

Sa mère. La seule percée de lumière dans l'obscurité régnant partout.

Était-il aussi attiré par Liliana parce qu'elle lui rappelait la femme qui lui avait donné le jour ? Si toutes deux ne se ressemblaient pas physiquement, Diego pressentait qu'elles avaient en commun cette lumière capable d'éclairer les ténèbres dans lesquelles il vivait.

Quoi qu'il en soit, il savait d'expérience que toute lumière est éphémère.

Certes, Karina n'avait pas été une innocente, mais il y avait eu une bouffée d'innocence entre eux. Une trouée lumineuse dans le sombre chaos qu'avait été leur mariage. Une possibilité de chance qui s'était éteinte avant même de se déployer.

Leur enfant à naître. Cet espoir ténu, cette promesse intangible avait été offerte à Diego avant de lui être cruellement ôtée.

Les poings serrés, il s'interdit de penser au passé. Mieux valait se concentrer sur la merveilleuse créature qui glissait vers lui, telle une Aphrodite éthérée surgie d'un coquillage invisible.

— Bonjour, belle mariée.

— Bonjour, répliqua-t-elle en soutenant son regard.

Elle paraissait détachée, et un peu confuse. Mais elle portait la robe, et elle était là. Cela lui suffisait, il n'avait pas besoin qu'elle soit transportée de joie.

— On y va ?

— Où allons-nous… ?

— Viens, je vais te montrer.

Il lui tendit la main, non gantée, cette fois. Et, quand elle la prit, la douceur de sa peau le fit frissonner. Elle tressaillit elle aussi, comme si un courant secret passait entre eux.

Un désir irrépressible traversa Diego. Il mourait d'envie de caresser cette peau soyeuse, partout. Mais il n'y céda pas, se contentant d'entraîner Liliana vers la porte avant de franchir le seuil et de traverser les jardins silencieux. La rosée perlait à la surface de la pelouse, sur les feuilles des arbres. Sa fiancée marchait à ses côtés sans dire un mot.

Ils s'avancèrent bientôt vers le bord de la falaise, les vagues fouettant les rochers en contrebas. Le prêtre se trouvait déjà sur place, affichant une expression neutre. Il avait été payé pour jouer son rôle. Pas pour avoir un avis sur la cérémonie.

Diego baissa les yeux sur la main gauche de Liliana et remarqua qu'elle portait toujours la bague offerte par Matías. Il aurait aimé la lui arracher du doigt mais n'en fit rien et s'immobilisa devant le célébrant.

Celui-ci commença à prononcer les paroles d'usage. Liliana les répéta sans regarder Diego.

Quant à lui, il prononça ses vœux en la regardant. Il avait déjà fait cela. Il avait promis les mêmes choses à une autre. Il avait tenu parole. Mais la mort était survenue bien plus tôt que prévu.

Néanmoins, il se devait de garder les yeux fixés sur Liliana. Ces paroles étaient destinées à elle et à elle seule.

— Avez-vous les alliances ? demanda le prêtre.

— Oui.

Diego les avait achetées dès qu'il avait mis son plan au point, certain de sa réussite.

Prenant la main de Liliana, il fit glisser la bague de Matías, la souleva en pleine lumière pour lui laisser le temps, ainsi qu'au célébrant, de contempler le diamant étincelant, puis la jeta dans la mer d'un geste brusque.

Ensuite, il enfonça la main dans la poche de sa veste et en sortit un long étui de velours bleu nuit qu'il ouvrit. À l'intérieur se trouvaient trois bagues. Un simple anneau d'or blanc autour duquel s'enlaçaient de fins rameaux, en or blanc eux aussi, et un second anneau, du même métal, serti de gros diamants carrés. Il glissa les deux au doigt de Liliana.

Elle lui appartenait, désormais. Elle était sa femme.

Diego lui tendit l'écrin pour qu'elle y prenne son alliance. Elle saisit délicatement l'anneau tout simple, puis, les doigts tremblants, le lui enfila.

Laissant tomber la boîte vide qui atterrit à côté de lui avec un bruit mat, il prit Liliana dans ses bras et scella leur union par un baiser brûlant.

Quelques instants plus tard, il redressa la tête et dit au prêtre qu'ils n'avaient plus besoin de lui.

— Merci, ajouta-t-il.

L'homme, âgé d'une cinquantaine d'années, répondit par un simple hochement de tête et s'éloigna rapidement vers la clairière servant de piste d'atterrissage où l'attendait l'hélicoptère.

Dès qu'il eut disparu, Diego reprit la main de sa femme et s'avança vers le manoir.

— À quoi cela rime-t-il ? demanda-t-elle sans le regarder.

— De quoi parles-tu ?

— Pourquoi les bagues ? La robe ? Cette mise en scène ?

— Parce qu'il s'agit d'un mariage, répondit-il sèchement. Tu aurais préféré porter un sweat-shirt et être installée dans un transat ?

— Il n'y avait personne. Uniquement le célébrant. Et c'est déjà terminé. Je ne comprends pas pourquoi tu as organisé ce simulacre de cérémonie.

Parce qu'il l'avait voulu ainsi. Mais il ne savait comment le lui dire. Ni comment se justifier. Il n'avait pas l'habitude de justifier quoi que ce soit à ses propres yeux. Quand il convoitait quelque chose, il le prenait. Il avait souhaité la voir porter une robe de mariée. Avoir une alliance assortie à la sienne. Prononcer des vœux, de vrais vœux, pas se contenter de signer un morceau de papier. Il ne désirait pas s'interroger sur ses motivations. Ni avoir à s'expliquer. Ni à lui-même ni à Liliana. À personne.

Diego s'arrêta sur l'allée gravillonnée et se tourna vers sa femme.

— Tu m'appartiens. Durant le temps qu'il faudra, tu es à moi. Je voulais qu'il n'y ait aucun doute à ce sujet. Je voulais que tu le *sentes*. Tu comprends ?

— Si j'avais épousé Matías, il y aurait eu une réception. Mon père y aurait assisté. Mes amis. J'aurais choisi ma robe. Et ensuite…

— Et ensuite, tu serais retournée dans sa chambre et tu aurais passé ta nuit de noces avec lui. C'est cela que tu regrettes ?

Elle demeura silencieuse.

— Tu ne l'as *pas* épousé, poursuivit-il. C'est moi, ton mari. Et nous avons eu le mariage que je désirais.

— Je ne comprends pas que cela puisse être important pour toi.

— Tu m'appartiens, répéta Diego.

Il ne lui donnerait pas d'autre raison. Et il le répéterait autant de fois qu'il le faudrait.

— Tu es un peu fou, tu sais ?

— Monstre, criminel, fou… Je te l'ai dit : peu m'importent les qualificatifs dont on m'affuble.

Lui reprenant la main, il se remit à marcher en direction de la haute bâtisse.

— La vie m'a appris que ce que l'on croit posséder vous glisse facilement entre les doigts, *mi tesoro.* Qu'il s'agisse de choses ou d'individus. Alors, je prendrai toutes les précautions nécessaires pour te garder, tu peux me croire.

— Jusqu'au terme de notre arrangement, précisa-t-elle doucement. Nous nous sommes mis d'accord sur ce point.

— En effet.

Et jusqu'à ce terme, elle était à lui. *À lui.* Il pouvait faire ce qu'il voulait avec elle. Lui arracher cette robe du corps comme il l'avait initialement prévu. Personne ne l'en empêcherait. Et certainement pas Liliana. Elle le désirait, il le savait. Alors, pourquoi ne pas s'offrir un matin de noces au lieu d'attendre la nuit ?

Mais étrangement, il n'en ressentait pas la moindre envie. Ce qu'il désirait, c'était la voir le supplier. Il voulait qu'elle vienne à lui, de son plein gré. À ce moment-là, il la posséderait tout entière et la marquerait à jamais. Après leur étreinte, elle aurait oublié tout ce qu'elle avait partagé avec Matías, tout fantasme de nuit de noces avec son ex-fiancé. Elle ne regretterait rien et ne se livrerait plus à aucune comparaison.

Elle le supplierait. Encore et encore.

— Et maintenant…

Quand elle se raidit, Diego comprit qu'elle s'attendait à ce qu'il la soulève dans ses bras et l'emporte dans sa chambre.

— … tu vas appeler Matías et lui annoncer que tu m'as épousé. Et lui dire que tu ne souhaites pas me quitter.

Il sortit son smartphone de sa poche et le lui tendit.

— C'est tout ? demanda-t-elle.

— Oui, c'est tout.

— Et si je lui demande de venir me chercher ?

— Pour quoi faire ?

Vaincue, elle prit l'appareil sur lequel s'affichait le numéro de Matías, puis le porta à son oreille.

— Matías ? Je suis si contente d'avoir réussi à te joindre.

Diego ne put distinguer les paroles de son frère mais perçut l'intonation furieuse de sa voix.

— Je n'en sais rien, répondit Liliana à une question de Matías. Non, non, je vais bien. En fait, je t'appelle pour te demander de cesser les recherches.

Elle carra les épaules, l'air déterminé.

— Je n'avais pas l'intention de te tromper, poursuivit-elle, ni de te faire du mal. Mais je ne pouvais pas t'épouser parce que c'est Diego que je veux. Je suis partie avec lui de mon plein gré. Si j'ai crié, c'est uniquement parce qu'il m'a fait peur. Je te tenais délibérément à distance, Matías. J'ai toujours voulu te compliquer la tâche, t'empêcher d'atteindre ton but, pour pouvoir épouser ton frère. Je n'ai pas été enlevée. Ne cherche pas à me retrouver.

Le cœur de Diego battait sourdement dans sa poitrine. Elle n'avait pas besoin de dire cela. Pourquoi transformait-elle ainsi les faits ?

— Ne dis rien, Matías. S'il te plaît. Je regrette de m'être comportée ainsi avec toi, mais il n'y a plus rien à faire. Nous sommes déjà mariés, Diego et moi. Ce qui signifie que… Tu sais ce que cela signifie. Tout lui reviendra. Si tu ne te maries pas de ton côté, tout sera à lui. Il est trop tard. Nous sommes mariés, légalement. Il est trop tard, répéta-t-elle.

Il regarda Liliana avec attention. Pas le moindre regret sur ses traits. Une chose était certaine : elle n'aimait pas son frère. Diego aurait dû s'en ficher. Mais au contraire, c'était capital pour lui.

Quand elle eut terminé, il lui prit l'appareil de la main.

— C'était horrible, murmura-t-elle.

— Il a le cœur brisé ?

— Bien sûr que non. Matías est quelqu'un d'honorable, mais je ne le crois pas plus capable d'aimer que toi.

— Qu'est-ce qui te fait penser cela ?

— Je ne sais pas. C'est une impression. Il me traitait comme un poussin fragile. Il semblait vouloir me protéger, pas m'aimer.

— Je ne te vois pas comme un poussin fragile. Et je ne veux pas t'enfermer dans une cage.

Seulement te garder pour moi et t'avoir dans mon lit.

— J'ai beaucoup de chance, répliqua-t-elle d'un ton franchement ironique.

— Pourquoi lui as-tu menti ?

— Pour contrôler le peu qu'il me reste, et non être considérée comme une victime. Je ne veux pas être réduite à une femme vendue ou un objet de rivalité entre deux frères. Lorsque cela s'ébruitera – ce qui ne saurait tarder, vu la position de mon père, et la vôtre, à Matías et à toi –, je préférerais passer pour une diablesse.

Un petit sourire passa sur sa belle bouche sensuelle.

— Et jouer un rôle dans cette histoire, pas être un pion. J'en ai assez d'être manipulée.

Lui qui se croyait débarrassé de sa conscience, il se sentit traversé par un léger remords.

— Tu as le champ libre. Tu peux faire tout ce que tu veux dans la maison et te balader à ta guise sur l'île. Comme je te l'ai dit cette nuit, tu as une bibliothèque à ta disposition. Mais n'espère pas t'échapper, il n'y a aucune faille dans le système de sécurité.

— Quelle que soit mon opinion sur la question, et sur toi, nous avons passé un contrat. Je t'ai donné ma parole.

— Oui. Et je t'ai offert une somme astronomique.

— Je ne chercherai pas à m'enfuir.

— J'ai des affaires à régler, dit-il brusquement.

La tenant toujours par la main, il s'avança vers la maison.

— Je suis désolé que tu n'aies pas eu de grande réception. Mais tu trouveras un assortiment de mets raffinés dans la cuisine. À ce soir. Nous dînerons ensemble.

Sur ces paroles, il l'entraîna à l'intérieur et la laissa là, au milieu du hall.

Diego sourit en imaginant l'expression suffoquée de Liliana. Elle s'était attendue à le voir jouer son rôle de scélérat. Elle avait cru qu'il allait la soulever dans ses bras et l'emporter dans sa chambre pour consommer leur mariage illico.

Pas question. Elle viendrait à lui, librement.

Il l'imagina à genoux devant lui, suppliante, tremblante de désir… Aucun problème, il était prêt à attendre le temps qu'il faudrait. Et il se délectait à l'avance du tableau délicieux qui s'offrirait alors à ses yeux.

6

Durant toute la journée, Liliana demeura en proie à une nervosité épouvantable. Elle s'était attendue à ce que Diego… veuille consommer leur mariage. D'autant qu'elle s'était engagée à coucher avec lui. Or il l'avait plantée là, dans le hall du manoir, avant de disparaître, sans un regard en arrière.

Et puis, cette robe de mariée… Elle avait quelque chose d'obscène. La façon dont les perles chatoyaient sur le tulle transparent couleur chair qui moulait ses seins, les dévoilant plus qu'il ne les dissimulait… Le minuscule string de dentelle blanche… Si Diego n'avait pas eu l'intention de le voir sur elle, pourquoi l'aurait-il choisi ?

Liliana rougit à la pensée d'être exposée au regard sombre et perçant. Elle avait été *persuadée* qu'ils feraient l'amour aussitôt après ce simulacre de cérémonie. Mais non, il n'avait rien tenté. Alors, pourquoi portait-elle encore le string et le soutien-gorge assorti sous sa robe vert émeraude, très près du corps elle aussi ? Elle n'en savait rien.

Peut-être comptait-il l'emmener dans sa chambre après le dîner. Elle frissonna au plus intime de son être. Toute la journée, elle s'était efforcée de ne pas penser au sexe, à l'étreinte qu'elle allait partager avec Diego. En fait, elle songeait à cela depuis le premier instant où elle l'avait rencontré. Avant même d'apprendre que son père avait prévu de lui faire épouser Matías.

L'attirance avait été immédiate. Aussi puissante qu'une décharge électrique. Jamais elle n'avait ressenti une telle sensation. Après leur première rencontre, elle n'avait pu s'empêcher de songer aux grandes mains de Diego. Elle s'était demandé ce qu'elle éprouverait s'il les posait sur elle, la caressait. Même à présent qu'elle savait à quel genre d'individu elle avait affaire, son corps réagissait à sa proximité. C'était plus fort qu'elle.

Ces réactions incontrôlables l'effrayaient. Elle avait l'impression d'être prête à se livrer corps et âme à Diego, quitte à se laisser détruire par lui. À sombrer dans le néant.

Et maintenant, elle allait dîner avec son nouvel époux et ne penserait qu'à cela : à ce qui se passerait peut-être après le repas.

Elle descendit lentement l'escalier et se dirigea vers la salle à manger en tâchant d'apaiser le tumulte qui régnait dans son esprit. Et dans sa chair.

Liliana était habituée au luxe et aux mets délicieux, mais il y avait quelque chose de différent dans le fait de se trouver là, avec Diego. Seule avec lui dans ce vieux manoir.

Au cours de l'après-midi, elle avait lu un roman très sensuel trouvé dans la bibliothèque et avait imaginé vivre chacune des sensations éprouvées par l'héroïne avec Diego. Elle avait beau être sa prisonnière, elle se sentait sur le point d'accomplir un acte d'une audace inouïe.

Son mari allait lui faire découvrir la volupté, sa féminité. Et cette perspective emplissait Liliana d'un sentiment grisant de liberté. Avec lui, elle perdrait son innocence. Après cela, elle ne serait plus jamais couvée par quiconque.

Quand elle entra dans la salle à manger meublée avec raffinement, il ne s'y trouvait pas. Mais, préparé par des mains mystérieuses, un véritable festin attendait sur la longue table.

N'ayant toujours vu aucun employé, elle avait l'impression d'assister à un véritable tour de magie.

Assortiment de pains, fines tranches de viande et de fromage, deux soupières dont émanait un délicieux fumet, deux récipients creux contenant de la paella, des coupes de fruits, ainsi que deux verres en cristal dans lesquels le vin avait déjà été versé.

Elle s'avança vers l'extrémité de la table et contempla l'ensemble en entendant son estomac crier famine. Depuis la veille, elle n'avait pris que des pâtisseries, réalisa soudain Liliana.

Choisissant la chaise installée à droite de celle trônant à l'extrémité de la table, elle s'y assit, sachant que c'était la place qui lui était destinée. Puis elle fut traversée par un vent de rébellion. Pourquoi laisserait-elle la place d'honneur à Diego ? Comme elle l'avait toujours fait avec son père ? Parce qu'il était l'homme et elle la femme ? Parce qu'il était chez lui ? Puisqu'elle était son épouse, même pour un temps limité, cette maison était également la sienne.

Repoussant sa chaise en arrière, elle se leva d'un mouvement brusque, s'assit sur l'autre et redressa les épaules. Elle avait cessé d'être un pion. C'était terminé, les années de docilité.

Qu'y avait-il de mal à vouloir être l'héroïne de sa propre histoire ? De désirer avoir son mot à dire concernant sa propre destinée ?

Elle n'avait pas vraiment choisi cette situation, non, mais elle pouvait au moins en influer le cours.

Environ deux minutes plus tard, Diego apparut, la regarda, haussa les sourcils, mais ne dit rien. Il s'assit à sa droite, souleva son verre et en but une gorgée.

— Tout est-il à ton goût ? demanda-t-il.

Liliana porta son propre verre à ses lèvres.

— Oui.

— Tu as commencé sans moi ?

— Non. Ça aurait été impoli.

Le petit sourire désormais familier joua au coin des lèvres sensuelles. Il y avait de l'ironie et de la provocation, dans ce sourire, quelque chose de sombre, mais à chaque fois il éveillait en elle une émotion inconnue et… décadente. Une sorte de chaleur indécente naissait au plus intime de sa féminité, sourdait entre ses cuisses.

Liliana repensa au string et tressaillit. Le string choisi pour elle par Diego. Comme il avait sans doute choisi tous les vêtements se trouvant dans le dressing attenant à sa chambre. L'avait-il touché ? En avait-il caressé l'étoffe ?

Au lieu de diminuer, la chaleur s'intensifia en elle, lui monta aux joues. Liliana reprit son verre avant de se demander si c'était une bonne idée de boire de l'alcool. Si elle s'enivrait, ne serait-ce qu'un peu, elle risquait de perdre toute inhibition…

Pour en arriver là, il faudrait plus d'un verre, se rassura-t-elle.

— Tu as passé une bonne journée ? demanda soudain Diego.

— Disons qu'elle a été calme.

— Cela peut s'avérer agréable, le calme.

— C'est vrai. Et de ton côté ?

— La routine, répondit-il en prenant de la viande et du fromage qu'il déposa tour à tour sur son assiette.

Il mangea le tout avec les doigts, sensuellement, faisant naître une sensation étrange au creux des reins de Liliana. Elle décida de commencer par la soupe. C'était plus… inoffensif.

— La routine, cela peut être agréable aussi, j'imagine, dit-elle d'un ton dégagé.

— C'est vrai.

Au lieu d'être irritée qu'il fasse écho à ses propos, elle se rendit compte que cet échange l'amusait. Or elle ne voulait pas s'amuser avec Diego. La colère, les émotions sensuelles, d'accord. Mais *l'amusement* ?

— Dis-moi, Liliana. Quelle était ton occupation favorite, quand tu vivais chez ton père ?

— Tu le sais déjà. La lecture.

— Tu as lu, aujourd'hui ?

Elle rougit de nouveau.

— Oui.

— J'en suis heureux, et je suis ravi d'apprendre que tu n'as pas passé la journée à te fustiger.

— Je n'ai jamais aimé jouer les martyres.

— Vraiment ? Tu parais pourtant très douée pour cela.

— Pourquoi dis-tu cela ?

— Eh bien, tu étais prête à épouser un homme choisi pour toi par ton père, alors que tu ne l'aimais pas.

Liliana fronça les sourcils, puis prit un petit pain dans l'une des corbeilles.

— C'est ce que tu penses ?

— Oui.

— Je me considère comme l'obligée de ceux que j'aime. Si tu appelles cela du martyre…

— C'en est.

— Je ne vois pas les choses comme toi. Je ne suis pas égoïste, c'est tout. Tu…

Elle mordit dans le petit pain croustillant.

— Tu ne comprends pas.

— Aide-moi. Nous partageons notre premier repas de couple marié. Aide-moi à te comprendre, Liliana.

— M'aideras-tu à *te* comprendre ?

— Je suis un monstre et je suis fou, dit-il, pince-sans-rire. Peux-tu vraiment comprendre un tel mélange toxique ?

— Ma mère est morte en me mettant au monde, répliqua-t-elle, ne voyant pas d'intérêt à se défiler. Mon père a perdu sa femme lorsque je suis née. Il l'a perdue à cause de moi. Explique-moi comment j'aurais pu faire autrement que d'essayer de lui faire plaisir ?

Elle battit des paupières.

— Je… Je *voulais* lui faire plaisir, voilà. Pour cette raison. Et non par goût pour le martyre. Mais j'en suis venue à la conclusion que ma vie ne m'avait jamais appartenu. C'est terrifiant, Diego, de comprendre que l'on n'a jamais été libre avant d'être enlevée et détournée du chemin tracé pour soi.

Il prit un petit pain à son tour et le plongea dans l'huile d'olive avant de mordre dedans avec appétit.

— Jamais libre avant de te retrouver dans mes bras ? fit-il d'un ton dubitatif. C'est ça que tu es en train de me dire ?

— Non. Et oui. Je me retrouve dans une cage après être sortie d'une autre, mais c'est différent. Et… Je ne sais pas. Je ne connais pas la bonne réponse. C'est ça, le problème. J'ai voulu faire plaisir à mon père, tout le temps, mais… Une part de moi sait qu'il n'a pas le droit de se servir de la mort de ma mère pour me manipuler comme il le fait. Il ne m'accuse jamais ouvertement, mais il s'est toujours servi de ce drame pour faire de moi la fille qu'il voulait que je sois.

— C'est un salaud d'avoir profité ainsi de la situation. Mais, d'après ce que j'ai pu constater, les pères ont tendance à être des salopards.

— Ton père…

— Il ne s'agit pas de mon père, l'interrompit-il d'un ton sec. Continue à parler du tien. De toi.

— Je n'ai jamais connu ma mère, évidemment. Je n'ai eu que mon père. Je ne me considère pas comme une victime. Il est… mon seul parent. Je n'ai que lui.

— Plus maintenant. Je suis là. Tu m'as.

Un frisson parcourut Liliana. Il était sincère. Elle ignorait ce que Diego entendait par là, mais il pensait ce qu'il venait de dire. Sa voix avait pris un accent sérieux, grave.

Elle l'avait. Et lui la possédait.

— Et j'ai aussi du très bon pain, répliqua-t-elle, pour dire quelque chose. Qui… Qui prépare les repas ?

— Le personnel que j'ai embauché pour cela. Les plats sont apportés sur l'île par hélicoptère. Le pilote est l'un de mes hommes, j'ai une confiance absolue en lui. Personne d'autre ne sait où nous sommes.

— Pas même moi. J'ignore où nous nous trouvons, fit-elle remarquer.

— Et tu continueras à l'ignorer. Nous avons passé un arrangement, mais tu dois comprendre qu'entre nous la confiance est… limitée.

Liliana le regarda en silence. Elle le comprenait, en effet. D'autre part, elle avait le sentiment que Diego se souciait vraiment d'elle. Ce qui ne lui était jamais arrivé jusqu'à présent. Elle n'avait jamais réellement compté pour son père. Il ne la voyait même pas.

— Merci, dit-elle doucement. Pour cet excellent dîner. Et de… m'avoir sauvée de ce qui m'attendait avec ton frère.

— Je croyais que Matías était quelqu'un de bien ? répliqua-t-il en haussant un sourcil.

— Oui, il l'est. Mais je ne désirais pas vivre avec lui. Alors que notre arrangement m'offre des possibilités. Je ne sais même pas ce que je ferai de ma liberté ; je n'ai jamais eu d'argent à moi ; je n'ai jamais rien fait que j'aie choisi ; j'ai toujours obéi à mon père – et je me sentais obligée de le faire. Mais maintenant… C'est comme si tu me permettais de découvrir une autre voie. D'une certaine façon, tu m'as offert des choix dont je n'avais jamais soupçonné l'existence.

— Tu me remercies de t'avoir enlevée ?

— Non, je n'irais pas jusque-là.

— Eh bien, de mon côté, je profite des opportunités qui se présentent à moi.

— En quoi consistent tes affaires, exactement ?

Ils achevèrent de dîner en parlant des divers intérêts de Diego, de ses sociétés, des restaurants, des clubs dans lesquels il avait investi. Au fur et à mesure, le beau visage viril s'animait, le regard sombre brillait d'un éclat farouche. Liliana l'écoutait, fascinée par son intelligence aiguisée. De toute évidence, il trouvait toujours des solutions ingénieuses à tous les problèmes qu'il rencontrait. C'était ainsi qu'il avait décidé de l'enlever, ça avait été la solution la plus pratique à ses yeux. Le fait de n'être freiné par aucun scrupule, aucune conscience morale, avait sans aucun doute contribué à ses réussites en affaires.

De son côté, elle avait passé sa vie à respecter les conventions. Son devoir filial. Aussi se sentait-elle électrisée au contact d'un homme comme lui. Peut-être était-ce pour cette raison qu'elle avait été instantanément attirée, subjuguée par lui.

Après le dessert, ils dégustèrent des churros en buvant du chocolat chaud, et elle se sentit soudain gagnée par une merveilleuse langueur. Elle éprouvait une irrésistible envie de se rapprocher de Diego. De se lover contre lui comme un chat. D'où lui venaient de telles fantaisies ? À vrai dire, Liliana n'avait plus envie de se poser de questions.

Maintenant, il allait l'emporter dans sa chambre. Pour leur nuit de noces. Et cela ne l'inquiétait même plus.

Elle se sentait bien. Heureuse.

— Tu n'as plus faim, *mi tesoro* ?

Mon trésor. Il l'appelait son trésor. Et parfois, elle avait l'impression qu'il le pensait vraiment. Qu'elle était vraiment précieuse à ses yeux.

— Oui, dit-elle avec un regain d'appréhension.

— Parfait. Il est temps de nous retirer. La journée a été longue.

— Oui, répéta-t-elle, le cœur battant la chamade.

Il se leva et lui tendit la main. Liliana la prit et sentit aussitôt un frisson délicieux la traverser.

— Bonne nuit, dit doucement Diego en penchant la tête.

Sur ces mots, il lui baisa la main, redressa la tête et sortit de la salle à manger, la laissant seule une fois de plus.

C'était impossible. Il ne pouvait pas…

De son côté, elle ne pouvait pas se sentir déçue. Frustrée. Elle était sa prisonnière. Elle avait accepté de coucher avec lui parce qu'elle n'avait pu faire autrement.

Une chaleur infernale la submergea aussitôt, l'obligeant à reconnaître qu'elle se mentait à elle-même. En réalité, elle brûlait de se donner à Diego.

Regagnant sa chambre, Liliana ôta sa robe et la laissa tomber sur le tapis sans même la ramasser. Puis elle se glissa sous la couette, en proie à une agitation incontrôlable. Il allait venir la rejoindre. Évidemment.

Elle resta allongée dans l'obscurité, vêtue des seuls sous-vêtements choisis par Diego. Au moindre mouvement, la fine dentelle exacerbait son trouble. Ses mamelons devenaient de plus en plus sensibles. Ses seins s'alourdissaient. Et là, entre ses cuisses, elle ressentait l'envie, et un manque atroce.

Après lui avoir annoncé qu'il ne se contenterait pas d'un mariage blanc, Diego l'abandonnait à sa solitude. C'était injuste.

À vingt et un ans, il était grand temps qu'elle vive sa sexualité, non ?

Liliana se tourna et se retourna dans son lit pendant une heure. Puis elle comprit qu'il ne viendrait pas la rejoindre.

À quoi jouait-il ? Et comment était-elle censée réagir ?

Soudain, elle eut trop chaud. Repoussant la couette,

elle savoura la caresse de l'air frais sur sa peau. Mais à l'intérieur, elle continuait de brûler.

Une heure supplémentaire passa. De toute évidence, elle ne parviendrait jamais à s'endormir.

À cause de lui. De cet homme infernal qui avait allumé un brasier en elle mais ne venait pas l'éteindre. Il la faisait languir exprès. Pour la torturer.

Et ce supplice durait depuis deux ans.

Laissant échapper un gémissement, Liliana roula sur le côté et se leva avant de se mettre à arpenter la chambre. La meilleure chose à faire était d'aller dans la bibliothèque s'immerger dans un bon roman. Ce qu'elle fit. Mais au bout d'une demi-heure, elle n'avait lu que deux phrases et reposa son roman sur la table basse en soupirant.

Deux minutes plus tard, elle traversait la vaste bibliothèque, à peine consciente de ne porter que des sous-vêtements.

Elle n'était encore jamais allée dans la chambre de Diego, mais elle s'avançait sans réfléchir, se fiant à son instinct et certaine qu'il ne s'était pas installé très loin d'elle.

En effet, lorsqu'elle poussa la porte située de l'autre côté de la pièce, en face de celle donnant dans sa propre chambre, elle constata qu'elle ne s'était pas trompée.

Au centre de la pièce, elle distingua un lit immense, et le relief d'un corps allongé dessus.

— À quoi joues-tu, exactement ? demanda-t-elle, enhardie par l'obscurité régnant dans la pièce.

— Liliana ? Je ne t'attendais pas – tu es allée te coucher il y a une éternité.

— Toi aussi. Et tu ne dors pas.

— Exact.

— À quoi rime ce petit jeu ?

— Je ne joue pas. Je dors. Ou du moins j'essayais de dormir.

— Tu m'as très bien comprise.

— Non, pas du tout. Tu pourrais peut-être m'expliquer ?

— Nous étions d'accord. Notre mariage devait être un vrai mariage. C'est notre nuit de noces et toi…

Liliana frissonna de la tête aux pieds.

— Cesse de me torturer, Diego. Tu me fais languir exprès. Tu me fais délibérément attendre… Mais ça suffit, maintenant. Alors, vas-y, prends-moi.

— Je t'ai dit que je n'avais pas l'intention de te prendre quoi que ce soit, répliqua-t-il d'une voix soyeuse. Je veux que tu me l'offres. Avec passion. Je veux que nous nous donnions l'un à l'autre.

— Je ne comprends pas. Tu as dit que tu voulais coucher avec moi et j'ai accepté, non ?

— Quel genre de sexe as-tu connu, Liliana ? À t'entendre, tu considères cela comme une faveur que tu accordes. Le sexe, ça se vit à deux. Ça se partage.

Liliana avait l'impression de se consumer sur place. Elle tremblait tout entière.

— Je ne… Si nous devons le faire, autant le faire maintenant.

Elle entendit un froissement d'étoffe, un bruit de pas. Il venait vers elle.

— Je t'ai posé une question, Liliana. Mon frère est-il un amant si égoïste qu'avec lui tu as vécu le sexe comme une corvée ?

— Je suis vierge, répondit-elle à la hâte.

Une honte horrible lui noua la gorge, la poitrine. Elle n'avait pas voulu le lui dire comme ça. Ni même le lui dire du tout. Cela ne le regardait pas, ni personne d'autre. À présent, elle se sentait affreusement vulnérable. Elle avait été stupide de venir le trouver dans sa chambre. Elle était aussi folle que lui, au fond.

— Vierge ? répéta-t-il dans l'obscurité.

Il s'était encore rapproché. Il était là, tout près, grand, imposant. Et elle se sentait… minuscule.

Après avoir été protégée toute sa vie, elle allait s'aventurer dans l'inconnu. Sans aucun garde-fou.

— Oui, acquiesça-t-elle, raide comme un bout de bois.

— Très intéressant. Et encore plus intéressant que tu n'aies pas jugé bon de me le dire plus tôt.

— Je pensais que ce n'était pas important.

— Et maintenant, tu as changé d'avis ?

— Oui, pour te faire comprendre pourquoi je trouvais ton attitude… injuste. Ce n'est pas comme si j'avais de l'expérience. Je ne sais pas à quoi m'attendre. En matière de sexe, je veux dire. J'étais allongée dans mon lit, persuadée que tu allais venir me rejoindre. Mais sans savoir ce qui se passerait ensuite. Alors, essaie d'imaginer ce que je ressens…

— Ce n'est pas un examen, Liliana. Si tout va bien, tu auras un orgasme. Plusieurs, peut-être. Cette perspective ne devrait pas te terrifier…

— Les orgasmes ne me terrifient pas, l'interrompit-elle. Mais la perspective d'être…

— Pénétrée ?

Liliana resta pétrifiée, incapable de prononcer un mot.

— Oui, enchaîna Diego. C'est cela qui t'inquiète.

En effet. Mais pas seulement. En outre, elle ne voulait pas discuter de ces choses avec lui. Ni avec personne. Parce qu'elle aurait été incapable de préciser de quoi elle avait peur. C'était le fait d'être… liée intimement à lui. Corps à corps.

Alors, pourquoi se trouvait-elle là, dans la chambre de Diego, presque nue ? Elle aurait pu enfiler une robe. Ou au moins un peignoir.

— J'allume une lampe.

— Non ! protesta-t-elle d'une voix étranglée.

Trop tard. La lumière jaillit et Diego se trouva en face d'elle, vêtu d'un seul caleçon moulant. Liliana contempla le torse puissant en retenant son souffle, la toison brune recouvrant la peau mate et disparaissant sous la soie noire, les hanches étroites, les cuisses musclées. Comment entretenait-il ce physique d'athlète ? se demanda-t-elle fugacement.

Avant de réaliser qu'il la dévorait littéralement des yeux. Elle lut un tel désir, dans le regard dardé sur elle, qu'elle en oublia tout embarras, toute pudeur. Jamais Matías ne l'avait regardée ainsi. Pas une seule fois.

— Magnifique, dit-il lentement.

— Pourquoi n'es-tu pas venu me retrouver, alors ?

— Je te l'ai dit : je ne voulais te forcer à rien. Je te veux dans mon lit parce que tu me désires. Pas parce que nous avons passé un arrangement. Tu es venue par… curiosité, n'est-ce pas ? Mais cela ne me suffit pas non plus.

— Qu'attends-tu de moi, alors ?

— Que tu en ressentes le besoin vital.

— Je ne sais même pas ce que cela veut dire…

— Dans ce cas, c'est que tu ne le ressens pas encore.

Quand il se détourna soudain, elle eut une brève vision de muscles jouant sous la peau hâlée.

— Tu me repousses ? demanda-t-elle, la gorge sèche.

— Cela t'ennuie ?

— Oui.

— Pourquoi ? demanda-t-il en se retournant vers elle.

— Parce que je… Je…

— Tu… ?

— Je te désire.

Les mots avaient jailli de ses lèvres malgré elle.

— Ton corps brûle pour moi ?

— Oui. Tu es content ?

— Très, répondit-il d'une voix onctueuse. C'est cela que je voulais entendre. Mais je veux en savoir davantage. Quand tu étais allongée dans ton lit, sentais-tu tes seins se gonfler, leurs pointes se durcir ?

— Oui, murmura Liliana.

— Et entre tes jambes… Brûlais-tu pour moi, ma douce ?

La voix de Diego l'ensorcelait. Cet homme exerçait un pouvoir magique sur elle. Magique et dangereux. Elle aurait dû s'enfuir, le plus loin possible de lui. Mais Liliana n'en ressentait pas la moindre envie. Et puis, c'est elle qui l'avait retenu quand il s'était détourné. Elle avait choisi de rester.

— Oui, dit-elle, la tête haute.

— Très bien. Tu me désires. C'est un bon début. Maintenant, je vais te faire découvrir le besoin.

Sans lui laisser le temps de réagir, il se rapprocha, lui souleva le menton et l'embrassa.

L'univers entier explosa, ce fut un vrai feu d'artifice. Pressée contre le corps viril, Liliana s'abandonna aux caresses de la bouche et de la langue expertes.

Diego la possédait déjà, tout entière. Elle se livrait déjà à lui. En même temps, il lui faisait découvrir une sensation jamais éprouvée jusqu'alors.

Le besoin. La sensation que, s'il ne lui faisait pas l'amour, *maintenant*, elle allait mourir. La sensation l'emplissait tout entière, d'une intensité incroyable, presque douloureuse. Liliana comprenait enfin ce qu'il avait voulu dire en parlant de besoin *vital*. Elle le ressentait là, au plus profond de son être. De son sexe.

Toute frayeur l'avait désertée. Plus rien n'existait que la langue enlaçant la sienne, les mains chaudes glissant sur son dos, ses hanches. Le corps de Diego était ferme, la toison brune un peu rêche, mais cela n'avait aucune importance. Rien de ce qu'elle avait lu dans les romans n'égalait ces instants fabuleux. Jamais elle n'avait imaginé un tel embrasement de tous les sens. La senteur musquée et mâle l'enivrait, lui donnant le vertige.

— J'avais rêvé de déchirer ta robe de mariée et de

t'allonger à même le sol pour te faire l'amour, dit-il en écartant les lèvres des siennes. Le savais-tu ?

— Non, murmura-t-elle. Puisque tu n'en as rien fait.

— Je t'ai laissée seule. Quelque chose avait changé.

— Qu'est-ce qui avait changé ? demanda-t-elle dans un souffle.

— Je n'en sais rien, répondit-il, le regard rivé au sien. Tout ce que je sais, c'est que, tout à coup, j'ai eu envie de te soulever, très haut. Pour te vénérer.

Dégrafant le soutien-gorge d'un geste habile, il le lui ôta et le laissa choir sur le tapis, puis fit glisser le string sur ses cuisses, sans détacher un seul instant le regard du sien.

Ensuite, il s'agenouilla devant elle et la tint solidement par les hanches avant de rapprocher le visage de l'endroit le plus secret de son corps. Il la goûta, là, avec ses lèvres, sa langue, avec avidité, presque sauvagement. Liliana se mit à trembler tandis qu'il continuait sa délicieuse exploration. Elle n'était même pas choquée. Le plaisir la submergeait, d'une intensité inouïe. Plus rien n'existait que cet homme redoutable, ce renégat capable de venir l'enlever par la fenêtre de sa chambre en pleine nuit. De kidnapper la fiancée de son frère. Avant de la forcer à l'épouser dès le matin suivant.

Et pourtant, il était à genoux devant elle, la léchant, suçant, cajolant, au cœur même de sa féminité. Ivre de volupté, Liliana eut l'impression que ses jambes allaient lâcher, mais il la maintenait fermement.

Agrippée aux puissantes épaules, les ongles enfoncés dans sa chair, elle sentit le plaisir monter comme une vague. Et soudain, l'orgasme l'emporta, fulgurant, il se déploya partout en elle, lui arrachant un cri d'émerveillement.

Renoncer à tout contrôle, s'abandonner tout entière à quelqu'un, c'était… fabuleux. Extraordinaire.

Quand il leva soudain les yeux et que leurs regards se

croisèrent, elle sentit quelque chose basculer dans sa poitrine et pressentit que rien ne serait plus jamais comme avant.

Un sourire moqueur aux lèvres, Diego ressemblait à… un ange déchu. Liliana contempla la belle bouche sensuelle. Cette bouche dont elle connaissait maintenant les talents indécents, obscènes, et délicieux. Cependant, Liliana ne ressentait aucune honte de s'être offerte ainsi à ses caresses.

Sans réfléchir, elle s'agenouilla devant lui, approcha le visage du sien et l'embrassa, découvrant sur ses lèvres le goût de son propre plaisir. Une plainte rauque échappa à Diego tandis qu'il la prenait dans ses bras et la serrait contre lui, mais délicatement, comme s'il craignait de lui faire mal.

Puis il écarta le visage du sien et lui renversa la tête en arrière pour déposer des petits baisers brûlants sur son cou, sa gorge, un sein dont il aspira goulûment la pointe. La langue experte le caressa, faisant haleter Liliana. Mais Diego s'occupait déjà de l'autre sein, auquel il administrait le même supplice exquis.

Elle se sentit emportée dans un tourbillon de sensations étourdissantes. Toute pensée avait quitté son esprit. Elle n'existait plus que par ses sens. Après avoir passé sa vie dans une tour d'ivoire à contempler le monde de loin, elle se trouvait immergée en plein cœur d'un univers dont elle savourait la chaleur, les couleurs, les parfums.

Indifférent à ses états d'âme, Diego redressa la tête et reprit sa bouche avec fièvre.

Soudain, Liliana s'aperçut qu'il ne portait plus le caleçon de soie noire. Le membre chaud et puissant frémit contre sa peau nue tandis que Diego glissait la main entre ses cuisses. Quand il commença à lui caresser le clitoris, elle laissa échapper un petit halètement, bientôt remplacé par des cris de plaisir. Quelques instants plus tard, elle s'envolait à nouveau dans l'extase.

Son merveilleux amant la souleva dans ses bras et

l'emporta vers le lit. Après l'avoir étendue sur le drap fin, il s'installa sans plus attendre entre ses jambes en poussant une plainte sourde, suivie de quelques mots en espagnol. Elle retint son souffle. Il pressa l'extrémité de l'érection contre l'orée de son sexe, puis la pénétra, lui arrachant un petit cri de douleur. Elle serra les mâchoires. La douleur allait s'estomper…

— Désolé, dit-il d'une voix rauque. Je t'avais prévenue que ce serait peut-être douloureux.

Comment cela, il l'avait prévenue ? Ah… Elle repensa aux mots murmurés avant de la pénétrer – Diego avait dû oublier qu'elle ne parlait pas espagnol…

Reprenant sa bouche avec passion, il commença à bouger en elle et cette fois Liliana ne ressentit plus aucune douleur mais des ondes de plaisir encore plus délicieuses que celles qu'elle venait de découvrir.

Glissant une main sous sa cuisse, il lui souleva la jambe et se l'arrima autour de la taille avant de donner un coup de reins plus vigoureux.

Cette fois, ce fut… divin. Et lorsqu'il se retira avant de s'enfoncer à nouveau en elle, au plus profond, puis instaura un va-et-vient enivrant, Liliana eut de nouveau l'impression de vivre des instants magiques.

Elle souleva les reins pour mieux l'accueillir en elle, ivre de lui, du plaisir qu'il lui offrait. Il la possédait totalement, à présent. Elle lui appartenait. Tout entière.

S'accrochant à lui, elle ondulait au rythme de ses coups de reins, leurs corps se livrant à une danse secrète qui leur arrachait des gémissements à tous les deux. Les vagues montaient, de plus en plus puissantes, de plus en plus hautes. Puis Diego se mit à trembler. Penchant la tête, il enfouit le visage dans le cou de Liliana en même temps qu'il accélérait la cadence. Le va-et-vient avait maintenant quelque chose de sauvage, un son guttural monta de la gorge de son amant, farouche et jaillissant du plus profond de lui-même.

Soudain, il s'immobilisa au-dessus d'elle, les yeux fermés, et sur son visage Liliana vit… de la souffrance. Puis il rouvrit les yeux. Le temps d'un instant, le regard sombre sembla se dévoiler, laissant entrevoir…

Une profondeur infinie. Une demande muette qui l'atteignit en plein cœur.

L'instant d'après, il cédait à la jouissance en l'y entraînant avec lui.

Une fois redescendus sur terre, ils demeurèrent enlacés, épuisés et le souffle court. Mais quand Diego voulut s'écarter d'elle, Liliana s'accrocha à lui. D'instinct. Elle n'aurait su expliquer son réflexe. D'autant qu'elle ne savait plus qui était Diego. Ni qui *elle* était. Quelque chose avait changé en elle. De façon irrémédiable. Et c'était bien ainsi.

Après avoir épousé son ravisseur, elle venait de se donner à lui. Ils avaient plus de dix ans d'écart. Elle était une héritière surprotégée ayant toujours vécu recluse au milieu de ses livres. Elle n'avait rien de commun avec Diego. Ce mariage était absurde.

Mais de façon étrange et inexplicable, seule sur cette île avec lui, coupée du monde extérieur, Liliana se sentait bien. Chez elle.

Et elle aurait voulu que ces moments de complétude et d'harmonie ne se terminent jamais.

Tout à coup, Diego roula sur le flanc en la serrant dans ses bras.

— J'achèterai des préservatifs.

Ils n'avaient pas utilisé de protection… Cependant, ce constat ne créa aucune panique en elle. Juste un léger frisson d'inquiétude. Ce qui ne laissa pas de la surprendre.

Sa mère était morte en couches. Pendant longtemps, Liliana avait redouté de connaître le même sort le jour où elle aurait elle-même des enfants. Puis elle s'était calmée, se disant que le moment venu son désir d'être mère l'emporterait sur ses peurs. En outre, la médecine avait fait des progrès considérables depuis le décès de sa mère.

Par conséquent, le fait d'avoir couché avec Diego sans préservatif ne la tracassait pas. Ce qui aurait dû l'inquiéter, la terrifier, c'était la perspective de se retrouver liée à lui à tout jamais.

Or elle ne ressentait aucune crainte. Peut-être parce qu'elle se sentait déjà liée à lui pour toujours.

— D'accord, acquiesça-t-elle.

— Il suffit d'un saut en hélicoptère.

— Ta négligence me surprend. Tu avais pourtant songé à tous les détails…

— Je comptais t'amener ici et t'épouser pour de bon, répliqua-t-il d'un ton neutre. Mais puisque tout a changé, nous devons prendre des précautions.

— Bien sûr.

Pour l'instant, elle ne souhaitait pas s'appesantir sur le sens de ces paroles. Elle y songerait plus tard.

— Diego. Pourquoi désirais-tu avoir une épouse ? demanda-t-elle en appuyant la joue contre le torse chaud et ferme.

— Pour toucher l'héritage de mon grand-père.

— Non. Pour cela, il suffisait que tu te maries. Alors, je répète ma question : pourquoi désirais-tu avoir une épouse ?

— Je suis né dans une famille catholique, répondit-il simplement.

— Quand même. Tu aurais pu te contenter d'un mariage arrangé, tu aurais trouvé des candidates, non ?

— Sans aucun doute. Mais je n'ai jamais vu d'intérêt à se marier quand on a déjà prévu de se séparer.

— Tu… Tu crois à l'amour, Diego ?

Le cœur battant à tout rompre, elle attendit la réponse.

Parce qu'elle-même y croyait, et qu'elle craignait fort de tomber amoureuse de lui. Ce qui aurait probablement été la dernière chose à faire.

— Oui. J'y crois.

Un soulagement infini envahit Liliana.

— Je crois qu'il existe des gens capables d'éprouver un tel sentiment et que d'autres ne le méritent pas. Je crois que l'amour a le pouvoir de guérir et de changer les êtres. Mais je sais aussi qu'il peut être tordu, pervers, et utilisé comme une arme. Et que certaines personnes ne pourront jamais y avoir accès. L'amour leur est interdit. Parce qu'il a beau être tout-puissant, il a des ennemis invincibles.

— Si je comprends bien, tu crois que l'amour existe, mais que tout le monde ne peut pas… l'éprouver ?

— Oui, c'est cela.

— Pourquoi ?

— Je le sais d'expérience. Ce n'est pas un secret…

Il s'éclaircit la gorge.

— Mon père a tué ma mère.

— Pardon ?

— Mon père est un assassin.

7

Pourquoi avait-il dit cela, bon sang ? Surtout après ce qu'ils venaient de partager. Il aurait dû passer la nuit à explorer le corps superbe de sa belle épouse. Et aussi se montrer plus prudent quand il lui avait fait l'amour. Pris par la passion, il n'avait pas su se retirer avant la jouissance. Le plus curieux, c'est que Liliana n'avait pas paru horrifiée par ce manque de précautions.

Quoi qu'il en soit, au lieu de se perdre de nouveau en elle, voilà qu'il lui parlait de son père !

— Raconte-moi ce qui s'est passé, dit-elle doucement.

— Ma mère était une femme merveilleuse. C'est elle qui m'a appris qu'il pouvait y avoir de la bonté en ce monde. Parce qu'il n'y en avait guère chez nous, tu peux me croire. Mon père nous terrifiait, Matías et moi. C'était un tyran. Un monstre d'égoïsme et de violence. Il ne connaissait que cela. La rage semblait le ronger de l'intérieur, en permanence. Il détruisait tout sur son passage. Alors, nous faisions de notre mieux pour l'éviter. Matías a essayé d'être un bon fils. Et moi aussi, pendant un temps. Jusqu'à l'accident de notre mère. Elle faisait une balade à cheval et elle… est tombée de sa monture. Voilà la version officielle.

Diego s'interrompit et détourna les yeux. Pour ne plus voir Liliana et son impossible beauté, son visage innocent empreint d'une expression horrifiée. Presque malgré lui, il lui livrait sa réalité, son univers. Le jour où il avait appris que sa mère était morte, il avait été anéanti. Il avait pleuré toutes les larmes de son corps. Les dernières. Même adulte, même quand il avait subi d'horribles pertes, il avait été incapable depuis d'en verser une seule.

Auprès de lui, Liliana ne tarderait pas à perdre son innocence. Il l'avait enlevée, pour l'amour du ciel ! Il l'avait amenée là, sur cette île où il la retenait prisonnière. Pas exactement contre son gré, mais… Elle apprendrait à s'endurcir. Il lui montrerait comment procéder. Et ce récit ferait partie de l'apprentissage.

— Ce n'était pas vrai ? Elle n'était pas tombée de cheval ?

— Si, mais mon père la poursuivait. Il a tiré sur elle. Ce n'est pas le coup de feu qui l'a tuée, je ne crois pas. Mais le cheval a paniqué et l'a fait tomber. La mort a été instantanée. Nuque brisée – cela a été la cause officielle du décès.

— Diego…

— Mon père m'a raconté tout cela seulement deux jours plus tard, dans un accès de rage et après avoir descendu une bouteille de whisky. Après cela… Plus rien n'a eu d'importance, Liliana. Je me fichais qu'il me tue. Je l'ai provoqué. Je l'aurais laissé faire. Il y avait une sorte d'annexe, de hangar fermé où il entreposait sa collection de voitures anciennes, j'y ai mis le feu. Et j'ai ri en voyant tout brûler.

Elle le dévisageait en silence, les yeux écarquillés.

— J'ai vraiment cru qu'il allait me tuer, ce jour-là. Il a commencé à me battre. Puis il a éclaté de rire. Parce qu'il comprenait ma rage, a-t-il dit. Avant d'ajouter que si je l'alimentais, cette rage, je deviendrais exactement comme lui. Matías… il ne le comprenait pas. Mais moi… il me voyait comme son semblable.

— C'est faux ! dit-elle farouchement.

— C'est vrai, Liliana.

Il ne lui parlerait pas de Karina. Pas maintenant. Puisque ce mariage n'était que temporaire, à quoi bon ?

— Je ne t'ai pas raconté cette histoire pour susciter ta compassion, poursuivit-il. Simplement, comme tu m'as demandé ce que je pensais de l'amour… Ma mère a épousé mon père par amour. Elle est restée avec lui par amour, ou plutôt parce qu'elle a confondu amour et sacrifice. Et l'amour l'a tuée. Mais il n'a pas changé mon père. Lui est resté dans les ténèbres. On dit que l'amour rachète les hommes, mais certains sont au-delà de toute rédemption.

— Tu te sens coupable, Diego ?

— Disons plutôt que je m'accroche à la culpabilité. Je suis capable d'en éprouver, et c'est sans doute la seule différence qui existe entre mon père et moi.

— Te sens-tu coupable de m'avoir enlevée ?

Un vide étrange l'envahit.

— Non, reconnut-il. C'est cela qui est inquiétant, parce que je ne regrette rien. Tu m'appartiens, Liliana.

— Oui, je sais. Tu n'arrêtes pas de me le rappeler.

— Cela t'ennuie ? Je t'effraie ?

Elle le regarda en secouant la tête.

— Non. Mais il faut que tu comprennes que… Si je t'appartiens, cela implique que… tu m'appartiennes aussi.

Sur ces mots, elle l'embrassa. Il aurait dû l'en empêcher. Lui demander si elle avait bien écouté ce qu'il lui avait raconté. Lui interdire de prononcer encore le mot *amour* et de l'embrasser avec une telle tendresse, alors qu'il s'acharnait à lui faire comprendre qu'il était un monstre.

Mais Diego n'en fit rien. Il se laissa embrasser, entraîner dans ces lieux où rien n'existait hormis la volupté. Là, ils n'étaient plus qu'un tout indissociable.

Puis il succomba au désir de la posséder et ils firent à nouveau l'amour. Toute la nuit.

8

Elle avait passé deux semaines avec Diego. Dans ses bras. Dans son lit. Et Liliana ne savait plus du tout qui elle était. Cela ne la dérangeait pas le moins du monde. En vérité, elle préférait cette nouvelle version d'elle-même à l'ancienne. Elle riait plus souvent, par exemple. Se sentait audacieuse.

La veille au soir, au cours du dîner, elle s'était assise sur les genoux de Diego et l'avait nourri avec ses doigts. Ensuite, il les avait léchés, puis l'avait assise sur la table et l'avait léchée partout.

C'était un homme étrange, compliqué, et empli de ténèbres. Mais pas seulement. Il avait besoin qu'elle le touche. Plusieurs fois par jour, elle voyait une sorte de fébrilité s'emparer de lui et, dès qu'elle posait la main sur son bras ou son épaule, il se calmait instantanément.

Dans ces moments-là, Liliana songeait au jeune garçon qu'il avait été. Celui qui avait mis le feu au hangar de son père pour trouver un exutoire à sa colère. Le petit garçon avait perdu sa mère, la douceur d'être aimé.

Diego croyait à l'amour uniquement pour honorer la mémoire de sa mère. Liliana l'avait compris. Comme elle avait compris qu'il était convaincu de ressembler à son père et donc d'être perverti et incapable d'aimer.

Elle voulait changer cela, mais ignorait comment procéder.

Alors elle le touchait, le caressait le plus souvent possible. La nuit, elle le tenait serré contre elle quand il dormait. Elle lui appartenait et lui faisait comprendre qu'il était à elle.

Ce jour-là, il s'était montré particulièrement maussade sans qu'elle sache pourquoi. Elle se trouvait à présent dans la bibliothèque et lisait un roman, quand il entra en trombe, l'air plus sombre que jamais.

— Prépare un sac de voyage.

— Pourquoi ?

— Nous retournons sur le continent.

— Pourquoi ? répéta-t-elle d'une voix mal assurée.

Voulait-il se débarrasser d'elle ? Leur mariage était-il déjà arrivé à son terme ? Deux semaines ne pouvaient pas avoir persuadé son grand-père de la légitimité de leur union.

Brusquement, la perspective d'avoir de l'argent, d'être libre et indépendante, mais sans Diego, lui parut affreusement triste.

— Nous allons assister à un mariage, dit-il d'un ton neutre.

— Un mariage ?

— Oui, celui de Matías. Il épouse la fille d'un éleveur réputé.

— Ah…

— Cela t'ennuie ?

Cette fois, sa voix avait pris un accent presque sauvage.

— Pourquoi cela m'ennuierait-il ? Je suis mariée avec toi.

— Temporairement.

Le mot lui fit l'effet d'un coup de couteau en pleine poitrine.

— Oui, je suppose.

— Je pensais que cela pourrait t'incommoder de voir ton ex-fiancé en épouser une autre.

— Tu sais qu'il n'a jamais été mon amant. Que nous n'avons pas entretenu de relation intime.

— Cela te dérange-t-il d'assister à son mariage ?

— Non. Sauf si tu envisages de me laisser là-bas sans toi.

Une expression suffoquée empreignit les traits de Diego.

— Pourquoi ferais-je une chose pareille ?

— Tu te comportes de façon bizarre.

— Parce que je…

Liliana se rendit compte des implications de ce mariage : Diego ne toucherait pas tout l'héritage. Les deux frères se le partageraient. Et, étant donné que Diego l'avait prise à Matías pour empêcher un tel partage, il fulminait.

— C'est l'héritage qui te perturbe ?

— Pardon ? fit-il, l'air sincèrement confus.

— Oui, tu vas devoir le partager avec Matías, maintenant.

— En effet. Mais peu importe, de toute façon. Je n'en ai pas besoin.

— Tu le hais, ton frère ? ne put-elle s'empêcher de demander.

— Non. Je ne le comprends pas. Et c'est réciproque.

— Qu'est-ce que cela peut te faire qu'il se marie, alors ?

Un rire sardonique jaillit des lèvres de Diego.

— Mon père nous a torturés. Il nous a privés de notre mère, de la façon la plus cruelle et la plus brutale qui soit. À présent, mon grand-père se livre avec nous à des petits jeux malsains. Je n'aime pas que l'on contrôle ma vie. Ni être manipulé.

— Pourtant, tu l'as laissé faire, fit-elle remarquer. Puisque tu m'as épousée.

— J'ai gagné.

— Qu'est-ce qui t'embête, alors ?

Il demeura silencieux.

— Tu crains encore que je m'enfuie, Diego ?

— Ce qui s'est passé ici ne m'a pas paru réel, dit-il d'une voix lugubre.

Ses paroles résonnèrent profondément en Liliana. Là, seuls tous les deux sur cette île, ils formaient une forteresse.

Une forteresse indestructible. Mais une fois exposés au monde extérieur…

Elle pressentait que leur union deviendrait terriblement vulnérable.

Aux yeux de Diego, elle représentait une nouveauté. Or la nouveauté n'a qu'un temps.

— Ce qui s'est passé ici a été aussi réel que tout ce que j'ai vécu auparavant, dit-elle doucement. Mais à la différence près que cette fois je l'avais choisi.

— Choisi ? Je t'ai enlevée. Amenée ici. Et je ne t'ai certes pas demandé ta permission.

— Non, c'est vrai. Mais je me suis donnée à toi de mon plein gré, la première fois, et toutes celles qui ont suivi. Par conséquent, oui, j'ai choisi ce que j'ai vécu avec toi.

— Ce que tu as vécu, c'est du sexe, répliqua-t-il d'une voix dure.

— OK. C'est du sexe. Je dirais même du très bon sexe. Mais cela ne le rend pas moins réel. Et cela ne change rien au fait que je l'aie choisi.

— Cela ne rend pas ce choix plus sensé pour autant.

Liliana lui posa la main sur la joue.

— Était-ce sensé de ta part de m'enlever ?

Son regard sombre fouilla le sien, puis il tourna la tête pour lui embrasser la paume.

— De toutes les choses que j'ai faites, t'enlever a peut-être été la plus sage.

— Allons à ce mariage, dit-elle. Je serai très heureuse de m'y montrer en tant que ton épouse.

Dès l'instant où il posa le pied sur la terre sèche et craquelée du haras, Diego eut le ventre noué. Il n'avait pourtant rien éprouvé de tel en y revenant pour enlever Liliana. La détermination avait alors guidé ses pas, ainsi que le désir de la posséder enfin. À présent, il se sentait rongé par les souvenirs. Ces lieux renfermaient tant d'images merveilleuses et horribles.

La maison n'avait pas changé. Toujours le même toit rouge et les mêmes ornementations en fer forgé. Toujours le même environnement aride et sauvage où la seule tache de verdure était la pelouse s'étirant devant la haute bâtisse. Le reste n'était que vignes enchevêtrées et oliviers aux troncs clairs paraissant presque transparents dans la chaleur de la mi-journée.

Quand il s'était cru seul héritier, il avait envisagé de tout faire brûler, d'achever la destruction entreprise autrefois. Mais maintenant qu'il se trouvait là avec Liliana, Diego ne pouvait s'empêcher de se demander ce qu'elle penserait d'une telle folie.

— Tu aimes cet endroit ? demanda-t-il tandis qu'ils se faufilaient entre les chaises et les tables installées en plein air.

— Oui.

— Tu le trouves beau ?

Elle s'arrêta pour le regarder.

— Pourquoi ?

— Parce que si tu l'aimes, je devrais veiller à ce qu'il soit préservé.

— Pourquoi en serait-il autrement ?

— Si j'hérite de la propriété, je pourrais avoir envie de ne pas la laisser en l'état.

— À cause de ton père ?

— Oui.

— Pour continuer à détruire son rêve, enchaîna-t-elle.

Liliana le connaissait si bien. Elle le comprenait, à sa façon douce et attentionnée, alors qu'il ne méritait pas un tel traitement.

— Oui, acquiesça-t-il d'une voix rauque. Je pourrais tout

faire brûler jusqu'à ce qu'il ne reste plus que des cendres, par exemple, non ?

— Est-ce que ta mère…

Elle s'éclaircit la gorge.

— Est-ce qu'elle est morte ici ?

— Oui, sur cette terre même. D'où mon envie de tout faire disparaître.

— Matías aime beaucoup cet endroit, dit-elle avec calme. Je n'ai pas eu l'occasion de vraiment le connaître. J'avais souvent l'impression qu'il était davantage mon gardien qu'autre chose. Nous n'échangions que des banalités. Mais il m'a beaucoup parlé du haras. Il représente tout pour lui. Si ton frère est capable d'éprouver de la passion, elle est concentrée entièrement sur ces lieux. Si tu détruis la propriété, tu détruiras en même temps ses rêves. Pas ceux de ton père.

Quelque chose frémit en Diego.

— Tu oublies que j'ai enlevé sa fiancée. Tu penses que son amour pour cet endroit pourrait me dissuader d'y toucher ?

— Tu me désirais, répliqua-t-elle en lui posant la main sur le bras. C'est différent. Concernant le haras… tu devrais pouvoir en obtenir une partie. Mais si tu le veux uniquement pour le *détruire*… Tu ne m'as pas enlevée pour me détruire.

Chaque fois qu'elle le touchait, le calme se faisait en lui. Au contact de sa main fine, il ressentait des choses qui se trouvaient d'habitude hors de sa portée. Et alors, il regrettait de ne pas… pouvoir y accéder davantage. Par lui-même. Ce qui était absurde.

— Cela ne veut pas dire que ce ne sera pas le résultat final.

— Tu as dit que tu ne haïssais pas Matías, dit-elle doucement.

Non, en effet. Mais parfois… ce qu'il éprouvait pour son frère ressemblait fort à de l'envie.

Parce que Matías paraissait être entier. Indemne.

Au moment où Diego avait lu l'annonce de son mariage sur Internet, la jalousie l'avait presque étouffé. Pourquoi son frère aurait-il droit à l'amour ? Après tout ce qu'ils avaient traversé ? Lui-même n'y aurait jamais accès. Que Matías puisse l'avoir trouvé était injuste. Ensuite, Diego avait réalisé qui était la nouvelle fiancée.

Camilla Alvarez. La fille de Cesar Alvarez, récemment décédé. Matías avait racheté le haras du défunt et Diego trouvait un peu trop commode que Camilla et lui soient soudain tombés amoureux.

Aussi avait-il décidé de creuser la question au cours de la journée. Pourquoi remettre la chose à plus tard ? se demanda-t-il tout à coup. Autant s'en occuper maintenant.

— Attends-moi ici, dit-il à Liliana. Je reviens tout de suite. Et ne t'avise pas de t'enfuir : n'oublie pas que je peux détruire ton père d'un simple coup de fil.

Elle ne répliqua rien, mais un éclat blessé traversa les beaux yeux bleus.

La menace n'était pas nécessaire, Diego le savait. Mais il n'avait pu s'empêcher de la proférer. De lui rappeler qu'il était un monstre.

Laissant Liliana installée sur une chaise, il se dirigea vers la maison d'un pas déterminé. Quand il ouvrit la porte, ce ne fut pas son frère qui se tenait dans le hall comme il s'y attendait. C'était une femme, immobile et lui tournant le dos. Celle qu'il avait vue en photo avec Matías. Les cheveux très courts, elle était plutôt grande, svelte et bien faite.

— Eh bien ! lança-t-il d'un ton sarcastique. Quelle mariée époustouflante !

Elle pivota sur elle-même d'un mouvement vif et gracieux, les yeux écarquillés d'effroi, comme si elle se retrouvait face à un monstre. Ce en quoi elle n'avait pas tort, d'ailleurs.

— Vous êtes Diego, je suppose ? demanda-t-elle, crispée.

— Ne prenez pas cet air mélodramatique, répliqua-t-il en

s'avançant vers elle. J'avoue que je suis impressionné par la réactivité de mon frère. Ses scrupules l'empêchent souvent de remporter bien des victoires, mais, pour ma part, je n'ai jamais compris pourquoi il s'imposait de telles limites.

— Je ne sais pas de quoi vous parlez. Matías et moi, nous nous aimons. Nous nous aimions déjà avant le départ de Liliana. Son renoncement n'a fait que nous arranger.

Elle mentait bien, la belle. Ou alors… Diego se demanda jusqu'à quel point cette prétendue histoire d'amour était authentique. En tout cas, leur liaison ne pouvait pas être très ancienne. Matías était bien trop honnête pour avoir envisagé d'épouser Liliana alors qu'il fréquentait une autre femme.

— C'est une très belle histoire. Mais je l'avais déjà lue dans la presse. Vous savez, mon frère se targue d'être un homme bon, mais au fond il n'est pas différent de moi. Il se contente de s'entourer de principes moraux lorsque ça l'arrange, ce que de mon côté je n'ai jamais jugé nécessaire. Il décide que certains actes sont *bons* et d'autres *mauvais*. Il estime que ses motivations sont plus justes que les miennes et que par conséquent il doit remporter la victoire et hériter du patrimoine familial. Quant à moi, je n'ai besoin d'aucune motivation autre que mon désir de gagner. D'être satisfait. Mais je ne prétends pas être *bon* – à quoi cela me servirait-il ?

— Est-ce ce désir de gagner qui vous a conduit à emmener Liliana ?

Elle avait le sens de la répartie, en plus…

— Elle ne représentait qu'un moyen me permettant d'arriver à mes fins. Comme le reste.

— Est-elle partie avec vous de son plein gré ? Ou l'avez-vous enlevée ?

— Oh ! je l'ai bien enlevée, répondit Diego avec un petit rire moqueur. Mais elle s'est vite laissé convaincre de m'épouser. J'ai simplement dû lui demander de mentir à Matías pour qu'il cesse de la faire rechercher. Il n'est pas très confiant. Il a cru si rapidement à la trahison. C'est une faiblesse, à mon avis. À votre place, je surveillerais la chose. S'il apparaissait maintenant, je suis certain qu'il vous submergerait de questions. Surtout s'il entrait dans le hall au moment où je vous prenais dans mes bras.

Quand il fit un nouveau pas vers Camilla, elle recula.

— Ne vous approchez pas. Vous n'êtes qu'un scélérat.

Cette fois, il éclata franchement de rire.

Elle ne soupçonnait pas jusqu'où allait sa scélératesse…

— C'est vous qui le dites. Mais un scélérat n'en est pas moins le héros de sa propre histoire. J'ai lu cette phrase quelque part et elle me plaît. Bien que je n'aie pas plus que cela envie d'être un héros. Je me contente d'atteindre mes objectifs.

— Eh bien, vous ne l'atteindrez pas cette fois-ci, puisque Matías et moi allons nous marier aujourd'hui.

— Mais je ne serai pas perdant, riposta-t-il. Parce que j'hériterai de ma part de la fortune familiale. Et si je décide de creuser un peu l'affaire avec mon avocat, je me retrouverai sans doute avec une part de l'entreprise de mon frère, en plus du reste.

En réalité, il s'en fichait éperdument. Cela ne l'avait jamais intéressé, au fond.

— Et puis, Matías a dû s'accommoder d'une fiancée de second choix. Alors, oui, je crois que ma victoire sera assez satisfaisante, sinon complète.

La porte se rouvrit sur une femme de petite taille, toute vêtue de noir, qui le foudroya du regard avant de dire à Camilla :

— Venez, c'est le moment !

— Je ferais mieux d'aller rejoindre les invités, fit Diego. Ah, une dernière chose, avant de vous quitter : mon frère a beau se croire le meilleur des hommes, ne lui faites pas confiance. Il ne vous aimera jamais. Parce que les hommes de notre famille sont incapables d'éprouver ce genre de sentiment.

Sur ces paroles, il se détourna, traversa le grand hall et sortit de la maison en clignant des yeux, ébloui par le soleil.

Il retrouva Liliana là où il l'avait laissée, assise sur sa chaise à l'attendre sagement. Quand il se rapprocha, elle leva les yeux vers lui et sourit d'un air extasié au lieu de le regarder avec tout le mépris qu'elle aurait dû ressentir pour lui.

Jamais il n'aurait accès à l'amour, se répéta Diego. Et Matías non plus. C'était impossible. Si, après tout ce qu'ils avaient vécu, son frère pouvait l'atteindre, pendant que lui-même vivait dans les ténèbres…

Lorsqu'il s'arrêta devant Liliana, lui tendit la main puis la laissa lui prendre le bras, il se sentit plus seul que jamais.

Et brusquement, cette solitude abyssale lui parut insupportable.

9

Organisée en plein air, la réception dégageait une atmosphère de gaieté conviviale. Bien que Liliana n'ait pas échangé plus de quelques mots avec l'un ou l'autre, elle se sentait bien au milieu des invités, des villageois pour la plupart, ainsi que tout le personnel du haras et de la maison, naturellement.

Des lanternes blanches se balançaient doucement dans les branches des oliviers entourant une sorte de petite clairière où avait été dressée une grande tente blanche abritant le buffet. À côté se trouvait une estrade sur laquelle jouait un orchestre.

C'était merveilleux de se retrouver là. Liliana n'aurait su expliquer pourquoi, mais elle se sentait libre et heureuse. Et pourtant, Diego, d'humeur noire, paraissait déterminé à ne pas la laisser approcher quiconque, tandis que Matías semblait décidé lui aussi à garder ses distances avec son frère. Et avec son ex-fiancée. Ce que Liliana comprenait parfaitement. D'autre part, elle n'enviait pas du tout sa remplaçante, une jeune femme ravissante. Elle ne l'avait vue que de loin, mais celle-ci avait l'air sincèrement éprise de son époux, avait-elle remarqué, sans éprouver la moindre jalousie.

Matías se donnait beaucoup de mal pour transformer

cette propriété où avait eu lieu l'horrible tragédie qui avait marqué les deux frères à tout jamais. La propriété familiale où ils avaient tous les deux souffert. Il voulait l'expurger des souvenirs atroces, et Liliana l'admirait pour cela.

De son côté, Diego ne pouvait envisager de tirer un trait sur le passé. Il ne voyait dans ces lieux que d'obscures ténèbres.

— Je vais goûter au gâteau, il a l'air délicieux, dit-elle en lui caressant doucement la joue dans l'espoir de chasser les images qui l'obsédaient sans doute.

Mais cela ne fonctionna pas. Elle laissa glisser ses doigts sur la mâchoire volontaire, le menton, effleura la belle bouche sensuelle. Diego tourna les yeux vers elle.

— Tu en veux aussi ? demanda Liliana.

Une lueur farouche traversa les yeux sombres.

— Ce que je voudrais, c'est rentrer à l'hôtel, dit-il.

Elle savait pourquoi il avait envie de regagner Barcelone. Faire l'amour représentait pour lui le seul moyen d'échapper à ses démons, le temps d'une étreinte. Elle le comprenait et cette perspective était loin de lui déplaire, mais elle désirait rester là avec lui. Au milieu des invités. En tant que sa femme.

— Oui. Nous allons rentrer. Bientôt. Mais avant de partir, j'aimerais goûter au gâteau, insista-t-elle.

— Je t'en prie, *mi tesoro*. Je m'en voudrais de gâcher ton plaisir.

Liliana ne désirait pas le quitter. Pas maintenant. Elle *sentait* la souffrance qu'il éprouvait à se trouver là.

— Tu veux bien danser avec moi, d'abord ?

Une expression étrange envahit ses traits.

— Tu veux danser avec moi ?

— Oui. Mais je ne sais pas danser…, le prévint-elle. Tu vas devoir m'initier. Comme tu m'as initié à… d'autres choses.

Ses paroles semblèrent le galvaniser. Il lui passa le bras

autour de la taille, la serra contre lui et la conduisit vers la piste de danse.

Puis il la prit dans ses bras et l'entraîna d'un mouvement rapide et gracieux. Étroitement enlacés, ils évoluaient parmi les couples d'invités, au rythme de la musique. La sensation était grisante. Liliana avait l'impression de voler.

Quand ils s'immobilisèrent, elle le repoussa légèrement et posa la main sur son torse chaud. Son cœur battait à toute allure. Comme après l'amour.

Ils restèrent un long moment à se dévisager en silence, jusqu'à ce que Liliana se rende compte que tous les regards étaient tournés vers eux. Diego la lâcha tandis qu'elle regardait autour d'elle, gagnée par une sensation de malaise.

Plusieurs hommes âgés, de toute évidence des villageois, toisaient ouvertement Diego, le regard dur. Puis ils regardèrent Liliana et dans leurs yeux elle lut de la pitié.

Confuse, elle soutint leurs regards, ne comprenant pas leur attitude.

— Va chercher ton gâteau, *mi tesoro*, dit Diego.

Il fixait un point situé derrière elle, mais Liliana ne se retourna pas. Après avoir acquiescé d'un hochement de tête, elle s'écarta de lui et se dirigea vers la grande tente blanche, en proie à un horrible sentiment d'abandon.

Quand il l'avait laissée seule avant la cérémonie, elle avait ressenti la même impression. Était-il allé voir son frère ? Et si c'était le cas, que s'étaient-ils dit ? Elle ignorait pourquoi Diego avait tenu à venir à ce mariage. Peut-être avait-il voulu prouver à son grand-père qu'il était bien marié.

Était-il parti à la recherche de celui-ci ? De son côté, elle n'avait aperçu aucun invité susceptible d'être l'aïeul des deux frères.

— Señora Navarro.

Arrivée devant la table où trônait le gâteau de mariage

déjà bien entamé, Liliana se retourna et se retrouva face à Maria, la gouvernante de Matías.

— Bonjour, Maria.

— Je ne peux pas croire que vous ayez épousé cet homme, répliqua la gouvernante en secouant la tête.

— Je… Je suis désolée d'avoir causé des désagréments à Matías. Vraiment. Mais Diego…

— C'est un assassin, l'interrompit Maria. Mais je doute que votre cher époux vous l'ait avoué.

Liliana eut l'impression que son esprit se vidait. Puis elle se sentit envahie par une rage formidable.

— Vous vous trompez, affirma-t-elle en carrant les épaules. Comment osez-vous dire une chose pareille ? Enfant, il a souffert des mauvais traitements infligés par son père et maintenant vous l'accusez d'être aussi mauvais que lui ?

— Il l'est, décréta la gouvernante.

— Je vous interdis de porter un tel jugement sur mon mari, rétorqua Liliana d'une voix tremblante. Cette propriété est autant la sienne que celle de Matías ; par conséquent, vous n'avez pas le droit de l'insulter chez lui.

— Il a tué sa première femme, continua Maria sans tenir compte de ses paroles. Tout le monde le sait, ici. J'espère que vous le contentez au lit, sinon vous risquez de connaître le même sort.

Une première femme ? Diego n'avait jamais fait allusion à un précédent mariage.

J'ai eu droit à pire. Si cela vous intéresse, allez faire un tour sur Internet.

Les mots de Diego résonnèrent dans son esprit, se mirent à tournoyer dans sa tête. Peu importaient ces accusations absurdes. Elle connaissait Diego. Elle savait qu'elles étaient infondées.

— Vous savez où il était, avant la cérémonie ? poursuivit la gouvernante. Il menaçait la mariée, juste avant qu'elle n'aille rejoindre Matías. Il a dit qu'il n'avait qu'un seul but : gagner. Si c'est l'argent du grand-père qu'il veut, vous ne craignez peut-être rien. Mais s'il a autre chose en tête, je me méfierais, à votre place. Il est foncièrement mauvais. C'est un monstre. Il l'a toujours été. Les gens qui travaillent ici depuis longtemps le savent. Matías est un homme droit et bon. Il a refusé de suivre la voie tracée par son père, envers et contre tout. Il ressemble à sa mère. Diego à son père. Au village, tout le monde vous le dira. Ils se souviennent. Ils savent qu'il est responsable de la mort de Karina Navarro, de la même façon que le père était responsable de la mort d'Elizabeth Navarro. Demandez-lui. Demandez-lui et vous verrez bien ce qu'il vous raconte. Mais ne le faites pas sans témoins.

Liliana sentit la tête lui tourner. Un goût de nausée lui monta aux lèvres. Impossible d'imaginer Diego faisant du mal à quiconque, encore moins à une femme. Elle le *connaissait*, de manière intime, se répéta-t-elle sauvagement. Et il comptait énormément pour elle. Plus que tout au monde. Jamais elle n'aurait pu s'attacher à un meurtrier.

Mais pourquoi était-il allé parler à Camilla ? Qu'avait-il en tête à ce moment-là ?

Tout désir de goûter au gâteau l'avait quittée. Elle voulait obtenir des réponses aux questions qui lui taraudaient l'esprit.

Sortant de la tente, elle traversa la pelouse et alla rejoindre son mari.

— Je désire m'en aller.

Il la regarda en plissant les yeux.

— Pourquoi ce changement d'avis ?

— Il faut que nous parlions.

— Je vois, fit-il avec un petit sourire sardonique. Quelqu'un du village est venu te renseigner sur l'homme que tu as épousé ?

— En quelque sorte.

— Nous pouvons parler ici.

— Non. Inutile de nous donner en spectacle.

— Pourquoi pas ? J'adore être le point de mire.

— Pas moi. Et ce dont je veux parler avec toi ne regarde que nous.

— Le but de ce petit voyage était de nous montrer, *mi tesoro.* Ce sera encore plus réussi si nous nous donnons en spectacle, tu ne trouves pas ?

Évidemment. Il était venu au mariage de son frère par pure provocation, pour se montrer avec celle qui aurait dû être la mariée. Elle était stupide de ne pas l'avoir compris. Mais Liliana n'y avait même pas songé, parce que, pour elle, Matías appartenait au passé. Définitivement. Et que désormais une seule chose importait à Liliana : son propre mariage. Avec Diego. Ce sentiment était si puissant qu'elle s'était imaginé qu'il l'éprouvait lui aussi.

Quelle idiote.

— Peut-être pour toi, répliqua-t-elle en redressant le menton. Mais pas pour moi. Je suis venue pour m'afficher à ce mariage au bras de mon époux.

— Notre mariage n'est pas réel, *mi tesoro.* C'est toi qui en as décidé ainsi.

— Peu importe. Quelle que soit la durée de notre mariage, cela ne regarde personne d'autre que nous. Sur l'île, il n'y avait que toi et moi, Diego.

Pas de passé. Pas de Matías ni de Camilla. Pas de gouvernante furieuse déterminée à gâcher l'image qu'elle s'était faite de son époux.

Elle l'avait pressenti. Elle avait su que, dès l'instant où ils se retrouveraient confrontés au monde extérieur, la dure réalité referait surface. L'horrible réalité qu'elle refusait de regarder en face. C'était stupide, illusoire, mais Liliana préférait l'univers qu'elle s'était créé.

— Très bien, allons-nous-en, dit Diego d'une voix dure en lui prenant le bras.

Quelques instants plus tard, ils avaient quitté la réception et remontaient à bord de la voiture de sport glamour de son mari.

Aussitôt installé au volant, il mit le contact, fit vrombir le moteur et le véhicule bondit sur l'allée.

— Ne t'inquiète pas, dit-il sans la regarder. J'ai participé à quelques courses automobiles, autrefois.

— Peut-être, mais sur des circuits, pas sur une route nationale.

— Partout ! répliqua-t-il en riant. Tu as mené une existence tellement protégée, Liliana. Tu ne soupçonnes vraiment pas quel genre d'homme je suis. Ou peut-être refuses-tu de l'admettre.

Ces paroles lui firent mal. Parce qu'il avait touché juste.

Soudain, elle eut peur. Vraiment peur. Pour la première fois, elle redouta que Diego ne corresponde pas du tout à l'image qu'elle s'était créée de lui.

Elle s'était laissé éblouir par le sexe, par la voix charmeuse, les mains expertes, la bouche de son merveilleux amant. Par les nuits brûlantes partagées avec lui.

Se croyant plus fine, plus intelligente qu'elle ne l'était en réalité, elle avait été victime de ses propres désirs.

Le reste du trajet se déroula dans le plus grand silence, tandis que la lumière des phares trouait l'obscurité. Puis ce fut l'autoroute, toujours sans qu'ils échangent un mot.

Après avoir traversé la banlieue de Barcelone, ils gagnèrent rapidement le quartier chic où se trouvait l'hôtel.

Diego se gara devant l'établissement brillamment éclairé et tendit les clés au voiturier.

Insensible au luxe qui les entourait, Liliana se dirigea avec son mari vers l'ascenseur. À leur arrivée, ils n'avaient pas pris le temps d'explorer la vaste suite avec terrasse, et elle n'allait sans doute pas davantage en profiter maintenant.

Dès que la porte se fut refermée derrière eux, Diego se retourna et la regarda dans les yeux.

— Vas-y. J'attends tes accusations.

— De quoi suis-je censée t'accuser ?

Il le savait, comprit Liliana avec un frisson. Ou bien parce qu'il était au courant des rumeurs… Ou bien parce que celles-ci étaient avérées.

— Il ne s'agit pas d'un jeu, Liliana. Dis-moi ce que tu penses de moi maintenant. Dis-moi ce qu'on t'a raconté sur le sinistre individu que tu as épousé.

— Pourquoi es-tu allé voir Camilla ? Pour l'intimider ? Dans quel but ? Pourquoi t'en prendre à elle ?

— Pour être à la hauteur de ma réputation, *mi tesoro.* Tout le monde aurait été déçu, si je n'avais pas au moins proféré quelques petites menaces, non ? Ça aurait été nul, comme prestation.

— Pourquoi ? Pourquoi es-tu obsédé par l'idée que tout le monde te considère comme un salaud ? Un monstre ?

— OK, je réponds à ta question. Je voulais en avoir le cœur net, savoir ce qu'il en était vraiment de ce mariage. Je voulais voir si Matías avait trouvé une femme capable de tomber amoureuse de lui.

Un profond mépris avait coloré sa voix. Ainsi que de la haine.

— Et alors ? Tu es satisfait de tes conclusions ?

Il la regarda en fronçant les sourcils, manifestement choqué par sa réaction.

— Je trouve quelque peu injuste que mon frère puisse échapper à ce que nous avons vécu. Qu'il s'en soit sorti. Qu'il ait trouvé l'amour. Une vraie femme. Qu'il vive dans cette propriété maudite et ait entrepris de la purger du passé.

— Pourquoi est-ce injuste ?

— Je ne peux rien sauver, rien restaurer. Je n'ai pour seule ressource que de me débattre dans les ténèbres léguées par mon père. Matías est différent. Il a hérité de notre mère. Je n'ai jamais compris *pourquoi*. J'ai toujours trouvé cela injuste.

— La *vie* est injuste, Diego. Tu ne t'en es pas encore rendu compte ?

Un son étouffé jaillit de ses lèvres.

— C'est un peu fort, venant d'une petite fille riche ! rétorqua-t-il en se détournant avant de se mettre à arpenter la pièce comme un lion en cage.

— Ma mère est morte en me mettant au monde, répliqua Liliana avec calme. Je ne l'ai jamais connue. Je n'en ai pas eu la possibilité. Et elle n'a jamais pu tenir son enfant dans ses bras. Tu peux me dire en quoi c'est juste, Diego ? Mon père n'en a pas profité pour me servir de père et de mère à la fois. Il ne m'a pas aimée doublement pour compenser la perte. Non, il en a profité pour me manipuler à sa guise. Alors, parle-moi encore de ma vie de petite fille gâtée. Ou de ce qui est juste…

— J'ai essayé, dit-il d'une voix lugubre. J'ai essayé de surmonter mon passé. D'aimer. Cela n'a abouti à rien. Cela n'a fait que renforcer la noirceur en moi. Et autour de moi.

— Que s'est-il passé, Diego ? Dis-le-moi.

Elle ne le lâcherait pas. Elle *voulait* connaître la vérité. Quitte à découvrir quelque chose d'horrible.

— J'ai déjà été marié, autrefois.

Non. Il mentait. Maria ne pouvait pas avoir dit vrai. Liliana refusait de le croire, de toutes ses forces.

— Tu ne m'en avais jamais parlé.

— Je n'aime pas parler de Karina. Mais elle représente l'un des sujets favoris des conversations entre villageois. Ils croient détenir la vérité, tout savoir sur elle et sur moi.

Il secoua la tête.

— Ils sont convaincus qu'il s'est passé la même chose qu'avec mon père, et parfois je me demande… Je *voulais* être amoureux, Liliana. Je voulais croire que je pouvais échapper à moi-même. J'avais passé des années à vivre dans la débauche, pour tenter d'oublier. J'étais persuadé que, si je rompais tous les liens, je pourrais au moins épargner ceux qui m'entouraient. Et puis, je me disais qu'à force je finirais peut-être par me détruire complètement dans le processus. Et alors tout le monde serait tranquille.

Les mots jaillissaient de ses lèvres comme malgré lui. Mais il ne répondait pas à la question qui hantait Liliana.

— Et Karina ? Tu l'as tuée ?

— Oui.

10

Le monde bascula autour d'elle. Liliana sentit le sol vaciller sous ses pieds.

— Diego… Je ne peux pas…

C'était impossible. Absurde. Son mari n'était pas un agneau, certes, mais elle ne pouvait pas l'imaginer dans la peau d'un meurtrier. Sauf si c'était son père qu'il avait tué, à la rigueur. Elle aurait très bien pu concevoir qu'il mette cet homme cruel et violent hors d'état de nuire.

Mais une femme ? Sa propre épouse ? Non. Elle ne pouvait le croire. Cette pensée lui donnait envie de fuir. D'aller se cacher quelque part. Loin de tout cela. De lui. Mais elle devait affronter la réalité, et Diego. La petite fille protégée n'existait plus. Elle était devenue une femme, indépendante et maîtresse de sa destinée.

— Diego, reprit-elle d'une voix raffermie. As-tu vraiment tué ta femme ?

— Pas de mes propres mains. Mais elle est partie avec le pire des lâches à cause de moi. Elle l'a préféré à moi.

Un soulagement immense envahit Liliana. Il ne l'avait pas tuée. Pas vraiment, en tout cas.

— Tu veux bien commence par le début, s'il te plaît ?

— Ce n'est pas une belle histoire et tu n'en aimeras pas

l'épilogue. Apparemment, tout ce que j'aime, ou voudrais aimer, connaît un sort tragique.

— Diego…

— Je l'ai épousée. Elle comptait pour moi. Elle est morte, dit-il d'un ton affreusement neutre. À quoi bon te raconter les détails ?

— J'en ai besoin. Parce que tu comptes pour moi. Et je veux savoir…

— Nous avons été mariés pendant deux années. C'est tout. J'avais vingt-cinq ans, elle vingt-sept. Nous nous étions rencontrés dans un club, défoncés tous les deux. Le désir a été immédiat. Elle n'avait peur de rien et était sans doute la seule personne à être plus casse-cou que moi, dans tous les domaines. Comment aurais-je pu ne pas être fasciné par elle ? J'ai cru… J'ai cru avoir trouvé une issue. Ma mère était douce. Elle avait aimé mon père en dépit de tout ce qu'il lui faisait subir. Alors je me disais que, si je trouvais une femme qui soit mon égale en matière de débauche, cela fonctionnerait peut-être entre nous. Mais notre mariage s'est avéré néfaste. Même le sexe semblait avoir été perverti dès le départ.

Liliana frémit à la pensée de Diego faisant l'amour avec une autre femme. Mais elle se ressaisit aussitôt. Comment pouvait-elle être jalouse d'une morte ? D'autant que la liaison de Karina et de Diego n'avait dû les rendre heureux ni l'un ni l'autre.

— Au bout d'un an et demi, elle est tombée enceinte.

Cette fois, ces paroles l'atteignirent en plein cœur. Une autre femme avait porté l'enfant de Diego…

— Je n'avais jamais voulu avoir d'enfant, poursuivit-il. Mais j'étais… heureux. Même si Karina et moi ne filions pas le bonheur parfait, je pensais que cela nous aiderait à trouver un équilibre. Oui, j'étais heureux à la perspective d'avoir un enfant.

— Mais tu ne…

— Non. Je n'en ai pas. Parce que au sixième mois de grossesse, Karina m'a annoncé qu'elle me quittait. Ma femme enceinte s'était trouvé quelqu'un d'autre. Un homme qu'elle me préférait. Qu'elle jugeait plus aimable que moi et mes humeurs sombres.

— Que s'est-il passé ? demanda doucement Liliana.

— Les gens croient que je l'ai tuée alors que la vérité se réduit à un banal accident de voiture. Banal et néanmoins fatal pour Karina.

Il s'interrompit un bref instant avant d'ajouter :

— On l'a trouvée seule dans le véhicule. Et assise côté passager. C'est pour cela que les gens croient que je l'ai tuée.

— Comment cela ?

— Elle était avec son amant. Cet homme est vivant et se porte bien, mais il n'avouera jamais le rôle qu'il a joué dans ce drame. La vérité, c'est qu'il était défoncé et a embouti la voiture dans une paroi rocheuse. Le choc a eu lieu du côté passager. Et le salaud s'est enfui. Il est sorti du véhicule et a filé, abandonnant sa maîtresse enceinte à une mort certaine. Il a laissé mon enfant mourir lentement dans son ventre. Karina n'était certes pas un ange, mais elle ne méritait pas un sort aussi cruel. Quant à mon enfant, il était complètement innocent, lui. Le seul à l'être dans ce tissu de saloperies.

Son regard s'assombrit encore.

— Tu vois, je ne peux pas échapper à cette noirceur qui m'habite. Quoi que je fasse. Tout ce que je touche périt. Alors, oui, on peut me traiter d'assassin.

— Comment peux-tu dire une chose pareille ? Cela n'a rien à voir, Diego. Tu ne…

— Elle m'a préféré un lâche capable de la laisser crever toute seule dans une voiture, Liliana.

— Je déteste dire du mal des absents. A fortiori des

disparus. Mais ta femme me paraît avoir été une sacrée idiote. Tu n'es en rien responsable de ses mauvais choix.

— Et pourtant, elle est partie. Et mon enfant aussi…

— Je suis désolée, murmura Liliana. Pour ce petit être innocent. Et je suis encore plus désolée que tout le monde t'accuse à cause de ton père.

— Ils m'accusent parce qu'ils devinent, à juste titre, que j'ai été un mari détestable. Peu importe que j'aie tué Karina de mes propres mains ou qu'elle soit morte en me quittant. Il n'en demeure pas moins que je porte la responsabilité de sa mort et suis par conséquent un meurtrier.

— Non, Diego. Tu n'es pas un meurtrier.

— Un ravisseur. Un scélérat. Un maître chanteur.

— Tu t'es montré délicat envers moi. Tu as tout fait pour que je me sente bien dans le manoir, tu as pensé aux livres. Tu m'as parlé. Tu m'as fait découvrir le plaisir. Tu m'as interrogée sur moi, sur ma vie, alors que jusqu'à présent personne ne s'était jamais intéressé à moi. Tu crois que c'est un comportement de monstre, Diego ? D'assassin ?

— Tu es différente. Tu l'as toujours été à mes yeux. Tu… Tu représentes ce que je crains le plus, Liliana. Et pourtant, je ne supporte pas de m'éloigner de toi. Cela en dit long sur moi.

— Tu as peur de moi ? demanda-t-elle en plissant le front.

— Je te vois comme une trouée de lumière dans ma nuit. Tu me rappelles ma mère. Prends cela comme tu voudras.

Il tentait de salir ce qu'il ressentait. De souiller ce qu'ils avaient partagé, mais elle ne le laisserait pas faire.

— Dis le fond de ta pensée, Diego. Cesse de proférer des menaces, de parler par sous-entendus.

— Ce qui m'a attiré en toi, c'est… C'est comme si j'avais vu un rayon de lumière percer l'obscurité. Mais je sais comment tout se termine. La lumière est consumée. Je sais qui je suis.

— Moi aussi, je sais qui je suis. Et je suis beaucoup plus forte que je ne le pensais. Je ne suis pas la fille vouée à pallier la mort de sa mère. Ni une héritière gâtée et superficielle. Pas plus que je ne suis ta victime. Je ne suis plus Liliana Hart mais Liliana Navarro – et je n'ai pas peur de toi.

— Tu devrais, répliqua-t-il d'une voix rauque. Je brûle tout ce que je touche. Je détruis la beauté. Je brise les choses délicates.

— Non. Tu te crois plus puissant que tu ne l'es. Au fond, tu es un gamin en colère qui n'a jamais appris à lâcher prise, à se libérer de la souffrance vécue autrefois. Mais cela ne te rend pas irrécupérable pour autant. Tu es persuadé d'avoir été marqué à tout jamais par ton père. Tu penses que Matías a été épargné par magie et qu'il a des possibilités dont tu es privé. C'est faux. Tu as le choix, tu es libre de…

— Le choix ? l'interrompit-il d'un ton mordant. Qu'est-ce que j'ai comme choix, dans la vie ? Celui de te garder prisonnière à tout jamais ? De chercher celle dont je tomberai enfin amoureux, avec qui je m'installerai dans une banlieue cossue et avec qui j'aurai des enfants ? Tout petit, j'ai vu ce dont les hommes sont capables. Je haïssais mon père et je continue de le haïr, même s'il n'est plus de ce monde. Et je hais encore plus le fait qu'il m'ait reconnu comme son vrai héritier, son égal. J'ai essayé de dépasser cela. Et je ne recommencerai pas.

— Mais tu souhaitais rester marié avec moi.

— Je voulais te *posséder*, Liliana. Je n'ai jamais désiré t'aimer.

Cette déclaration exacerba la souffrance qui lui ravageait la poitrine. Mais sans pour autant surprendre Liliana. Diego était convaincu depuis des années d'être un monstre. Son identité s'était construite sur ces fondations. Alors, il se protégeait, comme il l'avait toujours fait. Il y avait été contraint dès son plus jeune âge, pour pouvoir supporter l'horrible perte de sa mère. Puis celle de sa femme. Et de son enfant.

Elle comprenait très bien le mécanisme. Parce que, tout en sachant qu'elle n'était pas responsable de la mort de sa propre mère, elle avait trouvé du réconfort dans la culpabilité, un soutien. Cela lui avait donné un but. Et surtout, cela lui avait servi de protection en lui permettant de se retrancher du monde. Et de justifier son dévouement envers son père, sa docilité. Ce faisant, elle ne prenait aucune responsabilité. Ni aucun risque. Elle n'avait pas à faire de choix. Elle se réfugiait dans la bibliothèque et lisait. Observant la vie de loin plutôt que d'y participer.

Diego faisait la même chose, même s'il agissait de son propre chef. Il n'avait plus à obéir à un père, se contentant d'être son héritier, un monstre. De cette façon, il pouvait rendre ce monstre responsable de tout. Notamment de son impuissance à aimer. Alors qu'en réalité il avait *peur* d'aimer. De souffrir. De perdre l'être aimé.

C'était le petit garçon en colère et terrifié qui se débattait en lui. Le gamin voulant tout brûler pour se venger.

Mais l'homme qu'il était devenu la désirait au point de l'enlever. Et maintenant, il se sentait tiraillé entre le désir de se protéger, et celui de la protéger en la retenant prisonnière sur son île.

Toutefois, elle détenait le pouvoir de l'apaiser. De lui faire du bien, ne serait-ce que physiquement. Lorsqu'ils étaient au lit, nus tous les deux, il paraissait en paix avec ses démons intérieurs.

— Tu es *mon* rayon de lumière, dit-elle doucement. Tu ne le comprends pas ?

— Non.

— C'est vrai. Avant de te rencontrer, j'évoluais dans une sorte de grisaille permanente. Ce n'était pas les ténèbres dont tu parles, mais j'errais dans le brouillard. Je ne savais pas qui j'étais ni ce que je voulais. Et tu m'as offert… une possibilité de liberté à laquelle je n'aurais jamais osé songer. Tu as éclairé tous ces endroits obscurs qui béaient en moi. Tu m'as fait découvrir la passion. Alors, non, tu n'es pas l'obscurité, Diego. Pas pour moi.

— Tu ne comprends rien.

— Je comprends ce que j'ai besoin de comprendre…

— Tais-toi. N'oublie pas à qui tu as affaire.

— À un homme qui veut regarder le monde brûler afin que tout disparaisse et qu'il n'ait plus rien à craindre de personne ?

— Si tu tiens absolument à faire fonctionner tes lèvres et ta langue, j'ai une meilleure idée. Ce sera plus agréable pour moi.

Sur ces paroles, il la força à s'agenouiller devant lui. Pour la remettre à sa place, comprit Liliana. Comme lorsqu'il était allé trouver Camilla.

Elle aussi, il avait voulu la remettre à sa place. En jouant son rôle de scélérat.

Perdu. Il était perdu. En dépit de son arrogance, de sa dureté, Diego était désespérément seul et avait besoin que quelqu'un lui tende la main.

Mais il n'était pas encore prêt à le reconnaître. Il s'attendait à la voir se mettre en colère. Se rebeller. Eh bien, elle lui montrerait qu'elle valait mieux que cela. Qu'elle était plus forte qu'il ne le pensait.

Refermant les doigts sur la boucle de la ceinture en cuir, elle la défit lentement, ouvrit la fermeture éclair, puis fit glisser pantalon et caleçon sur les hanches étroites. Ensuite, elle prit le membre ferme et l'attira vers son visage.

— Pas de problème, ce sera très agréable pour moi aussi, dit-elle avant de le prendre dans sa bouche.

Il s'agrippa à ses cheveux, comme pour la forcer à

s'arrêter. Avant de capituler rapidement, la guidant plus qu'il ne cherchait à la repousser.

Quand il laissa échapper une plainte rauque, un sentiment de triomphe envahit Liliana. Il pensait pouvoir la détruire mais il se trompait. *Elle* détenait le pouvoir de le réduire à néant.

Elle redressa la tête et croisa le regard incandescent de Diego.

— Tu m'appartiens, dit-elle farouchement.

Désormais, elle n'avait plus peur de rien ni de personne. La seule chose qui la terrifiait, c'était de vivre sans lui.

Mais quand elle rapprocha les lèvres de la puissante érection, il l'arrêta et lui prit les bras pour l'aider à se relever.

— Assez. J'ai besoin de toi. Tout entière.

— Je suis à toi, dit-elle en commençant aussitôt à ôter sa robe.

Diego la regarda faire, les yeux étincelants de désir. Il ne s'agissait pas que de sexe. Liliana le savait. Le savait-il aussi ? Quand, d'une simple caresse, elle apaisait l'agitation qui le dévorait, elle comblait un vide qui se creusait en lui depuis des années.

Ils étaient seuls depuis si longtemps, tous les deux.

Quand il s'agenouilla devant elle et la débarrassa de la minuscule culotte de soie, puis lui écarta les cuisses, Liliana vacilla légèrement sur ses hauts talons. La tenant fermement par les hanches, il lui prodigua les mêmes caresses que la toute première fois. Il la vénérait, faisant monter le plaisir en vagues de plus en plus puissantes, de plus en plus hautes.

Jusqu'à ce qu'elle se sente unie à lui. Totalement. Ils n'étaient plus deux êtres solitaires mais formaient un tout. Le lien qui les unissait était unique, merveilleux. Éternel.

Diego était tout pour elle. Liliana le sentit au plus profond de son être, de son âme.

Le désir de lui faire partager ce qu'elle ressentait, le

besoin de lui dire ce qu'elle éprouvait pour lui, l'emporta sur la prudence. De toute façon, elle se fichait des conséquences de cet aveu.

— Je t'aime, Diego.

Il redressa la tête, les yeux flamboyants.

— Pardon ?

— Je t'aime, Diego, répéta-t-elle.

Liliana se laissa tomber à genoux devant lui et l'embrassa avec passion.

— Je t'aime, répéta-t-elle encore en écartant les lèvres des siennes.

— Non ! lança-t-il sauvagement.

Il lui prit les poignets et se redressa en l'entraînant avec lui.

— Ne prononce plus jamais ces mots, tu m'entends ?

— Je t'aime, Diego.

— Ne fais pas comme ma mère !

Une expression torturée déformait presque son beau visage.

— Ne m'aime pas, Liliana.

— Tu n'as pas peur de me détruire, Diego. Tu as peur de moi. Peur que *je* te détruise.

Il éclata d'un rire dur et satanique.

— Moi ? Avoir peur de toi ? Impossible, *mi tesoro* – tu es si frêle, si fragile que je pourrais te briser de mes mains.

— Mais tu ne l'as pas fait. Et tu ne le feras pas.

— Ça, tu n'en sais rien, rétorqua-t-il d'une voix sombre. Et moi non plus.

— Si, tu le sais très bien, au contraire. Tu ne lèveras pas la main sur moi.

— Tu es si sûre de toi !

— Je suis sûre de ce que je viens de dire. Parce que je te connais, Diego, au plus profond de mon cœur.

— Et moi, je suis certain de ne pas en avoir, de cœur ! Et ce dont j'ai besoin, là, maintenant, ce n'est pas d'amour.

La soulevant dans ses bras, il l'emporta dans la chambre

et l'assit sur le lit. Puis il se déshabilla à la hâte en gestes rapides et rageurs. Cependant sa colère n'était pas dirigée contre elle, mais contre lui, Liliana le savait.

— Allonge-toi, ordonna-t-il d'un ton brutal.

Il s'attendait à la voir protester. Il cherchait à lui montrer qu'il était le maître tout-puissant. Il voulait lui prouver qu'elle ne *pouvait* pas aimer un monstre comme lui.

Or la noirceur qui l'habitait, l'obsédait, n'effrayait pas Liliana.

Sans dire un mot, elle s'exécuta tandis qu'il l'observait, l'air presque menaçant. Puis il lui écarta les jambes, s'installa sur elle et la pénétra.

Liliana poussa un cri, choquée par l'intensité du plaisir qui la submergeait. Pourtant, l'intention de Diego n'était pas de lui donner du plaisir. Il s'agissait de domination. En outre, il s'attachait à rendre cette étreinte impersonnelle. Il voulait détruire les sentiments qu'elle venait d'exprimer. Or Liliana aimait tout de lui, y compris les ténèbres dont il se croyait prisonnier.

Et puisque la seule possibilité qui s'offrait à elle était de se soumettre, elle se soumettait. De son plein gré.

Il accéléra le rythme de ses coups de reins, s'enfonçant en elle au plus profond avec une frénésie frôlant le désespoir. Comme s'il tentait d'exorciser un démon.

De se débarrasser des sentiments que lui-même éprouvait pour elle. De la peur qui le dévorait à son insu. Mais plus il cherchait à la décourager, plus Liliana s'abandonnait à cette folle chevauchée. Sa propre capitulation décuplait encore le pouvoir qu'elle s'était découvert.

Diego croyait pouvoir utiliser la colère pour l'effrayer. Il avait toujours procédé ainsi. Toute sa vie. Pour se protéger. Pour survivre. Mais ce mécanisme pouvait être désamorcé. Même s'il s'était persuadé du contraire.

Des mots entrecoupés de halètements s'échappaient de

ses lèvres, en espagnol et en anglais. Sans doute s'agissait-il de jurons. Mais Liliana les entendit comme une prière. Il avait perdu d'avance. Elle seule pouvait gagner. L'amour seul sortirait vainqueur de ce douloureux combat.

La marée monta en elle, incandescente. Toute pensée déserta son esprit tandis qu'elle s'abandonnait complètement à l'instant. Elle sentit la colère de Diego atteindre son paroxysme. Elle sentit le besoin qui le dévorait. Le manque.

Le manque d'amour.

L'orgasme l'emporta, éblouissant. Merveilleux.

— Je t'aime, chuchota-t-elle, éperdue.

— Je te l'interdis ! gronda-t-il farouchement.

Au moment même où il donnait un dernier coup de reins et cédait lui aussi à la jouissance.

Ensuite, ils demeurèrent immobiles un long moment, apaisés et haletants.

— Liliana…

— Ne dis rien, s'il te plaît. Ne parlons pas.

— Il faut partir…

— Oui, l'interrompit-elle doucement. Rentrons chez nous, sur notre île.

11

Diego regarda sa femme *engloutir* la dernière pâtisserie, jusqu'à la dernière miette.

En dépit de ses efforts pour oublier, il ne pouvait s'empêcher de repenser à ce qui s'était passé le jour du mariage de son frère. Et surtout la nuit suivante, quand il avait remmené Liliana à l'hôtel et avait tout fait pour la repousser. Mais au lieu de se laisser décourager, elle s'était littéralement accrochée à lui.

Il ne comprenait pas. En dépit de tout ce qu'il lui avait raconté à propos de Karina, du bébé, elle persistait à répéter qu'elle l'aimait. Comment pouvait-elle rester avec lui ? Cela n'avait pas de sens. En outre, alors qu'il était à deux doigts de la renvoyer aux États-Unis après lui avoir fait l'amour – d'une façon brutale, pour lui rappeler qui il était vraiment –, elle avait mal interprété ses paroles et acquiescé, disant qu'ils allaient rentrer *chez eux*, sur *leur* île. Comme si celle-ci lui appartenait aussi. Comme s'il ne l'avait pas emmenée là-bas de force la première fois.

Et il s'était senti incapable de la détromper.

Aussi avait-il fait préparer l'hélicoptère et regagné l'île avec Liliana peu après. Ils avaient regardé les premières lueurs de l'aube apparaître dans le ciel, allongés dans son lit.

Quand il s'était réveillé plus tard, elle s'était déjà levée.

Il l'avait trouvée dans la cuisine, en train de dévorer des pâtisseries avec grand appétit. Elle l'avait salué gaiement, comme si rien ne s'était passé la veille.

Il ne savait comment réagir face à pareille attitude. Ni comment se comporter avec une femme décidée à rester avec lui, alors qu'elle savait très bien à quel genre d'individu elle avait affaire.

L'aimait-elle vraiment ? se demanda Diego quand elle leva à nouveau ses beaux yeux bleus vers lui.

En dépit de la sensation de malaise qui lui nouait la poitrine, il se dit soudain que ce n'était peut-être pas une si mauvaise chose. Si elle souhaitait demeurer sa prisonnière, pourquoi l'en empêcher ? Il la désirait. Et il pressentait qu'il ne se lasserait pas d'elle avant longtemps. Alors, pourquoi ne pas la garder ?

Pourquoi ne pas la laisser s'attacher à lui ?

— J'ai pensé…, commença-t-il en s'asseyant à côté d'elle… que notre arrangement était peut-être… obsolète.

— Comment cela ? demanda-t-elle en soulevant sa tasse.

— J'ai l'impression que ni toi ni moi ne voulons que notre histoire s'arrête.

Un sourire lumineux éclaira ses traits fins.

— Je partage ton avis.

— Tu en es sûre ? Tu semblais très attirée par la perspective de devenir libre…

— Je me sens libre ici, répliqua-t-elle avec calme. Avec toi.

— Nous ne resterons pas éternellement sur cette île. Je possède des résidences dans toutes les capitales européennes et un peu partout dans le monde. Et je peux gérer mes affaires depuis n'importe où.

— D'accord, cela me convient parfaitement.

— Tu aimes Paris ?

— J'adore.

— Londres ?

— Aussi, répondit-elle joyeusement. J'aimerais bien y vivre pendant quelque temps.

— Pas de problème.

Elle était heureuse. Il la faisait sourire. Depuis quand n'avait-il pas rendu quelqu'un heureux ? C'était si étrange, si inattendu et, curieusement, Diego trouvait cela… gratifiant.

Parce que, jusqu'à présent, il avait surtout pensé à son propre bonheur. Bien que le terme ne soit pas approprié. Il avait plutôt agi de façon à satisfaire ses désirs, aussi éphémères fussent-ils. Sans jamais tenir compte des sentiments d'autrui. C'était pour cette raison qu'il avait été un épouvantable mari pour Karina. Pas étonnant qu'elle l'ait quitté et soit partie avec un autre, même si celui-ci était le dernier des lâches.

Voir Liliana heureuse restaurait une sorte d'équilibre en lui, songea-t-il en se surprenant à sourire. Un vrai sourire, exempt de tout cynisme.

Elle l'avait attiré dès le premier instant où il l'avait aperçue. À chaque fois qu'elle posait la main sur lui, il ressentait une sensation mystérieuse, comme si elle détenait le pouvoir de l'apaiser, ne serait-ce que temporairement.

Mais maintenant, c'était différent. À vrai dire, il n'aurait su mettre un nom sur ce qu'il éprouvait.

— Nous sommes mariés, dit-elle tout à coup d'une voix douce et rêveuse. Pour toujours.

Cette perspective ne le terrifia pas le moins du monde. Depuis la première fois qu'il l'avait prise, il désirait la garder jusqu'à la fin de ses jours.

À ses yeux, Liliana incarnait tout ce qu'il y avait de bon et de beau sur terre.

Tout. Et il refusa de penser qu'il avait tort de l'accepter alors que lui-même était tout le contraire.

Elle lui appartenait. Elle s'était donnée à lui de son plein gré. Par conséquent, il ne la perdrait jamais et cela seul importait.

Jamais Liliana n'avait été aussi heureuse. Seule avec son mari. Elle était consciente de vivre dans une bulle fragile qu'ils avaient créée ensemble dans un manoir isolé, sur une petite île perdue au milieu de l'océan. Elle savait qu'au premier contact avec le monde extérieur son bonheur serait mis en péril.

Mais dans l'immédiat, elle le savourait sans réserve.

Diego n'avait pas dit qu'il l'aimait, non. Mais elle était prête à attendre le temps qu'il faudrait. Ils passaient toutes leurs nuits ensemble, elle le réveillait chaque matin et ils descendaient prendre le petit déjeuner dans la cuisine. Ensuite, il allait s'enfermer dans son bureau pour travailler et elle commençait sa journée.

Récemment, Liliana s'était rendu compte qu'elle désirait faire quelque chose de sa vie, maintenant qu'elle ne vivait plus pour quelqu'un. Car ce n'était pas du tout ce type de relation qu'elle partageait avec Diego.

Elle aborda le sujet un soir, alors qu'ils étaient installés devant la cheminée où crépitait joyeusement le feu. Après qu'elle avait évoqué des possibilités de carrière toutes plus saugrenues les unes que les autres, il l'avait embrassée en disant qu'elle était libre de choisir la voie qui lui plaisait, avant d'ajouter qu'elle pourrait très bien se consacrer à sa passion pour le corps de son mari. Ensuite ils avaient fait l'amour là, à même l'épais tapis.

Le lendemain matin, il lui avait parlé de la possibilité de travailler comme éditrice, en free-lance.

— Tu aimes les livres. Tu aimes lire. Ce serait peut-être une bonne idée, qu'en penses-tu ?

— J'aime les livres, oui, mais cela ne suffit pas ! s'était-elle exclamée en ouvrant de grands yeux. Je n'y connais absolument rien en matière d'édition !

— Certes, mais tu es très intelligente et tu pourrais très bien apprendre les ficelles du métier sans problème, j'en suis convaincu.

— Peut-être.

Une fois seule, Liliana avait effectué quelques recherches sur Internet et découvert qu'elle pouvait suivre une formation en ligne.

C'était si excitant. Un mari et une carrière… Dans un domaine qu'elle aimait. Jamais elle n'aurait imaginé cela.

Cependant, en dépit de son bonheur, elle se retrouvait parfois en proie à une irrésistible envie de pleurer. Ça lui tombait dessus tout à coup, sans raison.

Alors qu'elle se trouvait dans la bibliothèque, ce jour-là, elle réalisa soudain qu'elle avait un gros retard de règles. Elle s'immobilisa : elle était peut-être enceinte. Mais elle n'avait aucun moyen de le vérifier sans en parler à Diego, songea-t-elle avec un frisson.

Il serait heureux, se rassura-t-elle. Il avait voulu avoir un enfant autrefois. Mais cela pourrait réveiller en lui de mauvais souvenirs. Eh bien, elle était là et le réconforterait, voilà tout.

Les larmes lui montèrent aux yeux en pensant à sa propre mère qu'elle n'avait jamais connue. Mais au lieu de la crainte de vivre le même sort que celle-ci, Liliana constata qu'elle ne ressentait pas la moindre peur. Au contraire, une excitation insensée prit possession d'elle à la pensée de devenir mère.

Émue, elle posa la main sur son ventre plat. Elle pouvait très bien être enceinte vu qu'en matière de contraception Diego et elle n'étaient pas vraiment vigilants. Et comme ils faisaient très souvent l'amour, une grossesse n'aurait pas été surprenante.

Elle sentit une joie immense se déployer dans son cœur, irradier dans toute sa poitrine.

Sortant de la bibliothèque, elle traversa rapidement le grand hall et se dirigea vers le bureau de Diego. La porte étant entrebâillée, elle la poussa et vit que son mari était au téléphone.

— Je vous rappelle tout à l'heure, d'accord ? proposa-t-il à son interlocuteur en apercevant Liliana.

Il sourit et reposa le smartphone devant lui.

— Entre, *mi tesoro.*

— Je… J'ai quelque chose à te dire. Je crois… Il va falloir le vérifier, mais je crois que je suis enceinte, Diego.

Une myriade d'émotions se succéda dans le regard sombre.

— Il faut s'en occuper tout de suite. Aller voir un médecin.

— Je peux aussi faire apporter un test de grossesse ici, répliqua-t-elle en souriant. Je vais bien.

— Non, tu dois voir un médecin, insista-t-il. Maintenant.

— Diego…

— Ta mère est morte en te mettant au monde. Par conséquent, il faut te faire examiner le plus tôt possible.

— Jusqu'à présent, cela ne te préoccupait pas tant que ça, puisque tu ne te souciais pas toujours de mettre un préservatif, fit-elle remarquer.

— Je… Je n'y pensais pas.

— À la possibilité que je tombe enceinte ?

— À ce qui est arrivé à ta mère.

— Ne t'inquiète pas, Diego. La plupart des femmes accouchent sans problème.

Il reprit son portable et passa plusieurs coups de fil, en espagnol.

Une demi-heure plus tard, ils embarquaient à bord de l'hélicoptère qui s'envolait bientôt en direction du continent.

Trois heures après, Liliana connaissait le résultat du test. Et, à en juger par la réaction de Diego, elle pressentit que rien ne serait plus jamais comme avant.

12

Cette nuit-là, Diego ne rejoignit pas Liliana dans sa chambre. Trop de confusion régnait en lui.

Elle portait un enfant. Son enfant.

Karina aussi avait été enceinte de lui. Mais cette fois, c'était… différent.

D'un côté, il acceptait la situation. Il l'avait voulue, d'une certaine façon, puisqu'il n'avait pas été très scrupuleux en matière de contraception. L'éventualité d'une grossesse lui avait même plu, il y avait vu un moyen de lier Liliana à lui pour toujours. Mais maintenant…

Maintenant, il sentait que quelque chose avait changé. En lui. Toutes sortes de pensées nouvelles se bousculaient dans son esprit.

La mère de Liliana était morte en couches. Il ne pouvait se sortir cette idée de la tête.

Sa propre mère était morte à cause de son mari pervers.

Par conséquent, Liliana allait lui échapper, c'était inévitable. Il s'était leurré, s'imaginant avoir trouvé un équilibre, une harmonie. Il s'était persuadé que leur mariage était viable.

Mais à présent, la réalité resurgissait, hideuse, inexorable.

Après l'anxiété perpétuelle liée à la grossesse, il y aurait la hantise de l'accouchement, puis un enfant.

Toutes les terreurs de son passé l'assaillaient. La perte de Karina. Du bébé qu'elle portait. Sa propre enfance.

Diego ne pouvait plus réfléchir. Il avait l'impression de suffoquer, d'étouffer. Les ténèbres l'entouraient, impossibles à repousser.

Liliana était enceinte, de lui. Pour la protéger, il ne disposait d'aucun pouvoir magique. Il se sentait complètement impuissant.

Dans sa famille, les hommes restaient vivants. Ils résistaient à tout. Tandis que les femmes qui s'attachaient à eux étaient vouées à la souffrance éternelle.

Quand il avait prévenu Liliana qu'il n'irait pas la rejoindre dans sa chambre, il avait vu une lueur blessée traverser ses yeux bleus. Mais en réalité, il faisait preuve de bienveillance en la laissant tranquille.

Il poussa un juron et se dirigea vers le minibar, y prit une bouteille de vodka, la déboucha et la porta à ses lèvres sans même se donner la peine d'utiliser un verre.

Comme avant Liliana. Lorsque l'alcool lui permettait d'oublier ses démons le temps de quelques heures. De rendre ses ténèbres un peu plus supportables.

Liliana lui avait redonné de l'espoir. Alors qu'il ne le méritait pas. Ne l'avait jamais mérité.

— Tu n'es pas encore couché ?

Se retournant, il la vit, immobile sur le seuil de la pièce.

— Non.

— Tu devrais venir dans ma chambre.

— Il vaut mieux que je te laisse tranquille.

— Tu ne crois pas que c'est à moi d'en décider ?

— Non, *mi tesoro*. J'ai le droit de donner mon avis.

— Je suis enceinte. Nous allons avoir un enfant, Diego. C'est une bonne nouvelle, pas un motif d'inquiétude.

— Tu dis cela comme si tu ne comprenais pas pourquoi j'ai lieu de m'inquiéter.

— Je comprends tout à fait. J'ai moi-même été inquiète lorsque j'ai pensé que j'étais peut-être enceinte. Mais je ne le suis plus.

— Parce que tu ne te souviens pas de la perte que tu as subie.

Il porta de nouveau la bouteille à ses lèvres.

— Moi, je me souviens trop bien des miennes. De toutes.

— Mais tu désirais avoir un enfant. Être père.

— En effet, acquiesça-t-il d'une voix dure. Parce qu'à ce moment-là je pensais que cela pourrait peut-être tout changer. Je me trompais.

— Tu as vécu une tragédie. Tu n'y étais pour rien.

— Pas sûr.

— Viens, Diego.

— Non.

— Tu préfères rester ici à t'enivrer ? Quelle charmante solution à ce que tu considères manifestement comme un affreux problème.

— N'insiste pas, Liliana. Ne parle pas de ce que tu ne comprends pas.

Elle eut un mouvement de recul, comme s'il l'avait giflée. Tout ressemblait à son premier mariage. Les erreurs. Son incapacité à réagir de la bonne façon au bon moment. Il n'avait jamais eu l'impression de se tromper avec Liliana. Même quand il l'avait enlevée à Matías. Tout lui avait paru justifié.

Mais maintenant, il sentait qu'il commettait une erreur et ne savait pas comment remédier à la situation.

— Bonne nuit, Liliana.

Après avoir hoché lentement la tête, elle se détourna. Ce fut comme si elle emportait une part de lui-même avec elle. Le sentiment de paix qui avait commencé à s'installer en lui, sans même qu'il s'en rende compte, disparut.

À présent, il ne lui restait plus qu'à s'enivrer, effectivement. Histoire d'être à la hauteur de sa réputation.

N'était-il pas le frère maudit, le débauché ?

Liliana attendit que la situation s'améliore, mais le sourire ne réapparut pas sur les lèvres de Diego. Elle ne réussit pas à chasser l'humeur noire dans laquelle il avait sombré après la confirmation de sa grossesse.

Il se comportait comme s'il craignait de la toucher. D'échanger ou de partager quoi que ce soit avec elle.

Après avoir été heureuse, avoir senti un espoir immense grandir dans son cœur, elle se sentait… accablée.

Pourquoi n'auraient-ils pas profité de leur bonheur ? Elle aurait été prête à tout donner à Diego et ne comprenait pas pourquoi il ne voulait rien d'elle.

À présent, ils étaient de retour à Barcelone, dans cette suite où avait eu lieu l'horrible affrontement à l'issue duquel ils avaient décidé d'essayer de faire fonctionner leur mariage. Elle lui avait alors dit qu'elle l'aimait. Il n'avait fait aucun commentaire mais il avait été heureux, elle le savait. Même s'il lui avait interdit de l'aimer.

Tandis qu'à présent… Rien ne semblait plus le rendre heureux ni l'atteindre. Il était plus sombre que jamais, se retranchant derrière des murs invisibles mais infranchissables. Et il ne venait toujours pas la rejoindre dans leur chambre, passant ses nuits dans le salon, où il ne dormait sans doute pas beaucoup, à en juger par ses traits tirés.

Ce matin-là, il était parti tôt, pour régler un problème lié à ses affaires, avait-il dit. Une fois seule, Liliana avait commencé à mettre en place un plan dont elle avait eu l'idée récemment.

Son mari ne l'avait pas touchée depuis le jour où sa grossesse avait été confirmée et elle en souffrait énormément.

Dans sa chair même. Lui aussi, elle en était certaine. Parce qu'il avait besoin d'elle autant qu'elle avait besoin de lui.

Alors, si elle parvenait à restaurer leur merveilleuse intimité, tout irait mieux. Elle le rendrait à nouveau heureux.

Avec un peu d'ingéniosité, elle réussit à tout mettre en œuvre sans difficulté si bien qu'à 19 heures tout était fin prêt. La table était dressée, avec les plats préférés de Diego, joliment présentés. En ville, Liliana avait acheté un assortiment de jambons crus et cuits, de la purée de pomme de terre à l'huile d'olive, une salade de pâtes aux langoustines, ainsi que des petits pains frais et un gâteau aux dattes qu'elle avait fait livrer. Et elle portait sa robe de mariage, que Diego avait dit avoir rêvé de déchirer.

Lorsque la porte de la suite s'ouvrit, elle retint son souffle, immobile à côté de la table. Il apparut et s'arrêta sur le seuil, tandis que son beau visage viril se figeait en découvrant la mise en scène réalisée pour lui.

Grâce à son nom d'épouse, Liliana avait demandé au concierge de l'hôtel de l'aider à organiser le dîner, et celui-ci avait fait apporter une belle table ovale et deux chaises assorties.

Par ailleurs, elle avait acheté des bougies. Il y en avait partout, sur la table, les meubles…

Mais Diego ne paraissait pas du tout séduit par ce décor romantique.

— Qu'est-ce que c'est ? demanda-t-il en fronçant les sourcils.

— Le dîner.

— Comment as-tu fait pour récupérer ta robe restée sur l'île ?

— Ton homme de confiance n'est pas aussi incorruptible que tu le pensais.

— J'ai du travail, déclara-t-il d'un ton brusque en passant devant elle.

— Ne fuis pas, s'il te plaît ! protesta Liliana en tapant du pied. J'ai préparé ce dîner pour toi. Enfin, je l'ai fait livrer pour toi. Et j'aimerais que tu le partages avec moi.

— Désolé, princesse. Je n'ai pas envie de me prêter à cette petite comédie.

— Cesse, Diego, dit-elle en s'avançant lentement vers lui.

Elle leva la main et lui effleura la joue, laissa glisser ses doigts sur sa mâchoire et lui prit doucement le menton.

— Je sais que tu me désires. Tu cherches à m'éviter, mais tu ne peux pas prétendre le contraire.

— C'est cela qui t'ennuie ? Que je ne couche plus avec toi ?

— Ce n'est qu'un symptôme.

— Ou je n'en ai peut-être pas envie, tout simplement, répliqua-t-il d'une voix glaciale. De la même façon que je n'ai peut-être pas faim ce soir.

— Je ne te crois pas.

— Libre à toi, rétorqua-t-il en s'écartant d'elle.

Le désespoir gagna Liliana.

— Diego !

Se rapprochant de lui, elle lui passa les bras autour du cou et l'embrassa. Il resta de marbre.

Refusant de se laisser décourager, elle caressa les lèvres fermes du bout de la langue et cette fois il laissa échapper une plainte rauque.

— Déchire cette robe, chuchota-t-elle contre sa bouche. Fais ce dont tu rêvais le jour de notre mariage. Je ne suis pas une petite chose fragile, Diego. Alors, vas-y.

Une nouvelle plainte franchit ses lèvres, puis il referma les doigts sur le bustier et le déchira jusqu'à la taille d'un coup sec, faisant voltiger les perles dans tous les sens avant qu'elles se répandent sur le tapis.

Bientôt, la robe tout entière fut réduite en lambeaux gisant autour des pieds de Liliana.

Son cœur était à peu près dans le même état que la robe, mais elle ne perdait pas complètement espoir.

Diego lui caressa les seins avec ses lèvres, en mordilla les pointes gonflées. Il la serrait farouchement contre lui, presque brutalement. Mais peu importait. Elle était prête à tout pour le rendre heureux, à tous les sacrifices.

Liliana ferma les yeux pour refouler ses larmes. Elle détestait ce sentiment d'impuissance. Car elle sentait bien qu'il refusait de partager cette étreinte avec elle.

Quand une larme roula sur sa joue, il s'immobilisa et leva la main pour l'essuyer du bout du pouce. Puis il la regarda, l'air inquiet. Or elle ne voulait pas qu'il s'inquiète pour elle. Elle voulait lui faire du bien.

Aussi l'embrassa-t-elle avec passion. Presque avec désespoir.

Soudain, Diego la souleva dans ses bras et Liliana enroula les jambes autour de ses hanches. Réprimant un sanglot, elle dénoua la cravate de soie avant de déboutonner la chemise blanche d'une main fébrile.

Quelques instants plus tard, il la pénétrait d'un vigoureux coup de reins. Ses mouvements étaient nerveux, incontrôlés. Elle aurait voulu absorber cette agitation en elle, ainsi que la souffrance qu'elle sentait sourdre du plus profond de lui. L'en débarrasser. Pour toujours.

Quand elle sombra dans la jouissance, elle poussa un cri et s'accrocha à lui, de toutes ses forces. Et, lorsque Diego la suivit, Liliana ne songea plus à rien, se contentant de le serrer contre elle.

Mais après l'orgasme, il n'eut pas l'air plus apaisé. Ni plus heureux.

Il la laissa glisser contre lui avant de s'écarter d'elle, une expression torturée empreignant son beau visage.

— Tu dois arrêter, Liliana.

— Arrêter quoi ?

— Tu dois faire plus attention à ton corps.

— Dans ce cas-là, il fallait prendre le temps de m'allonger confortablement sur le lit.

— Tu m'as provoqué, Liliana. Ne t'attaque pas à la noirceur qui me possède. Tu ne fais pas le poids.

Sur ces paroles, il se détourna et s'éloigna, la laissant au milieu des lambeaux de tissu et des perles, à côté de la table dressée pour le dîner préparé avec tant de soin.

— Je veux simplement te rendre heureux, Diego.

— Tu ne peux pas. Je ne suis pas ton père auquel tu avais consacré ta vie, Liliana. Tu ne trouveras pas de formule magique pour me transformer en celui que tu voudrais que je sois. Alors cesse. Je ne le supporterai pas.

— À t'entendre, on dirait que j'ai agi par égoïsme. Alors que c'est tout le contraire. Je l'ai fait pour toi.

Il s'immobilisa et fit volte-face avant de riposter d'un ton cinglant :

— Vraiment ? Ou tentes-tu plutôt de faire de moi une créature docile que tu pourrais contrôler à ta guise ?

— Pas du tout. Mon seul but est de te rendre heureux, répéta-t-elle.

— Et pourquoi ?

— Parce que je t'aime. Tu le sais déjà. Pourquoi feins-tu la surprise ?

— Parce que je croyais que tu aurais compris, ma chère épouse, que ce que tu ressens pour moi n'a aucune importance. Cela ne changera rien à ce que je suis ni à ce que *je* ressens.

— Tu as besoin de moi.

— Non. Je te *désire*, ce n'est pas la même chose.

— Tu mens, répliqua-t-elle avec force. S'il ne s'agissait que de désir, tu ne serais pas apaisé dès que je te touche.

— Tu sous-estimes la libido masculine, *mi tesoro*. Quand tu poses la main sur mon bras, je l'imagine glissant sur un autre endroit de mon corps. Point final.

— Menteur.

— Tu n'es pas la première à m'avoir fasciné, Liliana. J'ai déjà été marié une fois, ne l'oublie pas. Je m'imaginais amoureux de Karina, mais j'ai appris beaucoup de choses sur moi depuis. J'aime les belles choses – notamment les belles femmes. Mais je ne me suis jamais soucié de savoir si elles m'aimaient. Ma femme, Karina, m'avait ensorcelé. Ce qui nous unissait, c'était le sexe. Je désirais la posséder tout entière, m'approprier son penchant sordide pour la débauche. Mais finalement, je n'ai réussi qu'à la détruire.

— Diego…

— Non. Écoute-moi. Il faut que tu m'écoutes. Dès que je t'ai vue, j'ai voulu ta lumière. Ta douceur. Je te désirais, alors je t'ai enlevée. Et pour finir, je te détruirai aussi, Liliana, si tu me laisses faire. Ensuite, je passerai à autre chose. Parce que je suis ce genre d'homme.

— Je ne te crois pas.

— Parce que tu voudrais me changer. Tu veux m'aimer et obtenir de moi que je t'aime en retour. Tu crois que je ne pourrai pas résister à la force de ton amour. Mais n'est-ce pas ce que tu as toujours fait avec ton père ? Et lui, ne s'est-il pas contenté de se servir de toi, comme d'un pion ? Les hommes de notre acabit sont ainsi faits. C'est plus fort que nous. Et tu n'y peux rien changer.

— Si je comprends bien, le mieux que je puisse espérer, c'est de vivre dans ta maison comme ta femme, mais en me contentant d'un statut subalterne ? D'être réduite à une sorte d'ombre indigne de mériter ton attention ?

— Je respecterai notre mariage. Je t'explique simplement ce que je sais sur moi.

— Tu désireras d'autres femmes ?

— Rien ni personne ne me suffira jamais, Liliana. Les individus comme moi sont semblables à des trous noirs. Ils engloutissent tout. Nous prenons mais ne donnons jamais.

Je te répète que tu ne me changeras pas. Aime-moi si tu veux, mais ton amour ne comptera jamais pour moi.

Il tourna les yeux vers la table dressée pour un repas de fête.

— Tu croyais vraiment qu'un bon dîner allait changer cela ?

Oui, Liliana l'avait cru. Mais à présent, elle se sentait complètement impuissante. Désarmée.

Peut-être avait-il raison de dire qu'elle désirait faire de lui celui qu'elle voulait qu'il soit. Pour elle-même. Mais c'était sa façon de l'aimer. Elle ne savait pas comment l'aimer autrement.

En outre, elle ne le rendait pas heureux. Alors, à quoi bon continuer ? Avoir un enfant ensemble ne les empêcherait pas de se séparer. Des tas de gens le faisaient et tout se passait bien.

Refoulant ses larmes, Liliana regarda le repas intouché.

Elle torturait Diego. Par conséquent, mieux valait partir. Mais pour aller où ? Elle n'avait pas d'amis. Ni même de relations.

Toute son existence avait tourné autour de son père, et elle avait reproduit le même processus avec Diego. En dehors d'eux deux, elle ne connaissait personne.

Et maintenant qu'elle allait avoir un enfant… Elle déverserait tout son amour sur ce petit être comme elle l'avait fait avec Diego et avec son père.

Il fallait sortir de ce cercle vicieux. Mais pour cela, elle devait d'abord apprendre à se connaître. Découvrir ses besoins, ses désirs personnels. Sa vraie nature.

Comment pourrait-elle rendre son enfant heureux sans d'abord savoir ce dont elle-même avait besoin pour l'être ?

C'était par là qu'il fallait commencer. Jamais elle n'avait rien fait pour elle-même. Même en partant avec Diego… elle n'avait pris aucune responsabilité. Elle avait désiré le suivre, mais elle lui avait par ailleurs cédé pour protéger la réputation de son père. En réalité, elle avait menti en disant qu'elle avait choisi Diego.

— Je dois m'en aller, dit-elle en baissant les yeux sur les restes de sa robe épars sur le tapis.

— Pardon ?

— Je dois m'en aller, répéta-t-elle en se dirigeant vers sa chambre.

Là, elle commença à s'habiller, sans se soucier de Diego qui l'observait depuis le seuil de la pièce.

Ensuite, elle prit son sac à main et s'avança vers la porte.

— Où vas-tu, bon sang ? fit-il en la retenant par le bras.

Liliana se dégagea d'un mouvement vif.

— Je te quitte.

Quand elle traversa le salon, il ne la suivit pas. Elle pénétra dans la cabine de l'ascenseur, appuya sur la touche du rez-de-chaussée.

Au cours de la descente, elle battit des yeux pour contenir ses larmes, puis s'avança sur le sol pavé de marbre en direction de la porte à tambour.

Elle ne savait pas où elle allait. Ni par quel moyen.

— Liliana !

Se retournant, elle vit Diego sortir d'un autre ascenseur, l'air furieux et les cheveux dans les yeux.

— Où vas-tu ? demanda-t-il à nouveau.

— Je m'en vais.

— Viens, remontons dans notre suite et discutons tranquillement de tout cela.

— Est-ce que tu m'aimes ? lui cria-t-elle.

Les quelques personnes présentes tournèrent les yeux vers elle, mais Liliana n'en eut cure.

— Liliana…

— La question est simple, non ? Alors, réponds : est-ce que tu m'aimes – oui ou non ?

Il regarda autour de lui, puis sembla décider qu'il se fichait lui aussi d'attirer l'attention des membres du personnel et des clients qui se trouvaient là.

— C'est devenu une condition sine qua non pour toi ?

— Oui. Je veux que tu cesses de te cacher. De te retrancher derrière tes soi-disant ténèbres, ta prétendue noirceur. Je suis désolée que ta femme soit morte. Je suis désolée qu'elle t'ait quitté. Je suis désolée pour ta mère. Et que ton père soit le pire des salauds.

— Il *l'était*, corrigea Diego, pince-sans-rire.

— Eh bien, désolée pour ça aussi. Parce que, s'il était encore vivant, tu pourrais te défouler sur lui. Mais le passé est le passé, Diego. Tu ne peux rien y changer, comme tu dis si bien. Et moi non plus. C'est toi qui décides d'être malheureux *maintenant*.

— Je n'ai jamais dit que le bonheur était mon but, Liliana.

— Tu devrais ! hurla-t-elle. Pourquoi pas ? Pourquoi ne pourrions-nous pas être heureux ? Ensemble ? Nous allons avoir un enfant. Je t'aime. Pourquoi cela ne te suffit-il pas ?

— Que veux-tu de moi ? Que je fasse de toi le centre de mon univers ? Que je vive le parfait amour avec toi, c'est ça ? Tu vis dans un monde imaginaire, Liliana. Redescends sur terre. Je savais que tu étais innocente, mais pas à ce point.

— Que veux-tu dire, exactement ? Que tu ne peux pas m'aimer ? Ou que tu ne m'aimeras jamais ?

— C'est la même chose. Je ne recherche pas l'amour. Plus maintenant. C'est fini, tout cela.

— Parce que, la seule fois où tu as essayé, la femme que tu as voulu aimer t'a trahi et quitté ? Tu me repousses à cause de ce que tu as vécu avec elle, alors que je porte ton enfant et que je suis presque à genoux devant toi à te supplier de m'aimer ?

— Si tu veux te mettre à genoux, vas-y, je t'en prie, *mi tesoro*.

— Tu n'aimerais pas qu'on te supplie. Tu as besoin que quelqu'un te tienne tête et te dise que tu n'as pas peur. La seule personne qui a vraiment peur de toi, c'est toi-même, Diego. Ce qui te terrifie, c'est de penser qu'il puisse y avoir encore de l'espoir dans le cœur que tu crois mort à tout jamais. Ce n'est pas ta noirceur, qui t'effraie. C'est la lumière. La lumière qui ne s'éteindra pas, en dépit de ton obstination à répéter aux autres et à toi-même qu'elle n'existe pas. Au fond de toi, de ton cœur, tu désires m'aimer. Tu désires aimer ce bébé. Tu as beau affirmer le contraire, tu m'aimes, Diego.

— Non, dit-il, le visage semblable à un masque.

Liliana souffrait atrocement. Elle ne désirait qu'une chose : le prendre dans ses bras et lui dire que cela n'avait pas d'importance qu'il ne l'aime pas. Qu'elle lui donnerait tout ce qu'il voulait du moment qu'ils restaient ensemble.

Mais elle avait besoin d'autre chose. Elle devait exiger davantage pour elle-même. Quel que soit le prix à payer.

— Tu n'es qu'un lâche, dit-elle.

— Pardon ?

— Tu as très bien entendu.

Elle s'avança brusquement, renversant *délibérément* une plante au passage. Le pot se brisa, la terre se répandit sur le marbre blanc.

— Tu es un lâche, répéta-t-elle en serrant les poings. Tu pourrais m'aimer, mais non, tu as trop peur. Invoque toutes les raisons, tous les prétextes que tu voudras, cela ne changera rien à la vérité. Au lieu de chercher à te protéger, tu devrais peut-être penser aux autres. À ce qu'ils désirent. Ce dont ils ont besoin.

Sur ces mots, elle se détourna, résolue à partir.

— Attends ! Tu ne peux pas me quitter, Liliana.

— Non seulement je le peux, mais je *dois* te quitter. Parce que, sinon, je redeviendrai cette créature effacée et timide que tu as rencontrée chez son père. La fille docile prête à épouser n'importe quel homme choisi par lui, alors qu'elle en désirait un autre.

— Si tu me désirais depuis le début, pourquoi me quitter maintenant ?

— Parce que j'ai besoin de plus, Diego. J'attends autre chose de toi et je sais que tu peux me le donner. À moi et à notre enfant. Alors, je ne me satisferai pas de moins. Je continuerai sans doute à t'aimer, mais je veux vivre ailleurs. Et faire mieux pour notre enfant. Pour lui et pour moi.

— Non, tu ne peux pas partir. Si tu t'en vas, j'irai te rechercher où que tu ailles. J'anéantirai ton père. Je… Je te prendrai notre enfant, j'obtiendrai sa garde.

En dépit du choc causé par ces menaces, Liliana continua d'avancer.

— Ne me provoque pas, Liliana. Tu risquerais de ne pas apprécier…

— Puisque tu ne veux pas que je sois heureuse avec toi, je te demande de me laisser vivre en paix ailleurs, l'interrompit-elle. Choisis les ténèbres si tu veux, mais, moi, cela ne m'intéresse pas.

— Tu es comme Karina, en fin de compte.

Liliana s'arrêta net et pivota sur elle-même.

— Non. Je ne pars pas avec un autre homme. Ni pour te blesser. Je pars seule et pour prendre soin de moi. J'espère que cela t'aidera aussi à guérir. Alors, s'il te reste un tant soit peu d'humanité, laisse-moi partir.

Sans attendre sa réaction, elle se détourna, s'engouffra dans la porte à tambour et sortit de l'hôtel. Il faisait nuit. Frissonnant, Liliana s'attendit à ce que Diego vienne la rejoindre, mais il ne la suivit pas.

Elle héla un taxi et demanda au chauffeur de la conduire à l'aéroport. Puis elle appela le contact qui lui avait permis de récupérer sa robe de mariée. Avec son aide, elle trouva un endroit où aller se réfugier.

Après être montée à bord d'un jet privé en se servant du nom de son mari, elle atterrit à Londres quelques heures plus tard et prit une suite dans un hôtel en utilisant cette fois le nom de son père.

Quand elle entra dans sa chambre, elle regarda autour d'elle et éclata d'un petit rire dénué de toute joie.

Ce soir, elle s'était enlevée elle-même, d'une certaine façon. Elle s'était échappée de la vie construite avec Diego. Pour se retrouver seule avec elle-même.

Si elle était restée avec lui, elle aurait sombré dans le désespoir. Or elle désirait vivre. Vivre sa vie. Pour elle et pour son enfant.

À partir de maintenant, ce serait son seul but. Elle s'y consacrerait tout entière. Ce ne serait pas facile, Liliana ne se faisait pas d'illusions. Mais elle ne reviendrait pas en arrière.

Quant à son cœur brisé, au manque de Diego qui la dévorait déjà, elle s'en occuperait plus tard.

Le plus dur, c'était maintenant. Parce qu'elle se trouvait dans un entre-deux. Elle savait ce qu'elle voulait, ce qu'elle devait faire, mais elle était à mille lieues de son but.

Et dans l'immédiat, elle ne désirait qu'une chose : s'allonger sur le tapis, se rouler en boule et pleurer tout son soûl.

13

Pourquoi l'avait-il laissée partir, bon sang ? Il était resté planté là, dans le hall de l'hôtel, entouré de gens qui de toute évidence prenaient le parti de Liliana, admirant son courage et sa détermination.

Ce que Diego comprenait tout à fait.

Elle lui avait demandé s'il l'aimait. À deux reprises. Ensuite, elle l'avait supplié de la laisser s'en aller.

La souffrance qui avait coloré sa voix l'avait… retourné. Au plus profond de lui-même. Parce que Liliana comptait pour lui, plus que tous les êtres qu'il avait rencontrés au cours de sa vie. Après la mort de sa mère.

Liliana était partie. Parce qu'elle le désirait et refusait de se contenter de ce qu'il avait à lui offrir.

Cette pensée le sidérait. Jusqu'à présent, il ne s'était jamais soucié des désirs ou des besoins d'une autre personne. Son existence avait toujours tourné autour de lui-même.

Pour survivre.

Il serra les poings en repensant au jour où il avait mis le feu au hangar de son père, persuadé que celui-ci se vengerait, qu'il irait peut-être jusqu'à le tuer.

De son côté, Matías avait réussi à échapper à la fatalité. Il s'était marié et son épouse…

Diego ne comprenait pas pourquoi lui-même était maudit.

Mais une chose était certaine : il était trop bousillé pour s'en sortir. Pour mériter Liliana.

Et, seul dans sa luxueuse suite avec terrasse, il se morfondait dans un état proche de la prostration, pendant que son frère savourait sa lune de miel avec sa belle épouse.

Il souleva son smartphone, hésita un instant, puis appela son assistant.

— Trouvez-moi où est mon frère en ce moment.

— Tout de suite, monsieur Navarro.

Quelques instants plus tard, le portable sonnait.

— Il est à Londres. À son bureau.

À son bureau ? Ça par exemple… Pourquoi n'était-il pas avec Camilla ?

Diego devait voir Matías. Parler avec lui. C'était la seule ressource qu'il lui restait.

Le seul espoir. Cela faisait une éternité qu'il n'avait pas ressenti ce frémissement, comme si quelque chose s'ouvrait dans sa poitrine. Liliana l'avait changé. Encore deux mois plus tôt, il ne l'aurait jamais laissée partir. Mais à présent, quelque chose avait basculé en lui. Et puis, elle aussi, elle avait changé.

Alors il devait comprendre comment Matías avait réussi à devenir quelqu'un de bien. Un homme droit. Diego voulait devenir meilleur. Pour Liliana.

Sa femme courageuse et intelligente qui l'avait regardé de haut en le traitant de lâche. Elle n'avait pas tort.

Son portable sonnant de nouveau, il prit l'appel. C'était son assistant.

— Votre frère vous a laissé un message, monsieur Navarro.

— Et… ?

— Il dit que tout est à vous.

À quoi cela rimait-il ? Diego eut l'impression que son esprit se vidait. Il ne pouvait pas hériter de tout puisque Liliana l'avait quitté…

Ce qui voulait dire… Que Matías et Camilla ne filaient pas le grand amour. Fallait-il en conclure que tout espoir était perdu ? Ou que Matías n'était pas celui qu'il croyait ?

— Je dois aller à Londres, dit-il à son assistant. Immédiatement.

Lorsque Diego entra dans la vaste pièce lumineuse avec vue panoramique sur la City, son frère l'attendait debout devant son bureau, deux verres à la main et le sourire aux lèvres.

— Si tu souris et que tu m'offres à boire, c'est que tu m'as concocté un petit mélange mortel, dit Diego en souriant lui aussi.

Il sortit une flasque de sa poche.

— Merci. J'ai des munitions.

Lui et Matías se ressemblaient beaucoup, mais son frère semblait toujours décontracté et maître de lui, en toutes circonstances, ce qui avait pour effet de mettre les gens à l'aise. Alors que Diego produisait l'effet inverse. Où qu'il aille, il soulevait des vagues.

Mais ce jour-là… son frère paraissait d'humeur sombre en dépit de son sourire.

— Quel mauvais vent t'amène ? lança-t-il d'un ton ironique.

— J'ai appris que tu avais déclaré forfait à notre petit jeu, répondit Diego.

— En effet. Parce que, pour moi, il ne s'agissait plus d'un jeu.

— Ah, je vois. Alors c'était encore un jeu quand je t'ai piqué Liliana sous ton nez, mais ça ne l'est plus maintenant. Très intéressant.

— Liliana a dit qu'elle désirait être avec toi, fit remarquer

Matías. Je n'allais tout de même pas voler au secours d'une femme qui ne voulait pas être sauvée.

— Oui, elle t'a dit cela. Parce que je lui ai fait du chantage. Son père n'est pas le citoyen au-dessus de tout soupçon qu'il prétend être, et Liliana a été choquée d'apprendre que la réputation de sa famille était en péril. Une vraie tragédie.

— Mais pas pour toi, manifestement.

— Non, confirma Diego. Je n'ai jamais pu résister au désir de tirer parti des tragédies dont j'avais connaissance. De celle-ci comme des autres. Cependant, je crois qu'il est temps d'en finir avec cette histoire d'héritage.

Au cours du vol Barcelone-Londres, il avait pris une décision qui l'avait surpris par sa simplicité. Il devait faire en sorte de ne profiter en rien de son union avec Liliana. Avant de la retrouver… il devait d'abord travailler en profondeur sur lui-même. Et ce ne serait pas facile. En revanche, renoncer à des biens matériels ne lui posait aucune difficulté.

— Je suis d'accord avec toi. Tu as gagné.

— Non, *grand-père* a gagné, corrigea Diego. Ou du moins il gagnera si nous le laissons faire.

Il se frotta le menton avant de porter la flasque à ses lèvres.

— Puisque tu as rendu les armes et révélé que ton mariage était une comédie, eh bien, je vais en faire de même.

Son frère le dévisagea en silence, l'air incrédule.

— Pourquoi ?

— Sans doute pour les mêmes raisons que toi. Le contrôle du jeu t'a échappé, n'est-ce pas ?

— Il *t'a* échappé aussi ? répartit Matías, suffoqué.

— Liliana Hart était censée n'être qu'une créature douce et inoffensive. J'avais eu l'occasion de l'observer durant les années où je faisais des affaires avec son père. Protégée. Docile. Elle était d'une telle innocence, Matías. Tu ne peux pas t'imaginer. Enfin, c'est ce que je croyais.

Diego s'en voulait de parler de Liliana de cette façon.

Parce que c'était vrai, certes, mais il avait découvert une autre Liliana. Laquelle n'était ni docile ni inoffensive. Elle possédait une force incroyable, qui avait bien failli le broyer.

— Alors, nous nous retirons du jeu tous les deux ? demanda Matías. C'est ça que tu proposes ?

— Oui. J'ai déjà appelé grand-père pour lui dire que Liliana demandait le divorce.

— Elle t'a quitté ?

— Je l'ai mise dans un avion pour les États-Unis.

Inutile d'avouer comment les choses s'étaient réellement passées…

— Nous sommes dans la même situation, alors. De mon côté, j'ai renvoyé Camilla chez elle, au haras Alvarez, et je viens de signer les documents lui restituant la propriété de tous ses biens.

Diego éclata d'un rire sombre, puis tendit la main vers l'un des deux verres que son frère tenait toujours à la main et en avala le contenu cul sec, dans l'espoir que l'alcool apaiserait sa souffrance. Il n'en fut rien.

— Tu ne crains plus qu'il soit empoisonné ? fit remarquer Matías.

— Au point où j'en suis, je prends le risque !

Son frère porta son verre à ses lèvres.

— Tu as peut-être raison.

— J'ai toujours trouvé si simple de prendre ce que je convoitais…, répliqua Diego. Pourquoi cela a-t-il été différent avec elle ?

— Ma réponse ne va pas te plaire.

— Non, probablement pas.

Il avait prononcé ces mots d'un ton neutre mais ressentait une sourde appréhension. En quoi la réponse de son frère risquait-elle de lui déplaire ?

— L'amour.

Ce fut pire que du déplaisir. Diego eut l'impression de recevoir un coup de poignard. En plein cœur.

— J'ai déjà essayé, répliqua-t-il. J'aurais mieux fait de m'abstenir.

Cependant, il n'aimait pas Karina. Pas vraiment. Il avait cru pouvoir tout oublier en s'adonnant à ce qui n'était en réalité qu'une passion funeste.

— Cela s'est mal terminé, dit Matías.

— Oui, acquiesça lentement Diego. Mais pas de la façon dont tu le crois.

— Je n'ai jamais cru aux rumeurs. Tu n'es pas un assassin.

Ils se dévisagèrent en silence. Ils n'avaient jamais été proches l'un de l'autre. Peu à peu, Diego s'était créé un personnage détestable avec lequel Matías ne voudrait jamais entretenir aucun lien. Alors que son frère s'était toujours évertué à ne ressembler en rien à leur père, lui-même s'était engagé sur la même voie que ce salaud.

En fait, il avait tout fait pour repousser Matías. Afin de ne surtout pas avoir de relation avec lui, d'éviter toute possibilité de rapprochement. En ne s'attachant à personne, il ne risquait pas de perdre quiconque.

— Je sais que notre père a tué notre mère.

— Non ! s'exclama Matías, abasourdi. Pourquoi ne l'avoir jamais dit ?

— Je ne sais pas parler de ce genre de choses. Et puis, il… m'avait menacé. J'étais trop jeune, trop craintif, pour m'opposer à lui. Je suis un lâche, Matías, et je dois vivre avec ça.

— Tu étais un enfant, pas un lâche.

— Je sais que… que je suis détraqué, fichu, poursuivit Diego sans tenir compte des paroles de Matías. Comme lui.

— Non, déclara Matías d'une voix ferme. C'est faux. Notre père l'était. Grand-père l'est. Mais nous, nous pouvons être différents.

— Vraiment ?

— Est-ce que Liliana t'aime ?

— Je ne crois pas, répondit Diego en secouant la tête.

Comment aurait-elle pu l'aimer ? Tel qu'il était ? Lui, le monstre qui l'avait enlevée, avant de rejeter l'amour qu'elle lui offrait librement. Quand elle lui avait demandé de la laisser partir, il s'était incliné. C'était la seule bonne action qu'il ait jamais faite.

— Camilla m'a dit qu'elle m'aimait. Et j'ai le sentiment que… si elle peut m'aimer, c'est que je ne suis peut-être pas détruit.

— Le problème, répliqua Diego d'une voix sourde, c'est de ne pas les détruire.

— Oui, c'est vrai. Mais je me demande si… l'amour… Si ce n'est pas cela, la différence.

— Une chose est sûre : ni notre père ni notre grand-père n'ont jamais aimé ! s'exclama Diego en riant. Mais j'ai bien d'autres tares, hélas.

— Personne ne nous a jamais appris à aimer, Diego. Nous avons eu pour modèles des êtres impitoyables, cruels et égoïstes.

— Tu n'as pas suivi leur exemple, Matías. Au contraire, tu as tout fait pour ne pas leur ressembler..

— Mais je ne me suis pas aventuré à aimer, fit remarquer Matías. Alors peut-être que je ne suis pas si différent…

— Il est trop tard, tu crois ?

Diego désirait de toutes ses forces qu'il soit encore temps. Après avoir été persuadé toute sa vie que son destin était tracé d'avance, il espérait pouvoir en rectifier le cours et devenir un autre. Changer. Et alors, il pourrait peut-être…

— Il n'est jamais trop tard, Diego. Je *dois* le croire. N'abandonne pas non plus. Ne laisse pas l'amour t'échapper, par orgueil ou raison. C'est un sentiment unique qui mérite qu'on dépasse ses peurs.

— Depuis quand es-tu devenu un spécialiste en la matière ?

— Je ne le suis pas. Mais je connais bien la perte, la colère. Je n'y ai pas trouvé la paix. Quant à l'amour, c'est là que ça se passe…

Il se posa la main sur la poitrine, à la place du cœur.

— C'est là que naît cette sensation inconnue. Cette sensation dont j'ignorais tout mais qui s'est emparée de moi, corps et âme. Je… J'aurais été prêt à renoncer à tout pour Camilla. Nous avons été des imbéciles, Diego. Si nous sommes capables de tout donner pour elles, c'est que nous sommes bel et bien différents de notre père…

— Alors, notre cas n'est peut-être pas désespéré…, conclut Diego.

Lorsque son frère acquiesça d'un hochement de tête, un espoir insensé l'envahit. Immense. Aussi terrifiant qu'exaltant.

Parce qu'il ouvrait sur l'inconnu. Mais pour Liliana, Diego se sentait prêt à tout affronter. À aller jusqu'au fond des ténèbres dans lesquelles il errait depuis tant d'années.

Jusqu'au jour où, grâce à cette femme merveilleuse, il avait entrevu la lumière.

14

Liliana se débrouillait très bien avec sa formation en ligne. Elle suivait les cours avec assiduité et progressait rapidement. Aussi aurait-elle dû se réjouir et être fière d'elle-même, mais la souffrance qui la dévorait l'en empêchait.

Et puis, même si elle devenait chaque jour un peu plus indépendante, le chemin n'était pas des plus facile et elle se rendait compte qu'il lui faudrait du temps avant de pouvoir assumer un loyer. Londres étant hors de prix, surtout pour une femme enceinte qui envisageait de travailler en free-lance, elle devrait en outre se trouver un logement en banlieue.

Mais elle s'installerait dans un endroit où elle se sentirait en sécurité. Peut-être en colocation. Ce serait sans doute la meilleure solution.

Pour l'instant, elle continuait à se terrer dans un appartement appartenant à son père. Il ignorait qu'elle vivait là et ne s'en apercevrait pas de sitôt. Il possédait trop de résidences pour s'apercevoir que l'une d'elles était occupée.

Diego avait-il pris contact avec lui ? Avait-il mis ses menaces à exécution ?

Il devait être furieux contre elle, maintenant qu'elle avait détruit toutes ses chances de toucher sa part d'héritage. Liliana se sentait presque coupable. Cependant, elle restait résolue à ne pas s'inquiéter pour lui, à ne pas vivre pour lui.

Non qu'elle ait cessé de l'aimer, loin de là. Mais cela ne lui suffisait plus. Elle en voulait davantage.

Depuis quelques jours, elle pensait beaucoup à son avenir, en tant que mère. Et elle avait l'impression de s'engager dans l'inconnu total. Ayant grandi sans figure maternelle, elle ignorait tout du rôle qui allait lui incomber. Comme exemples de mère, elle n'avait eu que des personnages de fiction découverts à travers ses lectures, la télévision, ou les films.

Aussi avait-elle pris plusieurs décisions auxquelles elle entendait bien rester fidèle.

Premièrement, elle n'attendrait pas de son enfant qu'il vive pour elle. Jamais elle n'infligerait à quiconque ce qu'elle avait subi et dont elle avait tant souffert.

Par conséquent, elle devrait être forte, et ne pas se concentrer exclusivement sur son rôle maternel. Il lui faudrait avoir d'autres objectifs, d'autres satisfactions que les joies de la maternité. Si elle voulait que son enfant grandisse librement, c'était primordial. Pour que son fils ou sa fille désire devenir un être entier et indépendant, elle devait lui donner le modèle d'une femme entière et indépendante.

Avec le recul, Liliana avait compris que, dans sa façon d'aimer Diego, elle l'avait fait souffrir. S'il ne réagissait pas comme elle le souhaitait, s'il n'était pas heureux quand elle s'attendait à ce qu'il le soit, elle se sentait frustrée. Au lieu de comprendre qu'elle devait trouver l'harmonie et la complétude en elle. Et non grâce à lui. En dépit du mal qu'il lui avait fait, Diego n'avait jamais adopté cette attitude envers elle. Il n'était pas comme Michael Hart.

Mais si ses propres tendances à vouloir exercer un pouvoir sur autrui prenaient une apparence d'altruisme alors que, chez lui, elles prenaient celle de l'égoïsme, le résultat était le même.

Elle avait désiré le rendre heureux pour se faire du bien à elle. Ce qui faisait d'elle un être tout aussi égoïste que lui.

Elle avait voulu qu'il l'aime pour se sentir bien. Or elle devait trouver le moyen de l'aimer sans empiéter sur sa liberté.

Et pour cela, pour avancer, elle devait garder ses distances avec lui. Il voudrait voir son enfant, naturellement. Eh bien, à ce moment-là, ils trouveraient un arrangement qui les satisfasse tous les deux.

Depuis son arrivée dans cet appartement, Liliana ne mangeait que du pain, grillé le matin, avec du beurre, frais l'après-midi avec un peu de fromage, et le soir, une pâtisserie en guise de dîner. Juste ce qu'il fallait pour avoir sa ration de glucides et de lipides.

S'efforçant de ne pas culpabiliser, elle se servait du nom de son père pour se procurer ces aliments qu'elle se faisait livrer à domicile. Jusqu'à présent, personne ne lui avait posé de questions. Le fait de vivre dans un appartement appartenant à un riche homme d'affaires garantissait sa capacité à assumer ce genre de frais.

Aussi attendait-elle sa baguette quotidienne et sa brioche à la cannelle du soir avec impatience. Car tout à coup, il lui semblait qu'elle mourrait bientôt de faim si elle ne mangeait pas quelque chose *tout de suite*.

Entendant soudain la sonnette de la porte de l'immeuble, Liliana se précipita pour appuyer sur la touche en commandant l'ouverture, puis alla s'asseoir sur le sofa et s'efforça de refréner son impatience.

La porte de l'appartement s'ouvrit enfin.

— Posez tout sur la table, s'il vous plaît.

— Quelle autorité…, fit une voix profonde derrière elle. Tu parles du pain, je suppose…

Elle se leva brusquement, le cœur battant à tout rompre.

— Qu'est-ce que tu fais avec mon pain ?

— J'ai rencontré le livreur dans le hall et il a été ravi de me confier le paquet destiné à mon épouse.

— Ce n'est pas très professionnel… Il n'avait aucun moyen de vérifier que tu étais bien mon mari.

— C'est tout, comme questions ? Tu n'as pas envie de savoir comment je t'ai retrouvée et pourquoi je suis venu te voir ?

— J'ai faim, dit-elle en sentant ses mains trembler. C'est tout ce qui m'importe.

— Dans ce cas, mange, *mi tesoro*, dit-il en lui tendant le sachet en papier contenant la baguette avant de poser l'autre sur la table basse.

Liliana réalisa qu'elle avait perdu tout appétit et serra le sachet contre sa poitrine, comme pour se protéger. Se protéger de quoi ? Elle n'en savait rien. De la force émanant de Diego, peut-être. De sa simple présence.

Le tremblement la gagna tout entière. Il était si beau. Sa proximité la troublait au plus profond de son être. Elle n'y pouvait rien.

Soudain, son désir d'indépendance lui parut moins important…

Non, pas question de se laisser aller à des pensées stupides. Elle ne renoncerait pas à ce qu'elle avait entrepris, pour rien au monde. Mais elle désirait néanmoins se repaître de la force de Diego. De sa chaleur.

— Je t'ai apporté quelque chose, dit-il.

Elle se cramponna au sachet en papier, au risque de broyer sa baguette.

— Je sais, je l'ai dans les mains.

— Il n'y a pas que du pain, dans le sachet.

Fouillant dans celui-ci, elle découvrit une liasse de documents.

— Qu'est-ce que c'est ?

— Les preuves des actes frauduleux commis par ton

père. Toutes celles que j'ai rassemblées. Ce sont les seules qui existent. Elles sont maintenant à toi ; par conséquent, tu es libre. Je ne les utiliserai pas contre toi. Ni contre lui.

— Pourquoi ?

— Parce que tu n'es pas obligée de rester mariée avec moi.

— Et ton héritage ?

— J'y ai renoncé. Matías aussi.

— Pardon ? Que va faire ton grand-père ?

— Ce qu'il voudra. Je l'ai informé que tu m'avais quitté. Il a voulu savoir pourquoi je ne t'avais pas forcée à revenir, puisque au départ je t'avais enlevée. Je lui ai dit que je n'avais plus envie de te forcer à quoi que ce soit.

— C'est vrai ?

— Oui, et je voudrais que tu le comprennes. Que tu saches que je… Je ne m'étais jamais soucié de ce que tu ressentais, Liliana. Je t'ai enlevée parce que je te désirais. Sans me demander ce que *tu* désirais. Je me fichais que tu aimes Matías ou non, que tu aies été sa maîtresse.

Il s'avança vers elle, les yeux étincelants.

— Mais quand tu m'as demandé de te laisser partir, dans le hall de l'hôtel… Je ne m'en suis pas fiché. Ton désir, ton besoin de t'en aller m'importaient. Et cela n'a pas cessé depuis. Pour la première fois, ton désir passait avant le mien. Je brûlais de courir après toi et de te ramener de force dans notre suite. De te rappeler que tu m'appartenais, qu'au fond tu désirais rester avec moi. Mais en même temps, je savais que je ne devais pas te forcer. Soudain, ton bonheur était plus important que la satisfaction de mes désirs. Cela ne m'était encore jamais arrivé. Avec personne.

Après s'être interrompu un instant, il reprit :

— Je m'étais déjà marié une fois et cela s'était terminé de façon atroce. Et pourtant, je t'ai enlevée, épousée. Ensuite, tout a changé.

— Comment ?

— Je ne sais pas, dit-il d'une voix rauque. La seule chose que je sais, c'est que, lorsque je t'ai laissée partir, j'ai vécu le moment le plus sombre et le plus lumineux de mon existence. Te perdre, ne pas te retenir coûte que coûte, c'était l'enfer. Mais prendre conscience que je pouvais changer…

— Bien sûr que tu peux changer. Tout le monde le peut. Nous nous sommes changé l'un l'autre, Diego. Dès le premier instant où je t'ai vu, quelque chose a changé en moi, et ensuite c'est devenu de plus en plus puissant. Le fait que j'aie été capable de te quitter a représenté une étape capitale de ce changement. J'avais passé ma vie à ne connaître qu'un pseudo-amour vécu dans la dépendance réciproque. Et je… C'est très étrange, Diego, mais j'ai compris que non seulement ma façon de t'aimer ne te faisait pas de bien, mais qu'elle ne m'en faisait pas non plus. Tu n'as pas à réagir comme je le désire, et mon bonheur ne doit pas dépendre de tes réactions. Ce n'est pas juste. Et tu as raison, j'ai essayé de faire de toi celui que je voulais que tu sois. Je croyais t'aimer avec générosité, alors que c'était égoïste de ma part.

Elle le regarda un moment avant de poursuivre.

— Mais à présent, je m'en sortirais si nous ne pouvions plus vivre ensemble. Je ne m'effondrerais pas. Je tiendrais en équilibre toute seule. Je vais trouver une solution pour ne pas dépendre financièrement de mon père. Ni de toi.

— C'est aussi bien que tu n'aies plus besoin de moi pour survivre, *mi tesoro*. Et que de mon côté je n'aie plus besoin de toi comme exutoire à mes pulsions destructrices. Il ne reste plus qu'une seule chose.

— Laquelle ?

— Le choix. Celui dont nous avons eu peur tous les deux. Parce qu'en invoquant le monde extérieur, le destin ou le devoir nous nous protégions de la souffrance, non ?

— Sans doute.

— Si je persiste à me croire voué à ressembler à mon père, je refuse de prendre en compte les choix qui m'ont amené ici.

— Si je demeure la fille que mon père veut que je sois, quand je me sens malheureuse à cause des choix qu'il a faits pour moi…

— Tu le rends responsable.

— Et si mon mari m'a forcée à l'épouser en me faisant du chantage, m'a enlevée par la fenêtre de ma chambre… je peux lui en vouloir lorsque ça va mal.

— Oui. Et quand je résiste à l'amour que j'éprouve pour ma femme parce que je suis terrifié à l'idée de la perdre, j'attribue ma peur à ce que j'ai vécu enfant. C'est tellement facile de s'accrocher au passé et de s'en servir comme bouc émissaire, plutôt que d'avancer et de comprendre que tout ce qui m'arrive, je le choisis…

— Oui, acquiesça doucement Liliana.

— J'ai choisi de te laisser partir. Et ça a été le premier choix allant à l'encontre de ce que je considérais comme étant ma nature.

— J'ai choisi de partir, en prenant le risque de te perdre.

— Et maintenant, nous nous retrouvons face à de nouveaux choix.

Médusée, elle le vit s'agenouiller devant elle et lui prendre les mains.

— Je te choisis, Liliana. Tu as dit que j'étais ta lumière alors que je ne voyais que des ténèbres en moi. Mais cela aussi, c'est une question de choix. Je veux être ta lumière. Je veux t'aimer, même si c'est difficile pour moi.

Liliana tressaillit. *Difficile de l'aimer ?*

— Non, ne te méprends pas, reprit-il doucement. Ce n'est pas difficile de t'aimer. Ce qui est difficile pour moi, c'est d'accepter que je t'aime. Parce que ce qui me terrifie le plus, c'est ce que je ne peux pas contrôler.

— Oui, ça fait peur…, murmura-t-elle.

— Je suis allé voir Matías et nous avons compris une chose, tous les deux. Nous avons compris que c'est l'amour qui fait toute la différence. Il vous conduit à faire passer le bonheur de quelqu'un d'autre avant le vôtre. Grâce à lui, on peut renoncer facilement à un héritage familial. Devenir un homme meilleur. Une meilleure personne. Et l'amour, je l'ai découvert avec toi et grâce à toi. La peur m'a retenu, elle m'a incité à te repousser, à te dire des choses que je regrette profondément. Je t'ai traitée de façon odieuse. Mais maintenant, je suis à genoux devant toi. Parce que tu es ma reine, Liliana. La reine de mon cœur. Et je te supplie de m'accorder une chance. Je ne désire plus te posséder. Seulement t'aimer.

— Je t'aime, Diego, dit-elle en s'agenouillant devant lui. Tu es mon roi, le maître de mon cœur. Nous régnons l'un sur l'autre en toute liberté. Et si nous continuons à respecter nos désirs et nos besoins réciproques, tout ira bien. Tu n'as rien à craindre.

— Merci, dit-il. Merci d'avoir confiance en moi. En notre amour.

— J'y croirai jusqu'à mon dernier jour, mon chéri.

Lentement, il referma les mains sur son visage et l'attira vers le sien.

— Il faut que je t'avoue quelque chose, murmura-t-il tout contre ses lèvres.

— Oui ?

— Je ne t'ai jamais désirée à cause de l'héritage. Cela n'a jamais été qu'un prétexte. C'est toi qui m'as toujours intéressé. Toi et seulement toi.

— Vraiment ?

— Oui. Tu as toujours été le vrai trésor, mon amour. Le seul. L'unique.

Épilogue

Lorsque son fils vint au monde, Diego ressentit un soulagement et une joie immenses. L'accouchement se passa sans problème. Liliana elle-même parut surprise que tout se déroule aussi vite et aussi facilement.

— Comment allons-nous l'appeler ? demanda-t-elle en contemplant leur minuscule petit garçon.

— Je ne sais pas. Mais je ne veux pas que nous lui donnions le prénom d'un homme de ma famille, en tout cas.

— Je comprends, dit-elle en souriant. Mais j'ai une idée. Que dirais-tu de Matteo ?

Ainsi fut baptisé leur enfant, en l'honneur de Matías, que Diego avait toujours considéré comme le meilleur des mâles du clan Navarro. Et puis, c'était sa conversation avec son frère qui avait aidé Diego à reconquérir Liliana.

Grâce à lui, il avait reconnu son amour pour celle qui avait éclairé son univers plongé jusque-là dans les ténèbres. Liliana l'avait aimé en dépit de ses tares, jusqu'à trouver le courage de le quitter. Par amour, elle était partie à la conquête d'elle-même pour lui revenir, plus forte que jamais. Tous deux s'aimaient à présent d'un amour inconditionnel et désintéressé.

Liliana illuminait ses jours et enchantait ses nuits. Il

aimait cette femme plus que lui-même et l'aimerait jusqu'à son dernier souffle.

Maintenant qu'il s'était ouvert au bonheur, Diego ne se sentait plus de limites.

Il aimerait leur fils, et le laisserait libre de devenir lui-même – tout en étant présent pour lui, naturellement.

Et il aimerait sans réserve tous les autres enfants qu'il aurait avec Liliana.

Car Matías avait raison : c'était l'amour, la clé du mystère. C'était lui qui faisait toute la différence.

TROIS FRÈRES POUR UN EMPIRE - d'HelenKay Dimon - N°202

Un sulfureux marché

Jouer la fiancée de son pire ennemi durant deux mois ? Ellie est révoltée. Mais lorsque Derrick précise que, si elle accepte, il abandonnera les poursuites pour transaction frauduleuse contre son frère, Ellie hésite. Peut-elle vraiment prendre le risque de refuser ce dangereux marché ?

Le visage du scandale

Spencer l'accuse de nouveau de trahison. Pour Abby c'en est trop. L'homme qu'elle aime lui fera-t-il un jour confiance ? Après l'avoir soupçonnée d'être infidèle, il ose l'accuser de trahir les secrets stratégiques de Jameson Heirs auprès de la concurrence. Abby a beau tenir à cet homme qui est aussi le père de l'enfant qu'elle porte, elle est résolue à le quitter…

Le poids de la vérité

Revenir dans le ranch où son père a trouvé la mort, pour récupérer une lettre, la proposition a de quoi déconcerter Hanna. D'autant plus lorsqu'elle provient du venimeux Carter Jameson, le fils du riche propriétaire qui a ruiné sa famille. Croit-il que son charme suffira à lui faire quitter son travail à New York ? La pense-t-il stupide au point de ne pas remarquer qu'il lui cache un secret ?

INFIRMIÈRES ET AMOUREUSES - N°203

Grace et le chirurgien, d'Emily Forbes

Grace adore son métier. Infirmière coordinatrice des transplantations rénales au Kirribilli Hospital, elle sauve des vies chaque jour. Alors qu'elle prépare une intervention d'ampleur, elle découvre qu'elle va faire équipe avec Marcus. Si le chirurgien est nouveau dans la région, il n'est pas un inconnu pour elle : c'est son ancien voisin ! L'adolescent réservé est devenu un homme splendide ! Mais sans qu'elle sache pourquoi, il lui témoigne une hostilité manifeste…

La folle nuit de Lola, d'Amy Andrews

Au Kirribilli Hospital où Lola exerce comme infirmière, la journée a été rude. Et quelle meilleure distraction que la compagnie d'un homme pour oublier ses déconvenues ? Voilà que Lola propose à Hamish de passer une nuit avec elle… Dans ses bras, elle découvre la passion. Des sensations troublantes qui, dès le lendemain, lui font regretter le caractère éphémère de cette folle étreinte…

Retrouvez prochainement,
dans votre collection

SAGAS

NOCES INTERDITES, de Kat Cantrell - N°204

Pour t'aimer à jamais
D'ici quelques minutes, Jonas sera son mari. L'homme qui la fait fantasmer depuis un an sans qu'ils n'aient échangé un seul baiser. Car si son meilleur ami lui a demandé sa main, c'est pour échapper à une union arrangée. Viviana aurait dû refuser cette proposition. Mais comment aurait-elle pu renoncer à goûter au bonheur conjugal, aussi factice soit-il…

Un scandale, un mariage
Quand tous les journaux font la une sur sa dernière virée à Las Vegas, Hendrix sait que c'est le scandale de trop. S'il ne veut pas se brouiller avec sa famille, il doit entrer dans le rang. Et quelle meilleure façon que d'épouser la femme à l'origine du scandale ? Non seulement elle fera une épouse parfaite, mais Hendrix n'a rien contre l'idée de revivre la nuit torride qu'ils ont partagée…

Un amour sous contrat
Son visa, expiré ? À cette nouvelle, Tilda est prise de panique. Pour elle qui vit enfin son rêve américain, hors de question de tout quitter. Si bien qu'elle en vient à imaginer une solution folle : se marier avec Warren, son séduisant patron. Pourtant, au moment de lui faire part de son plan, Tilda ignore ce qu'elle redoute le plus : que Warren refuse… ou qu'il accepte ?

SECRETS DE MILLIARDAIRES, de Lynne Graham - N°205

Le secret d'un séducteur

De la haine. Voilà ce que ressent Merry depuis que son patron l'a congédiée, après lui avoir fait découvrir la volupté dans son lit. Humiliée, elle a coupé tout lien avec Angel Valtinos. Hélas, le play-boy paraît résolu à la revoir. En effet, il a appris que Merry a donné naissance à une petite Elyssa – son héritière.

L'héritier secret du prince Vitale

Se faire passer pour la fiancée du prince Vitale ? Jazz n'a rien d'une femme du monde, mais en accompagnant au bal l'héritier de Lerovia, elle obtiendra le soutien financier dont elle a besoin. Bientôt, grisée par le regard que Vitale pose sur elle, Jazz se prend au jeu… Mais lorsque le conte de fées laisse place à la passion, elle se retrouve enceinte d'un homme à qui elle n'aurait jamais dû se lier…

Un pacte secret

Freddie ne se fait aucune illusion. Entre le puissant Zac da Rocha et elle, il ne peut s'agir que d'un mariage de convenance. Si par cette union, Zac promet de maintenir sa famille unie, son époux exige qu'elle lui donne un héritier. Or, le jour où Freddie tombe enceinte, rien ne semble plus aussi simple. Car un pacte, aussi froid qui soit, ne vaut rien quand il est mis à l'épreuve des sentiments…